小说卷 II

萧红全集

全五卷

萧红 著 章海宁 主编

北京燕山出版社

**一九三四年夏，萧红在青岛樱花公园**

一九三四年六月十二日，萧红、萧军在朋友们的帮助下，从哈尔滨乘火车逃亡到大连，十四日又登上日本轮船"大连丸"去青岛。两人安顿下来后，萧军化名刘均，经舒群介绍担任《青岛晨报》的副刊编辑，萧红参与了《青岛晨报》的《新女性周刊》编辑工作。

一九一五年，萧红与母亲合影

据萧红的侄子张抗回忆，"文革"抄家时，他母亲把这张照片放在他的鞋里面，上面用鞋垫盖住了，它才得以保存。

## 张秀琢忆姐姐萧红

姐姐从小性格倔强。父亲曾对我讲述过这样一件有趣的事儿：姐姐出生后不久，母亲在她睡前照例要用裹布缠住她的手脚以便使她安睡，她却拼力挣扎着不让人抓她的胳膊。来串门的大婶看到这个情况笑着说："这小丫头真厉害，长大准是个'茬子'。"由此，亲友们都说她这种倔强劲儿是"天生的"。

一九二六年，萧红（右）与继母的两个妹妹梁静芝（中）、梁玉芝（左）合影

哈尔滨市道外区东兴顺旅馆旧址

一九三二年夏萧红曾被软禁于此。

哈尔滨道里区商市街二十五号旧址

萧红、萧军 一九三二年底至一九三四年六月在此居住。

一九三二年夏

水灾中的哈尔滨道外区一片汪洋。

哈尔滨市立医院产房

一九三二年秋萧红在此处生产。

哈尔滨市道里区欧罗巴旅馆

一九三二年冬，萧红、萧军曾在此暂住。

### 舒群忆萧红

　　萧红被困的地方是道外的十六街转角处一座楼房的饭店。当时正赶上一九三二年哈尔滨闹大水，那时我十八岁，萧红二十岁。我买了几个馒头，包好了，用绳系在头上，泅水去饭店看她。当时饭店的二层楼上都有了水，萧红搬到了三层住。整个饭店空空的，很恐怖，连饭店主人也不在。萧红一个人像幽灵似的守着三楼。我边走边喊着她的名字，终于找到了她。我把带来的东西交给饥饿的萧红，她看着我浑身上下都让水浸透了。回来之后，我告诉了萧军，他听了很激动，马上找我借钱，要雇木船去救萧红。

一九三三年夏
萧红、萧军在哈尔滨市道里区商市街的住所前合影。

一九三四年夏
萧红、萧军离开哈尔滨之前的合影。

一九三四年
萧红与友人在青岛四方公园。左起：萧红、萧军、倪青华、舒群。

一九三四年十月二十二日
萧军完成《八月的乡村》当日，与萧红合影于青岛海边。

一九三六年七月十六日，黄源（左）为去日本的萧红饯行，餐后与萧红、萧军在上海万氏照相馆留影

一九三七年，张秀珂分别寄给萧红、萧军这张摄于上海的照片

一九四〇年初，萧红与东省特别区第一女子中学时的校友张郁廉在重庆塔斯社前合影

短篇小说《梧桐》初刊书影

长篇小说《呼兰河传》初刊书影

萧红为文集《旷野的呼喊》题写的书名

## 锡金忆萧红

那时是在武昌的水陆前街小金龙巷，萧红每天都忙着给我们做饭，有时还叫我们把衣服脱下来给她捎带着洗。这时她说："嗳，我要写我的《呼兰河传》了。"她就抽空子写。我读了她写的部分原稿……她一直在抒情，对乡土的思念是那样深切，对生活的品味是那样细腻，情意悲凉，好像写不尽似的……

《跋涉》
哈尔滨五画印刷社
一九三三年十月初版

最初金剑啸为《跋涉》设计了封面，是有山有水的图案。山是灰黑色金字塔形，水是几条银色的曲线条纹，全都画在一条一寸五分宽的窄带上，横栏在封面三分之二的地方。下面写着"跋涉"两个字和两人的署名。由于这个封面制作起来太困难，成书的时候放弃了。萧军找到一块木板，在校对房用红色蘸水钢笔，简单地写成了几个字，当作了封面。

《商市街》
上海文化生活出版社
一九三六年八月初版

《旷野的呼喊》
桂林上海杂志公司
一九四〇年三月初版

《旷野的呼喊》
桂林上海杂志公司
一九四六年五月再版

《呼兰河传》
桂林上海杂志公司
一九四一年五月初版

《呼兰河传》
桂林河山出版社
一九四三年六月初版

《呼兰河传》
上海寰星书店
一九四七年六月初版

# 卷首说明

本卷收入萧红短篇小说五篇和长篇小说一篇。

短篇小说中,《旷野的呼喊》《莲花池》《孩子的讲演》选自文集《旷野的呼喊》;《花狗》《梧桐》两篇来自集外的散篇。

长篇小说《呼兰河传》,创作完成于一九四〇年十二月二十日,首刊于一九四〇年九月一日至十二月二十七日香港《星岛日报》副刊《星座》,署名萧红。一九四一年五月,作为郑伯奇主编的"每月文库"第二辑之六,由桂林的上海杂志公司初版。一九四三年六月由桂林河山出版社再版。一九四七年六月,上海寰星书店新版,新版时收录了茅盾的《〈呼兰河传〉序》。本次收录的《呼兰河传》以上海杂志公司初版为底本,参照一九四三年河山出版社版、一九四七年寰星书店版、一九五四年新文艺出版社版、一九七九年黑龙江人民出版社版等多个版本校订。

本卷附录收录了茅盾的《〈呼兰河传〉序》、骆宾基的《〈呼兰河传〉后记》、文贵良的《〈呼兰河传〉的文学汉语及其意义》、迟子建的《落红萧萧为哪般》四篇辅助阅读文章。

# 目录

## 短篇小说

## 长篇小说

# 附 录

短篇小说

XIAOHONG
QUANJI

# 孩子的讲演①

　　这一个欢迎会，出席的有五六百人，站着的，坐着的，还有挤在窗台上的。这些人多半穿着灰色的制服，因为除了教授之外，其余的都是这学校的学生，而被欢迎的则是另外一批人，这小讲演者就是被欢迎之中的一个。

　　第一个上来了一个花胡子的，两只手扶着台子的边沿，好像山羊一样，他垂着头讲话，讲了一段话，而后把头抬了一会，若计算起来大概有半分钟，在这半分钟之内，他的头特别向前伸出，会叫人立刻想起在图画上曾看过的长颈鹿。等他的声音再一开始，连他的颈子，连他额上的皱纹都一齐摇震了一下，就像有人在他的背后用针刺了他的样子。再说他的花胡子，虽然站在这大厅的最末的一排，也能够看到是已经花的了。因为他的下巴过于喜欢运动，那胡子就和什么活的东西

① 该篇创作完成于一九三八年十月，首刊于一九三九年三月十五日上海《大路》第二号，署名萧红。一九四〇年三月，收入桂林上海杂志公司"每月文库"一辑之十初版短篇小说集《旷野的呼喊》，署名萧红。

挂在他的下巴上似的,但他的胡子可并不长。

"……他……那人说的是什么? 为什么这些人都笑!"

在掌声中人们就笑得哄哄的,也用脚擦着地板。因为这大厅四面都开着窗子,外边的风声和这几百人的哄声,把别的一切会发响的都止息了;咳嗽声,剥着落花生的声音,还有别的悉悉索索的从群众发出来的特有的声音,也都听不见了。

当然那孩子问的也没有人听见。

"告诉我! 笑什么……笑什么……"他拉住了他旁边的那女同志,他摇着她的胳臂。

"可笑呵……笑他滑稽,笑他那样子。"那女同志一边用手按住嘴,一边告诉那孩子,"你看吧……在那边,在那个桌子角上还没有坐下来呢……他讲演的时候,他说日本人呵哈你们说,你们说……中国人呵哈,你们说,你们说……高丽人呵哈……你们说,'你们说……你们说,你们说。'他说了一大串呀……"

那孩子站起来看看,他是这大厅中最小的一个,大概也没看见什么,就把手里剥好的花生米放在嘴里,一边嚼着一边拍着那又黑又厚的小肥手掌,等他团体里的人叫着:

"王根! 小王根……"

他才缩一缩脖颈,把眼睛往四边溜一下,接着又去吃落花生,吃别的在风沙地带所产的干干的果子,吃一些混着沙土的点心和芝麻糖。

王根他记得从出生以来,还没有这样大量的吃过,虽然他从加入了战地服务团,在别处的晚会或欢迎会上也吃过糖果,但没有这样多并且也没有这许多人,所以他回想着刚才他排着队来赴这个欢迎会路上的情景,他越想越有意思,比方那高高的城门楼子,走在城门楼子里说话那种空洞的声音,一出城门楼子,就看到那么一个圆圆的月亮,而且可以随时听到满街的歌声,这些歌子,他也都会唱。并且他还骄傲着；他觉得他所会的歌比他所听到的还多着哩！他还会唱小曲子，还会打莲花落……这些都是来到战地服务团里学的。

"……别看我年纪小，抗日的道理可知道得并不少……唾登唾……唾登唾……"他在冒着尘土的队尾上，偷着用脚尖转了个圈，他一边走路一边作着唱莲花落时的姿式。

现在他又吃着这许多东西，又看着这许多人。他的柔和的眼光，好像幼稚的兔子在它幸福饱满的时候所发出的眼光一样。

讲演者一个接着一个，女讲演者，老讲演者，多数的是年青的讲演者。

由于开着窗子和门的关系，所有的讲演者的声音，都不十分响亮，平凡的，拖长的……因为那些所讲的悲惨的事情都没有变样，一个说日本帝国主义，另一个也说日本帝国主义。那些过于庄严的脸孔，在一个欢迎会是不大相宜。只有蜡烛的火苗抖擞得使人起了一点宗教感。觉得客人和主人都是虔诚的。

被欢迎的宾客，是一个战地服务团。当那团里的几个代表讲演完毕，一阵暴风雨似的掌声，不知道是谁提议叫孩子王根也走上讲台。

王根发烧了，立刻停止了所吃的东西，血管里的血液开始不平凡的流动起来。好像全身就连耳朵都侵进了虫子，热，昏花。他对自己的讲演，平常很有把握，在别的地方也说过几次话，虽然不能够证明自己的声音大小，但是并不恐惧，就像在台上唱莲花落时一样没有恐惧，这次，他也并不是恐惧，因为这地方人多，又都是会讲演的，他想他特别要说得好一点。

他没有走上讲台去，人们就使他站上他的木凳。

于是王根站上了自己的木凳。

人们一看到他就喜欢他，他的小脸一边圆圆的红着一块，穿着短小的,好像小兵似的衣服,戴着灰色的小军帽,他一站上木凳来,第一件事是他手放在帽沿前行着军人的敬礼。而后为着稳定一下自己,他还稍稍地站了一会还向四边看看,他刚开口,人们禁止不住对他贯注的热情就笑了起来。这种热情并不怎样尊敬他,多半把他看成一个小玩物,一种蔑视的爱起浮在这整个的大厅。

"你也会讲演吗?你这孩子……你这小东西……"人们都用这种眼光看看他,并且张着嘴,好像要吃了他,他全身都热起来了。

王根刚一开始,就听到周围哄哄的笑声,他把自己检点了一下:

"是不是说错啦?"因为他一直还没有开口。

他证明自己没有说错,于是,接着说下去,他说他家在赵城……

"我离开家的时候,我家还剩三个人,父亲,母亲和妹妹,现在赵城被敌人占了,家里还有几个人,我就不知道了。我跑到服务团来,父亲还到服务团来找我回家,他说母亲让我回去,母亲想我我不回去,我说日本鬼子来把我杀了,还想不想?我就在服务团里当了勤务。我太小,打日本鬼子不分男女老幼。我当勤务在宣传的时候我也上台唱莲花落……"

又当勤务,又唱莲花落,不是没有人笑,不知为什么反而平静下去,大厅中人们的呼吸和游丝似的轻微。蜡烛在每张桌子上抖擞着,人们之中有的咬着嘴唇,有的咬着指甲,有的把眼睛掠过人头而投视着窗外,站在后边的那一堆灰色的人,就像木刻图上所刻的一样,笨重,粗糙,又是完全一类型,他们的眼光都像反映在海面上的天空那么深沉,那么无底。窗外则站着更冷静的月亮。

那稀薄的白色的光,扫遍着全院子的房顶,就是说扫遍了全个学校的校舍,它停在古旧的屋瓦上,停在四周的围墙上。在风里边卷着的沙土和寒带的雪粒似的,不住的扫着墙根,扫着纸窗,有时更弥补了阶前房后不平的坑坑洼洼。

一九三八年的春天，月亮引走在山西的某一座城上，它和每年的春天一样。但是今夜它在一个孩子的面前做了一个伟大的听众。

　　那稀薄的白光就站在门外五尺远的地方，从房檐倒下来的影子，切了整整齐齐的一排花纹横在大厅的后边。

　　大厅里像排着什么宗教的仪式。

　　小讲演者虽然站在凳子上，并不比人高出多少。

　　"父亲让我回家，我不回家，让我回家，我……我不回家……我就在服务团里当了勤务，我就当了服务团里的勤务。"

　　他听到四边有猛烈的鼓掌的声音，向他潮水似的涌来，他就心慌起来，他想他的讲演还没有完，人们为什么鼓掌？或者是说错了！又想，没有错，还不是有一大段吗？还不是有日本帝国主义没有加上吗？他特别用力镇定着自己，把手插在口袋去，他的肚子好像涨了起来，向左边和右边摇了几下，小嘴好像含着糖球涨得圆圆地。

　　"我当了勤务……当了服务团里的勤务……我……我……"

　　人们接着掌声，就来了笑声，笑声又接起着掌声。王根说不下去了，他想一定是自己出了笑话，他要哭：他想马上发现出自己的弱点以便即刻纠正，但是不成，他只能在讲完之后，才能检点出来，或者是衣服的不齐整，或者是自己的呆样子，他不能理解这笑是人们对他多大的爱悦。

　　"讲下去呀！王根……"他本团的同志喊着他。

　　"日本帝国主义……日本鬼子。"他就像喝过酒的孩子，从木凳上跌落下来的一样。

　　他的眼泪已经浸上了睫毛，他什么也看下见，他不知道他是站在什么地方，他不知道他自己是在做什么。他觉得就像玩着的时候从高处跌落下来一样的瘫软，他觉得自己的手肥大到可怕而举不动的程度,当他用手背揩抹着滚热的眼泪的时候。

人们的笑声更不可制止了。看见他哭了。

王根想:这讲演是失败了,完了,光荣在他完全变成了懊悔,而且是自己破坏了自己的光荣,他没有勇气再作第三次的修正,他要从木凳坐下来,他刚一开始弯曲他的膝盖,就听到人们向他呼喊!

"……讲得好,别哭啊……再讲再讲……没有完,没有完……"

其余的别的安慰他的话,他就听不见了,他觉得这都是嘲笑,于是更感到自己的耻辱,更感到不可逃避,他几乎哭出声来,他便自跌到不知道是什么人的怀里大哭起来。

这天晚上的欢迎会,一直继续到半夜。

王根再也不吃摆在他面前的糖了。他把头压在桌边上,就像小牛把头撞在栏栅上那么粗蛮,他手里握着一个红色上面带着黄点的山楂,那山楂,就像用热水洗过的一样。当他用右手抹着眼泪的时候,那小果子就在左手的手心里冒着气,当他用左手抹着眼泪的时候,那山楂就在他右手的手心里冒着气。

为什么人家笑呢?他自己还不大知道,大概是自己什么地方说错了,可是又想不起来,好比家住在赵城,这没有错,来到服务团,也没有错,当了勤务也没有错,打倒日本帝国主义也没说错……这他自己也不敢确信了,因为那时候在笑声中,把自己实在闹昏了。

退出大厅时,王根照着来时的样子排在队尾上,这回在路上他没有唱莲花落,他也没有听到四处的歌声,但也实在是静了。只有脚下踢起来的尘土还是冒着烟儿的。

这欢迎会开过了,就被人们忘记了,若不去想,就像没有这么回事存在过。

可是在王根,一个礼拜之内,他常常从夜梦里边坐起来,但永远梦到他讲演,并且每次讲到他当勤务的地方,就讲不下去了,于是他怕,他想逃走，可是总逃走不了，于是他叫喊着醒来了，和他同屋睡觉的另外两个比他年纪大一点的小勤务的鼾声证明了他自己也和别人一样的在睡觉，而不是在讲演。

但是那害怕的情绪，把他在小床上缩做了一个团子，就仿佛在家里的时候为着夜梦所恐惧缩在母亲的身边一样。

"妈妈……"这是他往日自己做孩子时候的呼喊。

现在王根一点声音也没有就又睡了，虽然他才九岁，因为他做了服务团的勤务，他就把自己也变作大人。

一九三八年十月

# 旷野的呼喊①

　　风撒欢了。

　　在旷野,在远方,在看也看不见的地方,在听也听不清的地方,人声,狗叫声,嘈嘈杂杂地喧哗了起来。屋顶的草被拔脱,墙囤头上的泥土在翻花,狗毛在起着一个一个的圆穴,鸡和鸭子们被刮得要想站也站不住。平常喂鸡撒在地上的谷粒,那金黄的,闪亮的,好像黄金的小粒,一个跟着一个被大风扫向墙根去,而后又被扫了回来,又被扫到房檐根下。而后混同着不知从什么地方飘来的从未见过的大树叶,混同着和高粱粒一般大四方的或多棱的沙土。混同着刚刚被大风拔落下来的红的黑的,或杂色的鸡毛。还混同着破布片,还混同着刷啦刷啦

_____

① 该篇创作完成于一九三九年一月三十日,篇末标注的日期为中华民国纪年日期。首刊于一九三九年四月十七日至五月七日香港《星岛日报》副刊"星座"第二五二至二七二号,署名萧红。一九四〇年一月二十日至二月十三日,重庆《国民公报》副刊"文群"分十期转载,署名萧红。一九四〇年三月,收入桂林上海杂志公司"每月文库"一辑之十初版短篇小说集《旷野的呼喊》,署名萧红。

的高粱叶。还混同着灰矮瓜色的豆秆,豆秆上零零乱乱地挂着豆粒已经脱掉了空敞的豆荚。一些红纸片,那是过新年时门前粘贴的红对联——三阳开泰,四喜临门,——或是"出门见喜"的红条子,也都被大风撕得一条一条的一块一块的,这一些干燥的,毫没有水分的拉杂的一堆,刷刷啦,呼离离在人间任意的扫着。刷着豆油的平滑得和小鼓似的乡下人家的纸窗,一阵一阵的被沙粒击打着发出铃铃的铜声来。而后,鸡毛或纸片,飞得离开地面更高。若遇着毛草,或树枝,就把它们障碍住了,于是房檐上站着鸡毛,鸡毛随着风东摆一下,西摆一下,又被风从四面裹着,站得完全笔直,好像大森林里边,用野草插的标记,而那些零乱的纸片,刮在椽头上时,却呜呜呜的它也赋着生命似的叫喊。

陈公公一推开房门,刚把头探出来,他的帽子就被大风卷跑了,在那光滑滑地被大风完全扫干净了的门前平场上滚着,滚得像一个小西瓜,像一个小车轮,而最像还是像一个小风车。陈公公追着它的时候,它还扑拉拉的不让陈公公追上它。

"这刮的是什么风啊!这还叫风了吗?简直他妈的……"

陈公公的儿子,出去已经两天了,第三天就是这刮大风的天气。

"这小子到底是干什么去了啦?纳闷……这事真纳闷,……"于是又带着沉吟和失望的口气:"纳闷!"

陈公公跑到瓜田上才抓住了他的帽子,帽耳朵上滚着不少的草沫。他站在垄陌上,顺着风用手拍着那四个耳朵的帽子,而拍也拍不掉的是苍子的小刺球,他必须把它们打掉,这是多么讨厌啊!手触去时,它会把手刺痛。看起来又像小虫子,一个一个的钉在那帽沿上。

"这小子到底是干什么去啦!"帽子已经戴在头上,前边的帽耳,完全探伸在大风里,遮盖了他的眼睛。他向前走时,他的头好像公鸡的头向前探着,那顽强挣扎着的样子,就像他要攒进大风里去似的。

"这小子到底……! 他妈的……"这话是从昨天晚上他就不停止地反复着。他抓掉了刚才在腿上摔着帽子时刺在裤子上的苌子,把它们在风里丢了下去。

"他真随了义勇队了吗? 纳闷! 明年一开春,就是这时候,就要给他娶妇了,若今年收成好,上秋也可以娶过来呀! 当了义勇队,打日本……哎哎,总是年青人哪,……"当他看到村头庙堂的大旗杆,仍旧挺直的站在大风里的时候,他就向着旗杆的方向骂了一句:"小鬼子……"而后他把全身的筋肉抖擞一下,他所想的他觉得都是使他生气,尤其是那旗杆,因为插着一对旗杆的庙堂,驻着新近才开来的日本兵。

"你看这村子还像一个样子了吗?"大风已经遮掩了他嘟嘟着的嘴。他看见左边有一堆柴草,是日本兵征发去的。右边又是一堆柴草,而前村,一直到村子边上,一排一排的堆着柴草。这柴草也都是征发给日本兵的。大风刮着它们,飞起来的草沫就和打谷子扬场的时候一样,每个草堆在大风里边变成了一个一个的土堆似的在冒着烟。陈公公向前冲着时,有一团谷草好像整捆的滚在他的脚前,障碍了他。他用了全身的力量,想要把那谷草踢得远一点,然而实在不能够做到。因为风的方向和那谷草滚来的方向是一致的,而他就正和它们相反。

"这是一块石头吗? 真没见过! 这是什么年头,……一捆谷草比他妈一块石头还硬! ……"

他还想要骂一些别的话,就是关于日本子的。他一抬头看见两匹大马和一匹小白马从西边跑来。几乎不能看清那两匹大马是棕色的或是黑色的,只好像那马的周围裹着 一团烟跑来,又加上陈公公的眼睛不能够抵抗那紧逼着他而刮来的风。按着帽子,他招呼着:

"站住……嘞……嘞……"他用舌尖，不，用了整个的舌头打着嘟
噜。而这种唤马的声音只有他自己能够听到，他把声音完全灌进他自
己的袖管里去。于是他放下按着帽子的手来，使那宽大的袖管离开他
的嘴。把舌头在嘴里边整理一下。让它完全露在大风里，准备发出响
亮的声音。他想这马一定是谁家来了客人骑来的，在马桩上没有拴
住。还没等他再发出嘞嘞的唤马声，那马已经跑到他的前边，他想要
把它们拦住而抓住它，当他一伸手，他就把手缩回来，他看见马身上盖
着的圆的日本军营里的火印：

"这那里是客人的马呀！这明明是他妈……"

陈公公的胡子挂上了几颗谷草叶，他一边掠着它们就打开了
房门。

"听不见吧？不见得就是……"

陈姑妈的话就像落在一大锅开水里的微小的冰块，立刻就被消融
了，因为一打开房门，大风和海潮似的，立刻喷了进来烟尘和吼叫的一
团。陈姑妈像被扑灭了似的。她的话陈公公没有听到。非常危险，陈
公公挤进门来，差一点没有撞在她的身上，原来陈姑妈的手上拿着一
把切菜刀。

"是不是什么也听不见！风太大啦，前河套听说可有那么一伙，
那还是前些日子，……西寨子，西水泡子我看那地方也不能不有，那边
都是柳条通……一人多高。刚开春还说不定没有，若到夏天，青纱帐
起的时候，那就是好地方啊……"陈姑妈把正在切着的一颗胡萝卜放
在菜礅上。

"啰啰嗦嗦的叨叨些个什么！你就切你的菜吧！你的好儿子你
就别提啦。"

陈姑妈从昨天晚上就知道陈公公开始不耐烦。关于儿子没有回

来这件事,把他们的家都像通通变更了。好像房子忽然透了洞,好像水瓶忽然漏了水,好像太阳也不从东边出来,好像月亮也不从西边落。陈姑妈还勉勉强强的像是照常在过着日子,而陈公公在她看来,那完全是可怕的。儿子走了两夜,第一夜还算安静静地过来了。第二夜忽然就可怕起来。他通夜坐着,抽着烟,拉着衣襟,用扫帚扫着行李。扫着四耳帽子,扫着炕沿。上半夜嘴里任意叨叨着,随便想起什么来就说什么,说到他儿子的左腿上生下来时就有一块青痣:

"你忘了吗?老娘婆(即产婆)不是说过,这孩子要好好看着他,腿上有痣,是主走星照命……可就真忍心走下去啦!……他也不想想,留下他爹他娘,又是这年头,出外有个好歹的,干那勾当,若是犯在人家手里……那还那还说什么呢!就连他爹也逃不出法网……义勇队,义勇队,好汉子是要干的,可是他也得想想爹和娘呵!爹娘就你一个……"

上半夜一直他叨叨着,使陈姑妈也不能睡觉。下半夜他就开始一句话也不说,忽然他像变成了哑子,同时也变成了聋子似的。从清早起来,他就不说一句话。陈姑妈问他早饭煮点高粱米粥吃吧,可是连一个字的回答,也没有从他的嘴吐出来。他扎好腰带,戴起帽子就走了,大概是在外边转了一弯又回来了。那工夫,陈姑妈在涮一个锅都没有涮完,她一边淘着涮锅水,一边又问一声:

"早晨就吃高粱米粥好不好呢?"

他没有回答她,两次他都并没听见的样子。第三次,她就不敢问了。

晚饭又吃什么呢?又这么大的风。她想还是先把萝卜丝切出来,烧汤也好,炒着吃也好。一向她做饭,是做三个人吃的,现在要做两个人吃的,只少了一个人,连下米也不知道该下多少。那一点米。在盆底上,洗起来简直是拿不上手来。

"那孩子,真能吃,一顿饭三四碗……可不吗,二十多岁的大小伙子是正能吃的时候……"

她用饭勺子搅了一下那剩在瓦盆里的早晨的高粱米粥,高粱米粥凝了一个明光光的大锤。饭勺子在上面触破了它,它还发出有弹性的触在猪皮冻上似的响声:"稀饭就是这样,剩下来的扔了又可惜,吃吧,又不好吃,一热就粥不是粥,饭不是饭……"

她想要决定这个问题,勺子就在小瓦盆边上沉吟了两下。她好像思想家似的,很困难的感到她的思维方法全不够用。

陈公公又跑出去了,随着打开的门扇扑进来的风尘又遮盖了陈姑妈。

他们的儿子前天一出去就没有回来。不是当了土匪就是当了义勇军,也许就是当了义勇军。陈公公记得清清楚楚的,那孩子从去年冬天就说做棉裤要做厚一点,还让他的母亲把四耳帽子换上两块新皮子。他说:

"要干,拍拍屁股就去干,弄得利利索索的。"

陈公公就为着这话问过他:

"你要干什么呢?"

当时他只反问他父亲一句没有结论的话,可是陈公公听了儿子的话只答应两声:"唉!唉!"也是同样的没有结论。

"爹!你想想要干什么去!"儿子说的只是这一句。

陈公公在房檐下扑着一颗打在他脸上的鸡毛,他顺手就把它扔在风里边。看起来那鸡毛简直是被风夺走的,并不像他把它丢开的。因它一离开手边,要想抓也抓不住,要想看也看不见,好像它早已决定了方向就等着奔去的样子。陈公公正在想着儿子那句话,他的鼻子上又打来了第二颗鸡毛，说不定是一团狗毛，他只觉得毛茸茸地他就用手把它扑掉了。他又接着想，同时望着西方，他把脚跟抬起来，把全身的力量都站在他的脚尖上。假若有太阳，他就像孩子似的看着太阳是怎样落山的，假若有晚霞他就像孩子似的翘起脚尖来要看到晚霞后面究竟还有什么。而现在西方和东方一样，南方和北方也都一样，混混溶溶地，黄的色素遮迷过眼睛所能看到的旷野，除非有山或是有海会把这大风遮住，不然它就永远要没有止境的刮过去似的。无论清早，无论晌午和黄昏，无论有天河横在天上的夜，无论过年或过节，无论春夏和秋冬。

现在大风像在洗刷着什么似的，房顶没有麻雀飞在上面，大田上看不见一个人影，大道上也断绝了车马和行人。而人家的烟囱里更没有一家冒着烟的，一切都被大风吹干了。这活的村庄变成了刚刚被掘出土地的化石的村庄了。一切活动着的都停止了，一切响叫着的都哑默了，一切歌唱着的都在叹息了，一切发光的都变成混浊的了，一切颜色，都变成没有颜色了。

陈姑妈抵抗着大风的威胁，抵抗着儿子跑了的恐怖，又抵抗着陈公公为着儿子跑走的焦烦。

她坐在条凳上，手里折着经过一个冬天还未十分干的柳条枝，折起四五节来。她就放在她面前临时生起的火堆里，火堆为着刚刚丢进去的树枝随时起着爆炸，黑烟充满着全屋，好像暴雨快要来临时天空的黑云似的。这黑烟和黑云不一样，它十分会刺激人的鼻子，眼睛和喉咙……

"加小心哪！离灶火腔远一点呵……大风会从灶火门把柴火抽进去的……"

陈公公一边说着，一边拿起树枝来也折几棵。

"我看晚上就吃点面片汤吧……连汤带饭的,省事。"

这话在陈姑妈,就好像小孩子刚一学说话时,先把每个字在心里想了好几遍,而说时又每个字用心考虑着。她怕又像早饭时一样,问他,他不回答,吃高粱米粥时,他又吃不下去。

"什么都行,你快做吧,吃了好让我也出去走一趟。"

陈姑妈一听说让她快做,拿起瓦盆来就放在炕沿上,小面口袋里只剩一碗多面,通通搅和在瓦盆底上。

"这不太少了吗……反正多少就这些,不够吃,我就不吃。"她想。

陈公公一会跑进来,一会跑出去,只要他的眼睛看了她一下,她总觉得就要问她:

"还没做好吗? 还没做好吗?"

她越怕他在她身边走来走去,他就越在她身边走来走去。燃烧着的柳条枝丝拉丝拉的发出水声来,她赶快放下手里在撕着的面片,抓起扫地扫帚来煽着火,锅里的汤连响边都不响边,汤水丝毫没有滚动声,她非常着急。

"好啦吧? 好啦就快端来吃……天不早啦……吃完啦我也许出去绕一圈……"

"好啦,好啦! 用不了一袋烟的工夫就好啦……"

她打开锅盖吹着气看看,那面片和死了的小白鱼似的,一动也不动的漂在水皮。

"好啦就端来呀! 吃呵!"

"好啦……好啦……"

陈姑妈答应着,又开开锅盖,虽然汤还不翻花,她又勉强的丢进几条面片去。并且尝一尝汤或咸或淡,铁勺子的边刚一贴到嘴唇……

"哟哟!"汤里还忘记了放油。

陈姑妈有两个油罐,一个装豆油一个装棉花籽油,两个油罐永远并排的摆在碗橱最下的一层,怎么会弄错呢!一年一年的这样摆着,没有弄错过一次。但现在这错误不能挽回了,已经把点灯的棉花籽油撒在汤锅里了,虽然还没有散开,用勺子是淘不起来的,勺子一触上就把油圈触破了,立刻变成无数的小油圈,假若用手去抓也不见得会抓起来。

"好啦就吃呵!"

"好啦好啦!"她非常害怕,自己也不知道她回答的声音特别响亮。

她一边吃着一边留心陈公公的眼睛。

"要加点汤吗?还是要加点面……"

她只怕陈公公亲手去盛面,而盛了满碗的棉花籽油来,要她盛时,她可以用嘴吹跑了浮在皮上的棉花籽油,尽量去盛锅底上的。

一放下饭碗,陈公公就往外跑。开房门,他想起来他没有戴帽子:

"我的帽子呢?"

"这儿呢,这儿呢。"

其实她真的没有看见他的帽子,过于担心了的缘故,顺口答应了他。

陈公公吃完了棉花籽油的面片汤,出来一见到风,感到非常凉爽,他用脚尖站着,他望着西方,并不是他知道他的儿子在西方或是要从西方回来,而是西方有一条大路可以通到城里。


旷野,远方,大平原上,看也看不见的地方,听也听不清的地方,狗叫声,人声,风声,土地声,山林声,一切喧哗,一切好像落在火焰里的那种暴乱,在黄昏的晚霞之后,完全停息了。

西方平静得连地面都有被什么割据去了的感觉，而东方也是一样。好像刚刚被大旋风扫过的柴栏，又好像被暴雨洗刷过的庭院，狂乱的和暴躁的完全停息了。停息得那么斩然，像是在远方并没有发生过什么事情。今天的夜，和昨天的夜完全一样，仍旧能够唤发着黄昏以前的记忆的，一点也没有留存。地平线远处或近处完全和昨夜一样平坦的展放着，天河的繁星仍旧和小银片似的成群的从东北方列到西南方去。地面和昨夜一样的哑默，而天河和昨夜一样的繁华。一切完全和昨夜一样。

豆油灯照例是先从前村点起，而后是中间的那个村子，而再后是最末的那个村子。前村最大，中间的村子不太大，而最末的一个最不大。这三个村子好像祖父，父亲和儿子，他们一个牵着一个的站在平原上，冬天落雪的天气，这三个村子就一齐变白了。而后用扫帚打扫出一条小道来，前村的人经过后村的时候，必须说一声：

"好大的雪呀！"

后村的人走过中村时，也必须关于这大雪问候一声，这雪是烟雪或棉花雪，或清雪。

春天雁来的晌午，他们这三个村子就一齐听着雁鸣。秋天乌鸦经过天空的早晨，这三个村子也一齐看着遮天的黑色的大群。

陈姑妈住在最后的村子边上，她的门前一棵树也没有。一头牛，一匹马，一个狗或是几只猪，这些她都没有养，只有一对红公鸡在鸡架上蹲着，或是在房前寻食小虫或米粒。那火红的鸡冠子迎着太阳向左摆一下，向右荡一下，而后闭着眼睛用一只腿站在房前或柴堆上，那实在是一对小红鹤。而现在它们早就攒进鸡架去，和昨夜一样也早就睡着了。

陈姑妈的灯碗子也不是最末一个点起，也不是最先一个点起。陈姑妈记得,在一年之中,她没有点几次灯,灯碗完全被蛛丝蒙盖着,灯芯落到灯碗里了,尚未用完的一点灯油混了尘土都粘在灯碗上。

陈姑妈站在锅台上把摆在灶王爷板上的灯碗取下来,用剪刀的尖端搅着灯碗底,那一点点棉花籽油虽然变得浆糊一样,但是仍旧发着一点油光,又加上一点新从罐子倒出来的棉花籽油,小灯于是噼噼拉拉的站在炕沿上了。

陈姑妈在烧香之前,先洗了手。平日很少用过的家制的肥皂,今天她存心多擦一些,冬天因为风吹而麻皮了的手,一开春就横横竖竖的裂着满手的小口,相同冬天里被冻裂的大地,虽然春风昼夜的吹击,想要弥补了这缺隙。不但没有弥补,反而更把它们吹得深陷而裸露了。陈姑妈又用原来那块过年时写对联剩下的红纸把肥皂包好。肥皂因为被空气的消蚀,还落了白花花的碱沫在陈姑妈的大襟上。她用扫帚扫掉了那些。又从梳头匣子摸出黑乎乎的一面玻璃砖镜子来。她一照那镜子,她的脸就在镜子里被切成横横竖竖地许多方格子。那块镜子在十多年前被打碎了以后,就缠上四五尺长的红头绳,现在仍旧是那块镜子。她想要照一照碎头发丝是否还有垂在额前,结果什么也没有看见,只恍恍惚惚地她还认识镜子里边的确是她自己的脸。她记得近几年来镜子就不常用,只有在过新年的时候,四月十八上庙的时候。再就是前村娶媳妇或是丧事,她才把镜子拿出来照照,所以那红头绳若不是她自己还记得,谁看了敢说原来那红头绳是红的!因为发霉和油腻得使手触上去时感到了是触到胶上似的。陈姑妈连更远一点的集会也没有参加过,所以她养成了习惯,怕过河,怕下坡路,怕经过树林,更怕的还有坟场,尤其是坟场里枭鸟的叫声,无论白天或夜里,什么时候听了,她就什么时候害怕。

陈姑妈洗完了手,扣好了小铜盆在柜底下。她在灶王爷板上的香炉里,插了三炷香。接着她就跪下去,向着那三个并排的小红火点叩了三个头。她想要念一段"上香头",因为那经文并没有全记住,她想若不念了成套的,那更是对神的不敬,更是没有诚心。于是胸前扣着紧紧的一双掌心,她虔诚的跪着。

灶王爷不晓得知不知道陈姑妈的儿子到底那里去了,只在香火后边静静的坐着。蛛丝混着油烟,从新年他和灶王奶奶并排的被浆糊贴在一张木板上那一天起,就无间断的蒙在他的脸上。大概什么他也看不着了,虽然陈姑妈的眼睛为着儿子就要挂下眼泪来。

外边的风一停下来,空气宁静得连针尖都不敢触上去。充满着人的感觉的都是极脆弱而又极完整的东西。村庄又恢复了它原来的生命。脱落了草的房脊静静的在那里躺着。几乎被拔走了的小树垂着头在休息。鸭子呱呱的在叫,相同喜欢大笑的人遇到了一起。白狗,黄狗,黑花狗,……也许两条平日一见到非咬架不可的狗,风一静下来,它们都前村后村的跑在一起。完全是一个平静的夜晚,远处传来的人声清澈得使人疑心是从山涧里发出来的。

陈公公在窗外来回的踱走,他的思想系在他儿子的身上,仿佛让他把思想系在一颗陨星上一样。陨星将要沉落到那里去,谁知道呢?

陈姑妈因为过度的虔诚而感动了她自己,她觉得自己的眼睛是湿了。让孩子从自己手里长到二十岁,是多么不容易!而最酸心的,不知是什么无缘无故把孩子夺了去。她跪在灶王爷前边回想着她的一生,过去的她觉得就是那样了。人一过了五十,只等着往六十上数。还未到的岁数,她一想还不是就要来了吗?这不是眼前就开头了吗?她想要问一问灶王爷她的儿子还能回来不能!因为这烧香的仪式过于感动了她,她只觉得背上有点寒冷,眼睛有点发花。她一连用手背揩了三次眼睛,可是仍旧不能看见香炉碗里的三炷香火。

她站起来,到柜盖上去取火柴盒时,她才想起来,那香是隔年的,因为潮湿而灭了。

"这是多么不敬呵!"

陈姑妈又站上锅台去,打算把香重新点起。因为她不常站在高处,多少还有点害怕。正这时候,房门忽然打开了。

陈姑妈受着惊,几乎从锅台上跌下来。回头一看,她说:

"哟哟!"

陈公公的儿子回来了,身上背着一对野鸡。

一对野鸡,当他往炕上一摔的时候,他的大笑和翻滚的开水卡拉卡拉似的开始了,又加上水缸和窗纸都被震动着,所以他的声音还带着回声似的,和冬天从雪地上传来的打猎人的笑声一样。但这并不是他今天特别出奇的笑,他笑的习惯就是这样。从小孩子时候起,在蚕豆花和豌豆花之间,他和会叫的大鸟似的叫着。他从会走路那天起就跟陈公公跑在瓜田上,他的眼睛真的明亮得和瓜田的黄花似的,他的腿因为刚学着走路,常常耽不起那丝丝拉拉的瓜身的缠绕,跌倒是他每天的功课。而他不哭也不呻吟,假若擦破了膝盖的皮肤而流了血,那血简直不是他的一样。他只是跑着,笑着,同时嚷嚷着。若全身不穿衣裳,只带一个蓝麻花布的兜肚,那就像野鸭子跑在瓜田上了,东颠西摇的,同时嚷着和笑着。并且这孩子一生下来陈姑妈就说:

"好大嗓门!长大了还不是个吹鼓手的角色!"

对于这初来的生命,不知道怎样去喜欢他才好,往往用被人蔑视的行业或形容词来形容,这孩子的哭声实在大,老娘婆想说:

"真是一张好锣鼓!"

可是他又不是女孩,男孩是不准骂他锣鼓的,被骂了破锣之类,传说上不会起家……

今天他一进门就照着他的习惯大笑起来,若让邻居们听了,一定不会奇怪。若让他的舅母或姑母听了,也一定不会奇怪。她们都要说:

"这孩子就是这样长大的呀!"

但是做父亲的和做母亲的反而奇怪起来。他笑得在陈公公的眼里简直和黄昏之前大风似的,不能够控制,无法控制,简直是一种多余,是一种浪费。

"这不是疯子吗……这……这……"

这是第一次陈姑妈对儿子起的坏的联想。本来她想说:

"我的孩子啊!你可跑到那儿去了呢!你……你可把你爹……"

她对她的儿子起了反感。他那么坦荡荡的笑声,就像他并没有离开过家一样。但是母亲心里想:

"他是偷着跑的呀!"

父亲站到红躺箱的旁边,离开儿子五六步远。背脊靠在红躺箱上。那红躺箱还是随着陈姑妈陪嫁来的,现在不能分清还是红的还是黑的了。正像现在不能分清陈姑妈的头发是白的还是黑的一样。

陈公公和生客似的站在那里。陈姑妈也和生客一样。只有儿子才像这家的主人,他活跃的,夸张的,漠视了别的一切。他用嘴吹着野鸡身上的花毛。用手指尖扫着野鸡尾巴上的漂亮的长翎。

"这东西最容易打,攒头不顾腔……若一开枪,它就插猛子……这俩都是这么打住的。爹!你不记得么!我还是小的时候,你领着我一块出去拜年去……那不是,那不是……"他又笑起来:"那不是么!就用砖头打住一个。趁它把头插进雪堆去。"

陈公公的反感一直没有减消,所以他对于那一对野鸡就像没看见一样,虽然他平常是怎么喜欢吃野鸡。鸡丁炒芥菜缨,鸡块炖土豆。

但是他并不向前一步,去触触那花的毛翎。

"这小子到底是去干的什么?"

在那棉花籽油灯还点燃着的时候,陈公公只是向自己在反复。

"你到底跑出去干什么去了呢?"

陈公公第一句问了他的儿子,是在小油灯噼噼拉拉的灭了之后。他静静的把腰伸开,使整个的背脊接近了火炕的温热的感觉。他充满着庄严而胆小的情绪等待儿子的回答。他最怕就怕的是儿子说出他加入了义勇队,而最怕的又怕他儿子不向他说老实话。所以已经来到喉咙的咳嗽也被他压下去了,他抑止着可能抑止的从他自己发出的任何声音。三天以来的苦闷和急躁,陈公公觉得一辈子只有过这一次。也许还有过,不过那都提起来远了,忘记了。就是这三天,他觉得比活了半辈子还长。平常他就怕他早死,因为早死,使他不得兴家立业,不得看见他的儿孙的繁荣。而这三天,他想还是算了吧!活着大概是没啥指望。关于儿子加入义勇队没有,对于陈公公是一种新的生命,比儿子加入了义勇队的新的生命的价格更高。

儿子回答他的,偏偏是欺骗了他。

"爹!我不是打回一对野鸡来么!跟前村的李二小子一块……跑出去一百多里……"

"打猎那有这样打的呢!一跑就是一百多里……"陈公公的眼睛注视着纸窗微黑的窗棂。脱离他嘴唇的声音并不是这句话,而是轻微的和将要熄灭的灯火那样无力叹息。

春天的夜里,静穆得带着温暖的气息,尤其是当柔软的月光照在窗子上,使人的感觉像是看见了鹅毛在空中游着似的,又像刚刚睡醒由于温暖而眼睛所起的惰懒的金花在腾起。

陈公公想要证明儿子非加入了义勇队不可的,一想到"义勇队"

这三个字,他就想到"小日本"那三个字。

"××××××××××××××××,××××。"一想到这个,他就怕再想下去,再想下去,就是小日本枪毙义勇队。所以赶快把思想集中在纸窗上,他无用处的计算着纸窗被窗棂所隔开的方块到底有多少。两次他都是数到第七块上就被义勇队这三个字撞进脑子来而搅混了。

睡在他旁边的儿子,和他完全是两个隔离的灵魂。陈公公转了一个身,在转身时他看到了儿子在微光里边所反映的蜡明的脸面和他长拖拖的身子。只有儿子那瘦高的身子和挺直的鼻梁还和自己一样。其余的,陈公公觉得,完全都变了,只有三天的工夫,儿子和他完全两样了。两样得就像儿子根本没有和他一块生活过,根本他就不认识他,还不如一个刚来的生客。因为对一个刚来的生客最多也不过生疏。而绝没有忌妒。对儿子,他却忽然存了忌妒的感情。秘密一对谁隐藏了,谁就忌妒,而秘密又是最自私的,非隐藏不可。

陈公公的儿子没有去打猎,没有加入义勇队。那一对野鸡是用了三天的工钱在松花江的北沿铁道旁买的。他给日本人修了三天铁道。对于工钱,还是他生下来第一次拿过。他没有做过佣工,没有做过零散的铲地的工人,没有做过帮忙的工人。他的父亲差不多半生都是给人家看守瓜田。他随着父亲从夏天就开始住在三角形的瓜窝堡里。瓜窝堡春天是在绿色的瓜花里边,秋天则和西瓜或香瓜在一块了。夏天一开始,所有的西瓜和香瓜的花完全开了,这些花并不完全每个结果了,有些个是谎花。这谎花只有谎骗人,一两天就蔫落了。这谎花要随时摘掉的。他问父亲说:

"这谎花为什么要摘掉呢?"

父亲只说:

"摘掉吧!它没有用处。"

长大了他才知道，谎花若不摘掉，后来越开越多。那时候他不知道，但也同父亲一样的把谎花一朵一朵的摘落在垄沟里。小时候他就在父亲给人家管理的那块瓜田上。长大了仍旧是在父亲给人家管理的瓜田上。他从来没有直接给人家佣工，工钱从没有落过他的手上。这修铁道是第一次。况且他又不是专为着修铁道拿工钱而来的。所以三天的工钱就买了一对野鸡。第一：可以使父亲喜欢。第二：可以借着野鸡撒一套谎。

现在他安安然然的睡着了，他以为父亲对他的谎话完全信任了。他给日本人修铁道预备偷着拔出铁道钉子来，弄翻了火车这个企图，仍旧是秘密的。在梦中他也像看见了日本兵的子弹车和食品车。

"这虽然不是当的义勇军，可是干的事情不也是对着小日本吗？洋酒，盒子肉（罐头），我是没看见，只有听说说，上次让他们弄翻了车，就是义勇军派人弄的。东西不是通通被义勇军得去了吗……他妈的……就不用说吃，用脚踢着玩吧，也开心。"

他翻了一个身，他擦一擦手掌。白天他是这样想的，夜里他也就这样想着就睡了。他擦着手掌的时候，可觉得手掌与平常有点不一样，有点僵硬和发热。两只胳臂仍旧抬着铁轨似的有点发酸。

陈公公张着嘴，他怕呼吸从鼻孔进出，他怕一切声音，他怕听到他自己的呼吸。偏偏他的鼻子有点窒塞。每当他吸进一口气来，就像有风的天气，纸窗破了一个洞似的，呜呜地在叫。虽然那声音很小，只有留心才能听到。但到底是讨厌的，所以陈公公张着嘴预备着睡觉。他的右边是陈姑妈，左边是不知从那里弄来一对野鸡莫名其妙的儿子。

棉花籽油灯熄灭后，灯芯继续发散出胡香的气味。陈公公偶尔从鼻子吸了一口气时，他就嗅到那灯芯的气味。因为他讨厌那气味，并不觉得是胡香的，而觉得是辣酥酥的引他咳嗽的气味。所以他不能不张着嘴呼吸。好像他讨厌那油烟，反而大口的吞着那油烟一样。

第二天，他的儿子照着前回的例子，又是没有声响的就走了。这次他去了五天，比第一次又多了两天。

陈公公应付着他自己的痛苦非常沉着的。他向陈姑妈说：

"这也是命呵……命理当然……"

春天的黄昏，照常存在着那种静穆得就要浮腾起来的感觉。陈姑妈的一对红公鸡，又像一对小红鹤似的用一只腿在房前站住了。

"这不是命是什么！算命打卦的，说这孩子不能得他的继……你看，不信是不行呵，我就一次没有信过。可是不信又怎样，要落在头上的事情，就非落上不可。"

黄昏的时候，陈姑妈在檐下整理着豆秆，凡是豆荚里还存在一粒或两粒豆子的，她就一粒不能跑过的把那豆粒留下，她右手拿着豆秆，左手摘下豆粒来，摘下来的豆粒被她丢进身旁的小瓦盆去，每颗豆子都在小瓦盆里跳了几下。陈姑妈左手里的豆秆也就丢在一边了。越堆越高起来的豆秆堆，超过了陈姑妈坐在地上的高度。必须到黄昏之后，那豆粒滚在地上也找不着的时候，陈姑妈才把豆秆抱进屋去。明天早晨，这豆秆就在灶火门里边变成红忽忽的火。陈姑妈围绕着火，好像六月里的太阳围绕着菜园。谁最热烈呢？陈姑妈呢！还是火呢！这个分不清了。火是红的，可是陈姑妈的脸也是红的。正像六月太阳是金黄的，六月的菜花也是金黄的一样。

春天的黄昏是短的，并不因为人们喜欢而拉长，和其余三个季节的黄昏一般长。养猪的人家喂一喂猪，放马的人家饮一饮马……若是什么也不做，只是抽一袋烟的工夫呵，陈公公就是什么也没有做，拿着他的烟袋站在房檐底下。黄昏一过去，陈公公就变成一个长拖拖的影子,好像一个黑色的长柱支持着房檐。他的身子的高度,超出了这一连排三个村子所有的男人。只有他的儿子说不定在这一两年中要超过他的。现在儿子和他完全一般高。走进门的时候,儿子担心着父亲,怕父亲碰了头顶。父亲担心着儿子,怕是儿子无止境的高起来,进门时,就要顶在门梁上。其实不会的,因为父亲心里特别喜欢儿子也长了那么高的身子而常常说着相反的话。

陈公公一进房门,帽子撞在上门梁上,上门梁把帽子擦歪了。这是从来也没有过的事情。一辈子就这么高,一辈子也总戴着帽子。因此立刻又想起来儿子那么高的身子,而现在完全无用了,高有什么用呢!现在是他自己任意出去瞎跑,陈公公的悲哀,他自己觉得完全是因为儿子长大了的缘故。

"人小,胆子也小,人大胆子也大……"

所以当他看到陈姑妈的小瓦盆里泡了水的黄豆粒,一夜就裂嘴了,两夜芽子就长过豆粒子。他心里就恨那豆芽。他说:

"新的长过老的了,老的完蛋了。"

陈姑妈并不知道这话什么意思,她一边梳着头一边答应着:

"可不是么……人也是这样……个人家的孩子,撒手就跟老子一般高了。"

第七天上,儿子又回来了,这回并不带着野鸡,而带着一条号码:三百八十一号。

陈公公从这一天可再不说什么"老的完蛋了"这一类的话。有几次儿子刚一放下饭碗,他就说:

"擦擦汗就去吧!"

更可笑的他有的时候还说:

"扒拉扒拉饭粒就去吧!"

这本是对三岁五岁的小孩子说的,因为不大会用筷子,弄了满嘴的饭粒的缘故。

别人若问他:

"你儿子呢?"

他就说:

"人家修铁道去啦……"

他的儿子修了铁道,他自己就像在修着铁道一样。是凡来到他家的:卖豆腐的,卖馒头的,收买猪毛的,收买碎铜乱铁的,就连走在前村子边上的不知道那个村子的小猪官有一天问他:

"大叔,你儿子听说修了铁道吗?"

陈公公一听,立刻向小猪官摆着手:

"你站住……你停一下……你等一等,你别忙,你好好听着!人家修了铁道啦……是真的。连号单都有:三百八十一。"

他本来打算还要说。有许多事情必得见人就说,而且要说就说得详细。关于儿子修铁道这件事情,是属于见人就说而要说得详细这一种的。他想要说给小猪官的,正像他要说给早晨担着担子来到他门口收买碎铜乱铁那个一只眼的一样多。可是小猪官走过去了。手里打着个小破鞭子。陈公公心里不大愉快。他顺口说了一句:

"你看你那鞭子吧,没有了鞭梢,你还打呢!"

走了好远了,陈公公才听明白,放猪的那孩子唱的正是他在修着铁道的儿子的号码"三百八十一"。

陈公公是一个和善人,对于一个孩子他不会多生气。不过他觉得孩子终归是孩子。不长成大人,能懂得什么呢?他说给那收买碎铜乱铁的,说给卖豆腐的,他们都好好的听着,而且问来问去。他们真是关于铁道的一点常识也没有。陈公公也和那卖豆腐的差不多,等他一问

到连陈公公也不大晓得的地方,陈公公就笑起来,用手拔一棵前些日子被大风吹散下来的房檐的草梢:

"那儿知道呢!等修铁道的回来讲给咱们听吧!"

比方那卖豆腐的问:

"我说那火车就在铁道上,一天走了千八百里也不停下来喘一口气!真是,了不得呀……陈大叔,你说,也就不喘一口气!"

陈公公就大笑着说:

"等修铁道的回来再说吧!"

这问的多么详细呀!多么难以回答呀!因为陈公公也是连火车见也没见过。但是越问得详细,陈公公就越喜欢。他的道理是:人非长成人不可,不成人……小孩子有什么用……小孩子一切没有计算!于是陈公公觉得自己的儿子幸好已经二十多岁;不然,就好比这修铁道的事情吧,若不是他自己有主意,若不是他自己偷着跑去的。这样的事情,一天五角多钱,怎么能有他的份呢?

陈公公也不一定怎样爱钱,只要儿子没有加入义勇军,他就放心了。不但没有加入义勇军,反而拿钱回来,几次他一看到儿子放在他手里的崭新的纸票,他立刻想到三百八十一号。再一想又一定想到那天大风停了的晚上,儿子背回来的那一对野鸡。再一想就是儿子会偷着跑出去,这是多么有主意的事呵。这孩子从小没有离开过他的爹妈。可是这下子他跑了,虽然说是跑的把人吓一跳。可到底跑的对。没有出过门的孩子,就像没有出过飞的麻雀;没有出过洞的小耗子。等一出来啦!飞得比大雀还快。

到四月十八,陈姑妈在庙会上所烧的香比那一年烧的都多。娘娘庙烧了三大子线香,老爷庙也是三大子线香。同时买了些毫无用处的只是看着玩的一些东西。她竟买起假脸来,这是多少年没有买过的啦!她屈着手指一算,已经是十八九年了。儿子四岁那年她给他买过一次,以后再没买过。

陈姑妈从儿子修了铁道以后,表面上没有什么改变,她并不和陈公公一样,好像这小房已经装不下他似的,见人就告诉儿子修了铁道。她刚刚相反,一句话也不说,只是围绕着她的又多了些东西。在柴栏子旁边除了鸡架又多了个猪栏子。里边养着一对小黑猪。陈姑妈什么都喜欢一对,就因为现在养的小花狗只有一个而没有一对的那件事,使她一休息下来,小狗一在她腿上擦着时,她就说:

"可惜这小花狗就不能再讨到一个。一对也有个伴呵!单个总是孤单单的。"

陈姑妈已经买了一个透明的化学品的肥皂盒。买了一把新剪刀,她每次用那剪刀,都忘不了用手摸摸剪刀。她想:这孩子什么都出息了,买东西也会买,是真钢的。六角钱,价钱也好。陈姑妈的东西已经增添了许多,但是那还要不断的增添下去。因为儿子修铁道每天五角多钱。陈姑妈新添的东西,不是儿子给她买的,就是儿子给她钱她自己买的。从心说她是喜欢儿子买给她东西,可是有时当着东西从儿子的手上接过来时她却说:

"别再买给你妈这个那个的啦……会赚钱可别学着会花钱……"

陈姑妈的梳头镜子也换了。并不是说那个旧的已经扔掉,而是说新的钻亮的已经站在红躺箱上了。陈姑妈一擦箱盖,擦到镜子旁边,她就像发现了一个新的小天地一样。那镜子实在比旧的明亮到不可计算那些倍。

陈公公也说过:

"这镜子简直像个小天河。"

儿子为什么刚一跑出去修铁道,要说谎呢?为什么要说是去打猎呢？关于这个，儿子解释了几回。他说修铁道这事，怕父亲不愿意，他也没打算久干这事，三天两日的，干干试试。长了怎么能不告诉父亲呢，可是陈公公放下饭碗说：

"这都不要紧，这都不要紧……到时候了吧，咱们家也没有钟。擦擦汗去吧！"到后来他对儿子竟催促了起来。

陈公公讨厌的大风又来了。从房顶上，从枯树上来的，从瓜田上来的，从西南大道上来的。而这些都不对，说不定是从那儿来的。浩浩荡荡地，滚滚旋旋地，使一切都吼叫起来，而那些吼叫又淹灭在大风里。大风包括着种种声音，好像大海包括着海星，海草一样。谁能够先看到海星海草而还没看到大海？谁能够先听到因大风而起的这个那个的吼叫而还没有听到大风？天空好像一张土黄色的大牛皮，被大风鼓着，荡着，撕着，扯着，来回的拉着。从大地卷起来的一切干燥的，拉杂的，零乱的，都向天空扑去，而后再落下来，落到安静的地方，落到可以避风的墙根，落到坑坑凹凹的不平的地方，而添满了那些不平。所以大地在大风里边被洗得干干净净的，平平坦坦地。而天空则完全相反，混沌了，冒烟了，刮黄天了，天地刚好吹倒转了个。人站在那里就要把人吹跑，狗跑着就要把狗吹得站住，使向前的不能向前，使退后的不能退后。小猪在栏子里边不愿意哽叫，而它必须哽叫，孩子唤母亲的声音，母亲应该听到，而她必不能听到。

陈姑妈一推开房门，就被房门带着跑出去了。她把门扇只推一个小缝就不能控制那房门了。

陈公公说：

"那又算什么呢！不冒烟就不冒烟。拢火就用铁大勺下面片汤，连汤带菜的，吃着又热和。"

陈姑妈又说：

"柴火也没抱进来,我只以为这风不会越刮越大……抱一抱柴火不等进屋,从怀里都被吹跑啦……"

陈公公说:

"我来抱。"

陈姑妈又说:

"水缸的水也没有了呀……"

陈公公说:

"我去挑,我去挑。"

讨厌的大风要拉去陈公公的帽子,要拔去陈公公的胡子。他从井沿挑到家里的水,被大风吹去了一半,两只水桶,每只剩了半桶水。

陈公公讨厌的大风,并不像那次儿子跑了没有回来的那次的那样讨厌。而今天最讨厌大风的像是陈姑妈。所以当陈姑妈发现了大风把房脊抬起来了的时候,陈公公说:

"那算什么……你看我的……"

他说着就蹬了房檐下酱缸的边沿上了房。陈公公对大风十分有把握的样子,他从房檐走到房脊去是直着腰走。虽然中间被风压迫着弯过几次腰。

陈姑妈把砖头或石块传给陈公公。他用石头或砖头压着房脊上已经飞起来的草。他一边压着一边骂着。乡下人自言自语的习惯,陈公公也有:

"你早晚还不得走这条道吗!你和我过不去,你偏要飞,飞吧!看你这几根草我就制服不了你……你看着,你他妈的,我若让你能够从我手里飞走一棵草刺也算你能耐。"

陈公公一直吵叫着,好像风越大,他的吵叫也越大。

住在前村卖豆腐的老李来了,因为是顶着风,老李跑了满身是汗。

他喊着陈公公：

"你下来一会，我有点事，我告……告诉你。"

陈公公说：

"有什么要紧的事，你等一等吧，你看我这房子的房脊，都给大风吹靡啦！若不是我手脚勤俭，这房子住不得，刮风也怕，下雨也怕。"

陈公公得意的在房顶上故意的迟延了一会。他还说着：

"你们先进屋去抽一袋烟……我就来，就来……"

卖豆腐的老李把嘴塞在袖口里边，大风大得连呼吸都困难了。他在袖口里边招呼着：

"这是要紧的事，陈大叔……陈大叔你快下来吧……"

"什么要紧的事！还有房盖被大风抬走了的事要紧……"

"陈大叔，你下来，我有一句话说……"

"你要说就那儿说吧！你总是火烧屁股似的……"

老李和陈姑妈走进屋去了。老李仍旧用袖口堵着嘴像在院子里说话一样。陈姑妈靠着炕沿听着李二小子被日本抓去啦……

"什么！什么！是么！是么！"陈姑妈的黑眼珠向上翻着，要翻到眉毛里去似的。

"我就是来告诉这事……修铁道的抓了三百多……你们那孩子……"

"为着啥事抓的？"

"弄翻了日本人的火车罢啦！"

陈公公一听说儿子被抓去了，当天的夜里就非向着西南大道上跑不可。那天的风是连夜刮着，前边是黑滚滚的，后边是黑滚滚的。远处是黑滚滚的，近处是黑滚滚的。分不出头上是天，脚下是地。分不出东南西北。陈公公打开了小钱柜，带了所有儿子修铁道赚来的钱。

就是这样黑滚滚的夜,陈公公离开了他的家,离开了他管理的瓜田,离开了他的小草房,离开了陈姑妈。他向着西南大道向着儿子的方向,他向着连他自己也辨别不清的远方跑去,他好像发疯了,他的胡子,他的小袄,他的四耳帽子的耳朵,他都用手扯着它们。他好像一只野兽,大风要撕裂了他,他也要撕裂了大风。陈公公在前边跑着。陈姑妈在后面喊着:

"你回来吧!你回来吧!你没有了儿子,你不能活。你也跑了,剩下我一个人,我可怎么活……"

大风浩浩荡荡的,把陈姑妈的话卷走了,好像卷着一根毛草一样。不知卷向什么的地方去了。

陈公公倒下来了。

第一次他倒下来,是倒在一棵大树的旁边。第二次倒下来是倒在什么也没有存在的空空场场平平坦坦的地方。

现在是第三次,他实在不能再走了,他倒下了,倒在大道上。

他的膝盖流着血,有几处都擦破了皮肉,四耳帽子跑丢了。眼睛的周遭全是在翻花。全身都在痉挛,抖擞。血液停止了。鼻子流着清冷的鼻涕。眼睛流着眼泪。两腿转着筋。他的小袄被树枝撕破,裤子扯了半尺长一条大口子,尘土和风就都从这里向里灌,全身马上僵冷了。他恨命的一喘气,心窝一热,便倒下去了。

等他重新爬起来,他仍旧向旷野里跑去,他凶狂的呼喊着。连他自己都不知道叫的是什么。风在四周捆绑着他,风在大道上毫无倦意的吹啸,树在摇摆,连根拔起来,摔在路旁,地平线在混沌里完全消融,风便作了一切的主宰。

二八年一月卅日

# 花　狗[①]

　　在一个深奥的,很小的院心上,集聚几个邻人。这院子种着两棵大芭蕉,人们就在芭蕉叶子下边谈论着李寡妇的大花狗。

　　有的说:

　　"看吧,这大狗又倒霉了。"

　　有的说:

　　"不见得,上回还不是闹到终归儿子没有回来,花狗也饿病了。因此李寡妇哭了好几回……"

　　"唉,你就别说啦,这两天还不是么,那大花狗都站不住了,若是人一定要扶着墙走路……"

　　人们正说着,李寡妇的大花狗就来了。它是一条虎狗,头是大的,嘴是方的,走起路来很威严,全身是黄毛带着白花。它从芭蕉叶里露

---

① 该篇创作日期不详,首刊于一九三九年八月十五日香港《星岛日报》副刊"星座"第三七一号,署名萧红。

出来了，站在许多人的面前，还勉强的摇一摇尾巴。

但那原来的姿态完全不对了，眼睛没有一点光亮，全身的毛好像要脱落似的在它的身上飘浮着。而最可笑的是它的脚掌很稳的抬起来，端得平平的再放下去，正好像希特勒的在操演的军队的脚掌似的。

人们正想要说些什么，看到李寡妇戴着大帽子从屋里出来，大家就停止了，都把眼睛落到李寡妇的身上。她手里拿着一把黄香，身上背着一个黄布口袋。

"听说少爷来信了，倒是吗？"

"是的是的，没有多少日子，就要换防回来的……是的……亲手写的信来……我是到佛堂去烧香，是我应许下的，只要老佛爷保佑我那孩子有了信，从那天起，我就从那天三遍香烧着，一直到他回来……"

那大花狗仍照着它平常的习惯，一看到主人出街，它就跟上去，李寡妇一边骂着就走远了。

那班谈论的人，也都谈论一会各自回家了。

留下了大花狗自己在芭蕉叶下蹲着。

大花狗，李寡妇养了它十几年，李老头子活着的时候，和她吵架，她一生气坐在椅子上哭半天会一动不动的，大花狗就陪着她蹲在她的脚尖旁。她生病的时候，大花狗也不出屋，就在她旁边转着。她和邻居骂架时，大花狗就上去撕人家衣服。她夜里失眠时，大花狗摇着尾巴一直陪她到天明。

所以她爱这狗胜过于一切了，冬天给这狗做一张小棉被，夏天给它铺一张小凉席。

李寡妇的儿子随军出发了以后，她对这狗更是一时也不能离开的，她把这狗看成个什么都能了解的能懂人性的了。

有几次她听了前线上恶劣的消息，她竟拍着那大花狗哭了好几次,有的时候像枕头似的枕着那大花狗哭。

大花狗也实在惹人怜爱,卷着尾巴,虎头虎脑的,虽然它忧愁了。寂寞了,眼睛无光了,但这更显得它柔顺,显得它温和。所以每当晚饭以后,它挨着家是凡里院外院的人家,它都用嘴推开门进去拜访一次,有剩饭的给它,它就吃了,无有剩饭,它就在人家屋里绕了一个圈就静静的出来了。这狗流浪了半个月了,它到主人旁边,主人也不打它,也不骂它,只是什么也不表示,冷静的接待了它,而并不是按着一定的时候给东西吃,想起来就给它,忘记了也就算了。

大花狗落雨也在外边,刮风也在外边,李寡妇整天锁着门到东城门外的佛堂去。

有一天她的邻居告诉她:

“你的大花狗,昨夜在街上被别的狗咬了,腿流了血……”

“是的,是的,给它包扎包扎。”

“那狗实在可怜呢,满院子寻食……”邻人又说。

“唉,你没听在前线上呢,那真可怜……咱家里这一只狗算什么呢?”她忙着话没有说完,又背着黄布口袋上佛堂烧香去了。

等邻人第二次告诉她,说:

“你去看看你那狗吧!”

那时候大花狗已经躺在外院的大门口了,躺着动也不动。那只被咬伤了的前腿,晒在太阳下。

本来李寡妇一看了也多少引起些悲哀来,也就想喊人来花两角钱埋了它。但因为刚刚又收到儿子一封信,是广州退却时写的,看信上说儿子就该到家了。于是她逢人便讲,竟把花狗又忘记了。

这花狗一直在外院的门口,躺了三两天。

是凡经过的人都说这狗老死了,或是被咬死了。其实不是,它是被冷落死了。

# 梧　桐[①]

　　张家老太太缝着一件小袄,越缝越懊丧。拿起水烟袋来抽烟了,
一口烟还没有抽进去,她就骂起来:

　　"这是什么年头,这烟我没抽过,我活了这么大岁数,还跑到四川
这地方……王八的。"

　　她拔出烟管来对着那烟管吹了一口:

　　"唾……好辣呀,我又喝了一口汤。"她把水烟袋一蹲就蹲在桌
边上。

　　手里的纸火捻,可仍旧没有灭,她用手指甲一弹,巧妙的就把火弹
灭了。

　　"这叫什么房子呢,没有见过,四面露天,冬天我看……这还没过
八月节呢,我这寒腿就有点疼了,看冬天可怎么过,不饿死,也要

---

① 该篇创作于一九三九年七月二十四日,首刊于一九三九年八月十八日香港《星岛日
报》副刊"星座"第三七五号,署名萧红。

冻死。"

张家老太太是从关外逃来的，逃到上海，逃到汉口，现在是逃到重庆的乡下来了。

她正在缝着的那件小袄，是清朝做的，团花裤缎面，古铜雨绸里，现在是旧了，破了。经过几次的洗染，那团花都起毛了。

她又缝了几针，她越缝越生气，眼睛也老花了，屋子又黑，手也哆嗦，若是线从针孔脱掉，她费了三五分钟也穿不起。因为这房子没有窗子，只有两个小天窗。下雨的时候，那天窗的玻璃，打得拍拉拍拉的响。

夜里她想着一些过去的事情，睡不熟时，翻转的就总听着玻璃上是落着雨点。因为已经是秋天了，四川一到秋天是天天下雨的。

还有门外的两棵梧桐，也总是欺骗着那老太太，总是像落雨似的滴答滴答的滴着夜里的露水。从高处树叶掉到低处树叶上的水滴，是拍拍的，水滴答滴在地上，扑扑的，简直和落雨一样。夜里她常常起来看看外边是否有东西在院子里，其实她是一半寂寞，一半对这雨声的厌烦而起来的。偏偏她起来推开门去看的那几次，又都是露水。

过了这一阴雨的天，冬天就来了，冬天仍旧是下着雨，而且那梧桐叶子也一片一片的落了。又像下雨一样，因为有风才能落叶，风一来那干枯的叶子彼此磕碰的声音，简直和下雨一样。那老太太，又睡不着了。她的思乡的情绪，因为异地的风雨，时时波动着她。

但是竟有这么一天，她从街上回来了，抱着她的孙儿，一开门她就说：

"打胜仗了，就要打胜仗了。"她还没有来得及说：这回可能回家了。

她的眼睛发亮了，她的心跳着，她说满街的茶馆都在闹嚷嚷的谈论。说苏联出兵了。

她的儿子告诉她：

"妈，没有的事，那是谣言。你老擦一擦头发上的雨吧。"

她想，怎么，下雨了吗？她伸手一摸，手就湿了。摸摸小孙儿，那小头顶也湿了。

她骂着："王八蛋的……可不是真的吗！"

她推开房门，看一看那两丈多高的梧桐树，的确，这回不是露水或落叶，而是真真的雨点了。

七月廿四日

# 莲花池[①]

全屋子都是黄澄澄的。一夜之中那孩子醒了好几次,每天都是这样,他一睁开眼睛,屋子总是黄澄澄的,而爷爷就坐在那黄澄澄的灯光里。爷爷手里拿着一张破布,用那东西在裹着什么,裹得起劲的时候连胳臂都颤抖着,并且胡子也哆嗦起来。有的时候他手里拿一块放着白光的,有的时候是一块放着黄光的,也有小酒壶,也有小铜盆。有一次爷爷摩擦着一个长得可怕的大烟袋,这东西,小豆这孩子从来未见过,他夸张的想像着它和挑水的扁担一样长了。他们屋子的靠着门的那个角上,修着一个小地洞,爷爷在夜里有时爬进去,那洞上盖着一块方板,板上堆着柳条枝和别的柴草,因为锅灶就在柴堆的旁边。从地洞取出来的东西都不很大,都不好看,也一点没有用处,要玩也不好

---

① 该篇创作完成于一九三九年五月十六日,首刊于一九三九年九月十六日、十月十六日、十一月五日重庆《妇女生活》第八卷第一、第二、第三期,署名萧红。一九四〇年三月,收入桂林上海杂志公司"每月文库"一辑之十初版短篇小说集《旷野的呼喊》,署名萧红。

玩。带在女人耳朵上的银耳环,别在老太太头上的方扁簪,铜蜡台,白洋铁香炉碗……可是爷爷却很喜欢这些东西,他半夜三更的擦着它们,往往还擦出声来,沙沙沙地,好像爷爷的手永远是一块大沙纸似的。

小豆糊里糊涂的睁开眼睛看了一下就又睡了。但这都是前半夜,而后半夜,就通通是黑的了,什么也没有了,什么也看不见了。

爷爷到底是去做什么,小豆并不知道这个。

那孩子翻了一个身或是错磨着他小小的牙齿,就又睡着了。

他的夜梦永久是荒凉的窄狭的,多少还有点害怕,他常常梦到白云在他头上飞,有一次还掠走了他的帽子。梦到过一个蝴蝶挂到一个蛛网上,那蛛网是悬在一个小黑洞里。梦到了一群孩子们要打他。梦到过一群狗在后面追着他。有一次他梦到爷爷进了那黑洞就不再出来了。那一次,他全身都出了汗,他的眼睛冒着绿色的火花,他张着嘴,几乎是断了气似的可怕的瘫在那里了。

永久是那样,一个梦接着一个梦,虽然他不愿意再做了,可是非做不可,就像他白天蹲在窗口里,虽然他不愿意蹲了,可是不能出去,就非蹲在那里不可。

湖边上那小莲花池,周围都长起来了小草,毛烘烘的,厚敦敦的,饱满得像是那小草之中浸了水似的。可是风来的时候,那草梢也会随着风卷动,风从南边来,它就一齐向北低了头。一会又顺着风一齐向南把头低下。油亮亮的,绿森森的,在它们来回摆着的时候,迎着太阳的方向,绿色就浅了,背着太阳的方向,绿色就深了。偶尔也可以看到那绿色的草里有一两棵小花,那小花朵受着草丛的拥挤是想站也站不住,想倒也倒不下。完全被青草包围了,完全跟着青草一齐倒来倒去。但看上去,那小花朵就顶在青草的头上似的。

那孩子想:这若伸手去摸摸有多么好呢。

但他知道他一步不能离开他的窗口,他一推开门出去,邻家的孩子就打他。他很瘦弱,很苍白,腿和手都没有邻家孩子那么粗。有一回出去了,围着房子散步了半天,本来他不打算往远处走。在那时候就有一个小黄蝴蝶飘飘的在他前边飞着,他觉得走上前去一两步就可以捉到它。那蝴蝶落在离他家一丈远的土堆上,落在离他家比那土堆更远一点的柳树根底下……又落在这儿,又落在那儿。都离得他很近,落在他的脚尖那里,又飞过他的头顶。可是总不让他捉住。他上火了,他生气了,同时也觉得害羞,他想这蝴蝶一定是在捉弄他。于是他脱下来了衣服,他光着背脊乱追着。一边追,一边小声的喊:

"你站住,你站住。"

这样不知扑了多少时候。他扯着衣裳的领子,把衣裳抡了出去,好像打渔的人撒网一样。可是那小黄蝴蝶越飞越高了。他仰着颈子看它,天空有无数太阳的针刺刺了他的眼睛,致使他看不见那蝴蝶了。他的眼睛翻花了,他的头晕转了一阵,他的腿软了,他觉得一点力量也没有了。他想坐下来。房子和那小莲花池却在旋转,好像瓦盆窑里做瓦盆的人看到瓦盆在架子上旋转一样。就在这时候,黄蝴蝶早就不见了。至于他离开家门多远了呢,他回头一看,他家的敞开着的门口,变得黑洞洞的了,屋里边的什么也看不见了。他赶快往回跑,那些小流氓,那些坏东西,立刻反映在他的头脑里,邻居孩子打他的事情,他想起来了。他手里扯着扑蝴蝶时脱下来的衣裳,衣裳的襟飘在后边,他一跑起来它还可拉可拉的响。他一害怕,心脏就过度的跳,不但胸中觉得非常饱满,就连嘴里边也像含了东西。这东西塞满了他的嘴就和浸进水去的海绵似的。吞也吞不下去,可是也吐不出来。

就是扑蝴蝶的这一天,他又受了伤。邻家的孩子追上他来了,用棍子,用拳头,用脚打了他。他的腿和小狼的腿那么细,被打倒时在膝盖上擦破了很大的一张皮。那些孩子简直是一些小虎,简直是些疯狗,完全没有孩子样,完全是些黑沉沉的影子。他于是被压倒了,被埋没了。他的哭声他知道是没有用处,他昏迷了。

经过这一次,他就再不敢离开他的窗口了,虽然那莲花池边上还长着他看不清楚的富于幻想的漂渺的小花。

他一直在窗口蹲到黄昏以后,和一匹小猫似的,静穆,安闲,但多少带些无聊的蹲着。有一次他竟睡着了,从不大宽的窗台上滚下来了。他没有害怕,只觉得打断了一个很好的梦是不应该,他用手背揉一揉眼睛,而后睁开眼睛看一看,果然方才那是一个梦呢!自己始终是在屋子里面,而不像梦里那样,悠闲的溜荡在蓝色的天空下,而更不敢想是在莲花池边上了。他自己觉得仍旧落到空虚之中,眼前都是空虚的,冷清的,灰色的,伸出手去似乎什么也不会触到,眼睛看上去什么也看不到。空虚的也就是恐怖的,他又回到窗台上蹲着时,他往后缩一缩,把背脊紧紧的靠住窗框,一直靠到背脊骨有些发痛的时候。

小豆一天天的望着莲花池。莲花池里的莲花开了,开得和七月十五盂兰盆会所放的河灯那么红堂堂的了。那不大健康的小豆从未离开过他的窗口到池边去脚踏实地的去看过一次。只让那意想诱惑着他把那莲花池夸大了,相同一个小世界,相同一个小城。那里什么都有:蝴蝶,蜻蜓,蚱蜢……虫子们还笑着,唱着歌。草和花就像听着故事的孩子似的点着头。下雨时莲花叶扇抖得和许多大扇子似的。莲花池上就满都是这些大扇子了。那孩子说:

“爷爷领我去看看那大莲花。……”

他说完了就靠着爷爷的腿,而后抱住爷爷的腿,同时轻轻的摇着。

“要看……那没什么好看的。爷爷明天领你去。”

爷爷总是夜里不在家,白天在家就睡觉。睡醒了就昏头昏脑的抽烟,从黄昏之前就抽起,接着开始烧晚饭。

爷爷的烟袋锅子咕噜咕噜的响,小豆伏在他膝盖上,听得那烟袋锅子更清晰了,懒洋洋的晒在太阳里的小猫似的。又摇了爷爷两下,他还是希望能去到莲花池。但他没有理他。空虚的悲哀很快的袭击了他,因为他自己觉得也没有理由一定坚持要去,内心又觉得非去不可。所以他悲哀了,他闭着眼睛,他的眼泪要从眼角流下来,鼻子又辣又痛,好像刚刚吃过了芥麻①。他心里起了一阵憎恨那莲花池的感情:莲花池有什么好看的!一点也不想去看。他离开了爷爷的膝盖,在屋子里来回的好像小马驹撒欢儿似的跑了几趟。他的眼泪被自己欺骗着总算没有流下来。

他很瘦弱,他的眼球白的多黑的少。面色不大好,很容易高兴,也很容易悲哀。高兴时用他歪歪斜斜的小腿跳着舞,并且嘴里也像唱着歌。等他悲哀的时候,他的眼球一转也不转。他向来不哭,他自己想:哭什么呢,哭有什么用呢。但一哭起来,就像永远不会停止,哭声也很大,他故意把周围的什么都要震破似的。一哭起来常常是躺在地上滚着。爷爷呼止不住他,爷爷从来不打他。他一哭起来,爷爷就蹲在他的旁边,用手摸着他的头顶,或者用着腰带子的一端给他揩一揩汗,其余什么也不做,只有看着他。

他的父亲是木匠,在他三岁的时候,父亲就死了。母亲又过两年嫁了人。对于母亲离开他的印象,他模模糊糊的记得一点。母亲是跟了那个大胡子的王木匠走的,王木匠提着母亲的东西,还一拐一拐的,因为王木匠是个三条腿,除了两只真腿之外,还用木头给他自己做了一只假腿。他一想起他就觉得好笑,为什么一个人还有一条腿不敢

---

① 芥麻:即芥末。

落地呢，还要用一个木头腿来帮忙。母亲那天是黄昏时候走的，她好像上街去买东西的一样，可是从那时就没有回过来。

小豆从那一夜起，就睡在祖父旁边了。这孩子没有独立的一张被子，跟父亲睡时就盖父亲的一个被，再跟母亲睡时，母亲就抱着他，这回跟祖父睡了，祖父的被子连他的头都蒙住了。

"你出汗吗？热吗？为什么不盖被呢？"

他刚搬到爷爷旁边那几天，爷爷半夜里总是问他。因为爷爷没有和孩子睡在一起的习惯，用被子整整的把他包住了。他因此不能够喘气，常常从被子里逃到一边，就光着身子睡。

这孩子睡在爷爷的被子里没有多久，爷爷就把整张的被子全部让给他。爷爷在夜里就不见了。他招呼了几声，听听没有回应，他也就盖着那张大被子开始自己单独的睡了。

从那时候起，爷爷就开始了他自己的职业，盗墓子去了。

银白色的夜。瓦灰色的夜。触着什么什么发响的夜。盗墓子的人背了斧子，刀子和必须的小麻绳。另外有几根皮鞭梢。而火柴在盗墓子的人是主宰他们的灵魂的东西。但带着火柴的这件事情，并没有多久，是从清朝开始，在那以前都是带着打火石。他们对于这一件事情很庄严，带着宗教感的崇高的情绪装配了这种随时可以发光的东西在他们身上。

盗墓子的人先打开了火柴盒，划着了一根，再划一根。划到三四根上，证明了这火柴是一些些儿也没有潮湿，每根每根都是保险会划着的。他开始放几棵在内衣的口袋里，还必须塞进帽边里几棵，塞完了还用手捻着，看看是否塞得坚实，是不是会半路脱掉的。

五月的一个夜里，那长胡子的老头，就是小豆的祖父，他在污黑的桌子边上放下了他的烟袋。他把火柴到处放着。还放在裤脚的腿带缝里几棵。把火柴头先插进去，而后用手向里推。他的手涨着不少的血管，他的眉毛像两条小刷子似的，他的一张方形的脸有的地方筋肉突起，有的地方凹下，他的白了一半的头发高丛丛的，从他的前额相同河岸上长着的密草似的直立着。可是他的影子落到墙上就只是个影子了，平滑的，黑灰色的，薄得和纸片似的，消灭了他生活的年代的尊严。不过那影子为着那耸高的头发和拖长的胡子，正好像《伊索寓言》里为山人在河下寻找斧子的大胡子河神。

前一刻那长烟管还丝丝拉拉的叫着。那红色的江石大烟袋嘴，刚一离那老头厚厚的嘴唇，一会工夫就不响了，烟袋锅子也不冒烟了。和睡在炕上的小豆一样，烟袋是睡在桌子边上了。

火柴不但能够点灯，能够吸烟，能够燃起炉灶来，能够在山林里驱走了狼。传说上还能够赶鬼。盗墓子的人他不说带着火柴是为了赶鬼，（因为他们怕鬼，所以不那么说。）他说在忌日，就是他们从师父那里学来的，好比信佛教的人吃素一样。他们也有他们的忌日，好比下九和二十三。在这样的日子上若是他们身上不带着发火器具，鬼就追随着他们跟到家里来，和他们的儿孙生活在一起。传说上有一个女鬼，头上带着五把钢叉，就在这忌日的夜晚出来巡行，走一步拔下钢叉来丢一把，一直丢到最末的一把。若是从死人那里回来的人遇到她，她就要叉死那个人，唯有身上带着会发火的东西的，她则不敢。从前多少年代盗墓子的人是带着打火石的，这火石是他们的师父一边念着咒语而传给他们的。他们记得很清晰，师父说过："人是有眼睛的，鬼是没有眼睛的，要给他一个亮，顺着这亮他就走自己的路了。"然而他们不能够打着灯笼。

还必须带着几根皮鞭梢，这是做什么用的，他们自己也没有用过。把皮鞭梢挂在腰带上的右手边，准备用得着它时，方便得随手可以抽下来。但成了装饰品了,都磨得油滑滑的,腻得污黑了。传说上就是那带着五把钢叉的女鬼被一个骑马的人用马鞭子的鞭梢勒住过一次。

小豆的爷爷挂起皮鞭梢来,就走出去。在月光里那不甚亮的小板门,在外边他扣起来铁门环。那铁门环过于粗大,过于笨重,它规规矩矩的蹲在门上。那房子里想像不到还有一个七八岁的孩子睡在里边。

夜里爷爷不在家,白天他也多半不在家。他拿着从死人那里得来的东西到镇上去卖。在旧货商人那里为了争着价钱常常是回来得很晚的。

"爷爷!"小豆看着爷爷从四五丈远的地方回来了,他向那方向招呼着。

老头走到他的旁边,摸着他的头顶。就像带着一匹小狗一样他把孙儿带到屋子里。一进门小豆就单调的喊着,他虽然坐在窗口等等一下午爷爷才回来,他还是照样的高兴。

"爷爷,这大绿豆青……这大蚂蚱……是从窗洞进来的……"他说着就跳上炕去,破窗框上的纸被他的小手一片一片的撕下来。"这不是,就从这儿跳进来的……我就用这手心一扣就扣住它啦。"他凭空在窗台上扣了一下。"它还跳呢,看吧,这么跳……"

爷爷没有理他。他仍旧问着:

"是不是,爷爷……是不是大绿豆青……"

"是不是这蚂蚱吃的肚子太大了,跳不快,一抓就抓住……"

"爷爷你看,它在我左手上一跳会跳到右手上,还会跳回来。"

"爷爷看哪,爷爷看……爷爷……"

"爷……"

最末后他看出来爷爷早就不理他了。

爷爷坐在离他很远的灶门口的木樽上,满头都是汗珠,手里揉擦着那柔软的帽头。

爷爷的鞋底踏住了一根草棍,还咕噜咕噜的在脚心下滚着。他爷爷的眼睛静静地看着那草棍所打起来的土灰,关于跳在他眼前的绿豆青蚂蚱,他连理也没有理。到太阳落他也不拿起他的老菜刀来劈柴,好像连晚饭都不吃了。窗口照进来的夕阳从白色变成了黄色。再变成金黄,而后简直就是金红的了。爷爷的头并不在这阳光里,只是两只手伸进阳光里去。并且在红澄澄的红得像混着金粉似的光辉里把他的两手翻洗着。太阳一刻一刻的沉下去了,那块红光在墙壁上拉长了,扯歪了,爷爷的手的黑影也随着长了,歪了,慢慢的不成形了,那怪样子的手指长得比手掌还要长了好几倍,爷爷的手指有一尺多长了。

小豆远远的看着爷爷。他坐在东窗的窗口。绿豆青色的大蚂蚱紧紧的握在手心里,像握着几棵草杆似的稍稍还刺痒着他的手心。前一刻那么热烈的情绪,那么富于幻想,他打算从湖边上一看到爷爷的影子他就躲在门后,爷爷进屋时他大叫一声,同时跑出来。跟着把大绿豆青放出来。最好是能放在爷爷的胡子上,让那蚂蚱咬爷爷的嘴唇。他想到这里欢喜得把自己都感动了,为着这奇迹他要笑出眼泪来了,他抑止不住的用小手揉着他自己发酸的鼻头。可是现在他静静的望着那红窗影,望着太阳消逝得那么快,它在面前走过去的一样。红色的影子渐渐缩短,缩短,而最后的那一条条,消逝得更快,好比用揩布一下子就把它揩抹了去了。

爷爷一声也不咳嗽,一点要站起来活动的意思也没有。

天色从黄昏渐渐变到昏黑。小豆感到爷爷的模样也随着天色可怕起来,像一只蹲着的老虎,像一个瞎话里的大魔鬼。

"小豆。"爷爷忽然在那边叫了他一声。

这声音把他吓得跳了一下,因为他很久很久的不知不觉的思想集

中在想着一些什么。他放下了大蚂蚱,他回应了一声:

"爷爷!"

那声音在他的前边已经跑到爷爷的身边去,而后他才离开了窗台。同时顽皮的用手拍了一下大蚂蚱的后腿,使它自动的跳开去。他才慢斯斯的一边回头看那蚂蚱一边走转向了祖父的面前去。

这孩子本来是一向不热情的,脸色永久是苍白的,笑的时节只露出两颗小牙齿,哭的时节,眼泪也并不怎样多,走路和小老人一样。虽然方才他兴奋了一阵,但现在他仍旧回复了原样。一步一步的斯斯稳稳的向着祖父那边走过去。

祖父拉了他一把,那苍白的小脸什么也没有表示的望着祖父的眼睛看了一下。他一点也想不到会有什么变化会发生。从他有了记忆那天起,他们的小房里没有来过一个生人,没有发生过一件新鲜事。甚至于连一顶新的帽子也没有买过。炕上的那张席子原来可是新的,现在已有了个大洞,但那已经记不得是什么时候开始破的,就像是一开破就破了这么大一个洞,还有房顶空的蛛丝,连那蛛丝上挂的尘土也没有多,也没有少,其中长的蛛丝长得和湖边上倒垂的柳丝似的有十多挂,那短的罗罗索索的在胶糊着墙角。这一切都是有这个房子就有这些东西,什么也没有变更过,什么也没有多过,什么也没有少过。这一切都是从存在那一天起便是今天这个老样子。家里没有请过客人,吃饭的时候桌上永久是摆着两双筷子。屋子里是凡有一些些声音就没有不是单调的。总之是单调惯了,很难说他们的生活过得单调不单调,或寂寞不寂寞,说话的声音反应在墙上而后那回响也是清清朗朗的,譬如爷爷喊着小豆,在小豆没有答应之前,他自己就先听到了自己音波的共震。在他烧饭时偶尔把铁勺子掉到锅底上去,那响声会把小豆震得好像睡觉时做了一个恶梦那样的跳起。可见他家只站着四座墙了。也可见他家屋子是很大的,本来儿子活着时这屋子住着一家五个人的。墙上仍旧挂着那从前装过很多筷子的筷子笼,现在虽然变样了,但仍旧挂着。因为早就不用了,那筷子笼发霉了,几乎看不出来那是用柳条编的或是用的藤子,因为被油烟和尘土的粘腻已经变得绒毛毛的黑绿色的海藻似的了。但那里边依然装着一大把旧时用过的筷子。筷子已经脏得不像样子,看不出来那还是筷子了。但总算没有动过气,让一年接一年的跟着过去。

连爷爷的胡子也一向就那么长,也一向就那么密重重的一堆。到现在仍旧是密得好像用人工栽上去的一样。

小豆抬起手来,触了一下爷爷的胡子梢,爷爷也就温柔的用胡子梢触了一下小豆头顶心的缨缨发。他想爷爷张嘴了,爷爷说什么话了吧,可是不然,爷爷只把嘴唇上下的吻合着吮了一下。小豆似乎听到爷爷在咂舌了。

有什么变更了呢,小豆连想也不往这边想。他没看到过什么变更过,祖父夜里出去和白天睡,还照着老样子,他自己蹲在窗台上,一天蹲到晚,也是一惯的老样子。变更了什么,到底是变更了什么。那孩子关于这个连一些些儿预感也没有。

爷爷招呼他来,并不吩咐他什么。他对于这个,他完全习惯的,他不能明白的,他从来也不问。他不懂得的就让他不懂得。他能够看见的,他就看,看不见的也就算了,比方他总想去到那莲花池,他为着这个也是很久很久的和别的一般的孩子的脾气似的,对于他要求的达不到目的就放不下。但最后不去也就算了。他的问题都是在没提出之前在他自己心里搅闹得很不舒服,一提出来之后,也就马马虎虎的算了。他多半猜得到他要求的事情就没有一件成功的。所以关于爷爷招呼他来并不分咐他这事,他并不去追问。他自己悠闲的闪着他不大明亮的小眼睛在四外的看着,他看到了墙上爬着一个多脚虫,还爬得萨拉萨拉的响。他一仰头又看到个小黑蜘蛛缀在它自己的网上。

天就要全黑,窗外的蓝天,开初是蓝得明蓝,透蓝。再就是蓝得蓝缎子似的,显出天空有无限的深远。而现在这一刻,天气宁静了,像要凝结了似的,蓝得黑呼呼的了。

爷爷把他的手骨节一个一个的捏过,发出了脆骨折断了似的响声。爷爷仍旧什么也不说,只把头仰起看一看房顶空,小豆也跟着看了看。

那蜘蛛沉重得和一块饱满的铅锤似的,时时有从网上掉落下来的可能。和蛛网平行的是一条房梁上挂下来的绳头,模糊中还看得出绳头还结着一个圈。同时还有墙角上的木格子,那木格子上从前摆着斧子摆着墨斗,墨尺和墨线……那是儿子做木匠时亲手做起来的。老头子忽然想起了他死去的儿子,那不是他学徒满期回来的第二天就开头做了个木格子吗?他不是说做手艺人,家伙要紧,怕是耗子给他咬了才做了这木格子。他想起了房梁上那垂着的绳子也是儿子结的。五月初一媳妇出去采了一大堆艾蒿,儿子亲手把它挂在房梁上,想起来这事情都在眼前,像是还可以嗅到那艾蒿的气味。可是房梁上的绳子却污黑了,好像生了锈的沉重的锁链,垂在那里哀慕的一动也不动。老头子又看了那绳头子一眼,他的心脏立刻翻了一个面,脸开始发烧,接着就冒凉风。儿子死去也三四年了,从来没有像今天这样捉心的难过。

从前他自信,他有把握,他想他拼掉了自己最后的力量,孙儿是不会饿死的。只要爷爷多活几年,孙儿是不会饿死的。媳妇再嫁了,他想那也好的,年青的人,让她也过这样的日子有什么意思,缺柴少米,家里又没有人手。但这都是他过去的想头,现在一切都悬了空。此后怎么能吃饭呢,他不知道了,孙儿到底是能够眼看着他长大或是不能,他都不能十分确定,一些过去的感伤的场面,一段连着一段,他的思路和海上遇了风那翻花的波浪似的。从前无管怎样忧愁时也没有这样困疲过他的,现在来了。他昏迷,他心跳,他的血管暴涨,他的耳朵发热,他的喉咙发干。他摸自己两手的骨节,那骨节又开始噼拍的发响。他觉得这骨节也像变大了,变得突出而讨厌了。他要站起来走动一下,摆脱了这一切。但像有什么东西锤着他使他站不起来。

"这是干么?"

在他痛苦得不能支持,不能再任着那回想折磨下去时,他自己叫了这一个口号,同时站起身来。

"小豆,醒醒,爷爷煮绿豆粥给你吃。"他想借着和孩子的谈话把自己平伏一下,"小豆,快别迷迷糊糊的……看跌倒了……你的大蝴蝶飞了没有?"

"爷爷,你说错啦,那里是大蝴蝶,是大蚂蚱。"小豆离开了爷爷的膝盖,努力睁开眼睛。抬起腿来就想要跑,想把那大绿豆青拿给爷爷看看。

原来爷爷连看也没有看那大绿豆青一眼,所以把蚂蚱当作蝴蝶了。他伸出手去拉住了要跑开的小豆:

"吃了饭爷爷再看。"

他伸手在自己的腰怀里取出一个小包包来,正在他取出来时,那纸包被撕破而漏了,扑拉拉的往地上落着豆粒。跟着绿豆的滚落,小豆就伏下身去,在地上拾着绿豆粒。那小手掌连掌心都和地上的灰土扣得伏贴贴的。地上好像有无数滚圆的小石子。那孩子一边拾着还一边玩着,他用手心按住许多豆粒在地上咕噜着。

爷爷看了这样的情景,心上来了一阵激动的欢喜:

"这孩子怎样能够饿死，知道吃的中用了。"

爷爷心上又来了一阵酸楚，他想到这可怜的孩子，他父亲死的时候，他才刚刚会走路，虽然那时他已四岁了，但因身体特别衰弱，外边若多少下一点雨，只怕几步路也要背在爷爷的背上。三天或五日就要生一次病。看他病的样子，实在可怜，他不哼，不叫，也不吃东西，也不要什么，只是隔了一会工夫便叫一声"爷"。问他要水吗？

"不要。"

要吃的吗？

"不要。"

眼睛半开不开的又昏昏沉沉的睡了。

睡了三五天，起来了，好了。看见什么都表示欢喜。可是过不了几天就又病了。

"病没有病死，还能饿死吗？"为了这个，晚上熄了灯之后，爷爷还是烦扰着。

过去的事情又一件一件的向他涌来，他想媳妇出嫁的那天晚上，那个开着盖的描金柜……媳妇临出门时的那哭声。在他回想起来，比在当时还感动了他。他自己也奇怪，都是些过去的，想它干么。但接着又想到他死去的儿子。

一切房里的和外边的都黑掉了，莲花池也黑沉沉的看不见了，消磨得用手去摸也摸不到，用脚去踏也踏下到似的。莲花池也和那些平凡的大地一般平凡。

大绿豆青蚂蚱也早被孩子忘记了。那孩子睡得很平稳。和一条卷着的小虫似的了。

但醒在他旁边的爷爷，从小豆的鼻孔里隔一会可以听到一声受了什么委屈似的叹息。

老头子从儿子死了之后，他就开始偷盗死人。这职业起初他不愿意干，不肯干。他想也袭用着儿子的斧子和锯，也去做一个木匠。他还可笑的在家里练习了三两天，但是毫无成绩。他利用了一块厚板片，做了一个小方凳，但那是多么滑稽，四条腿一个比一个短。他想这也没有关系，用锯锯齐了就是了。在他锯时那锯齿无论怎样也不合用，锯了半天，把凳腿都锯乱了，可是还没有锯下来。更出乎他意料之外的，他眼看着他自己做的凳开始被锯得散花了。他知道木匠是当不成了，所以把儿子的家具该卖掉的都卖掉了。还有几样东西，他就用来盗墓子了。

从死人那里得来的，顶值钱的他盗得一对银杯，两副银耳环，一副带大头的，一副光圈。还有一个包金的戒指。还有铜水烟袋一个，锡花瓶一个，银扁簪一个，其余都是些不值钱的东西，衣裳鞋帽，或是陪葬的小花玻璃杯，铜方孔钱之类。还有铜烟袋嘴，铜烟袋锅，檀香木的大扇子，也都是不值钱的东西。

夜里他出去挖掘，白天便到小镇上旧货商人那里去兜卖。从日本人一来，他的货色常常被日本人扣劫，昨天晚上就是被检查了回来的。白天有日本宪兵把守着从村子到镇上的去路，夜里有侦探穿着便衣在镇上走着，行路随时都要被检查。问那老头怀里是什么东西，那东西从那里来的。他说不出是从那里来的了。问他什么职业，他说不出他是什么职业。他的东西被没收了两三次，他并没有害怕，昨天他在街上看到了一大队中国人被日本人拉去当兵。又听说没有职业的人，日本人都要拉的。

旧货商人告诉他，若想不让拉去当兵，那就赶快顺了日本人。他若愿意顺了日本，那旧货商人就带着他去。昨天就把他送到了一个地方，也见过了日本人。

为着这个事,昨天晚上,他通夜没有睡,因为是盗墓子的人,夜里工作惯了,所以今天一起来精神并不特别坏,他又下到小地窖里去。他出来时,脸上划着一条一条的灰尘。

小豆站在墙角上静静的看着爷爷。

那老头把几张小铜片塞在帽头的顶上,把一些碎铁钉包在腰带头上,苍苍惶惶的拿着一条针在缝着,而后不知把什么发亮的小片片放在手心恍了几下。小豆没有看清楚这东西到底是放在什么地方。爷爷简直像变戏法一样神秘了。一根银牙签捏了半天才插进袖边里去。他一抬头看见小豆溜圆的眼睛和小钉子似的盯着他。

"你看什么,你看爷爷吗?"

小豆没敢答言,兜着小嘴羞惭惭的回过头去了。

爷爷也红了脸,推开了独板门,又到旧货商人那里去了。


有这么一天,爷爷忽然喊着小豆,那喊声非常平静,平静到了哑的地步。

"孩子,来吧,跟爷爷去。……"

他用手指尖搔着小豆头顶上的那座毛毛发,搔了半天工夫。

那天他给孩子穿上那双青竹布的夹鞋。鞋后跟上钉着一条窄小的分带。祖父低下头去,用着粗大的呼吸给孙儿结了起来。

"爷爷,去看莲花池?"小豆和小绵羊似的站到爷爷的旁边。

"走吧,跟爷爷去……"

这一天爷爷并不带上他的刀子剪子,并不像夜里出去的那样。也不走进小地窖去,也不去找他那些铜片和碎铁。只听爷爷说了好几次:

"走吧,跟爷爷去。……"

跟爷爷到那里去呢？小豆也就不问了，他一条小绵羊似的站到爷爷的旁边。

"就只这一回了，就再不去了……"

爷爷自己说着这样的话，小豆听着没有什么意思。或者是带他去看外祖母吗？或者是去看姑母吗？或者去进庙会吗？小豆根本就不往这边想，他没有出门去看过一位亲戚，在他小的时候，外祖母是到他家里来看过他的，那时他还不记事，所以他不知道。镇上赶集的日子，他没有去过，正月十五看花灯，他没看过。八月节他连月饼都没有吃过。那好吃的东西，他连认识都不认识。他没有见过的东西非常多，等一会走到小镇上，爷爷买给他粽子时，他就不晓得怎样剥开吃。他没有看过驴皮影，他没有看过社戏。这回他将到那里去呢？将看到一些什么，他无法想像了，他只打算跟着就走。越快越好，立刻就出发他更满意。

他觉得爷爷那是麻烦得很，给他穿上这个，穿上那个，还要给他戴一顶大帽子，说是怕太阳晒着头，那帽子太大了，爷爷还教给他，说风来时，就用手先去拉住帽沿。给他洗了脸，又给他洗了手。洗脸时他才看到孙子的颈子是那么黑了，面巾打上去，立刻就起了和菜棵上黑色的一堆一堆的腻虫似的泥滚。正在擦着耳朵，耳洞里就掉出一些白色的碎沫来。看看手指甲也像鸟爪那么长了。爷爷还想给剪一剪，因为找剪刀而没有找到，他想从街上回来再好好的连头也得剪一剪。

小豆等得实在不耐烦了，爷爷找不到剪刀，他就嚷嚷着：

"爷爷，你不是前天把剪子和……和……把剪子撇到腰带里出去的吗？"

老头子感到很大的羞辱，立刻红了脸。他想：这孩子可怎么看见的呢？我一切不都是背着他吗？于是他招呼着：

"走吧!"

他们就出了门。

天是晴的,耀眼的。空气发散着从野草里边蒸腾出来的甜味。地平线的四边都是绿色,绿得那么新鲜,碎绿,湛绿,油亮亮的绿。地平线边沿上的绿,绿得冒烟了,绿得是那边下着小雨似的。而近处,就在半里路之内,都绿得完全像玻璃。

好像有什么在迷了小豆的眼睛,对于这样大的太阳,他昏花了,这样清楚的天气,他想要看的什么都看不清了。比方那幻想了好久的莲花池,就一时找不到了。他好像土播鼠被带到太阳下那样瞎了自己的眼睛。小豆实在是个小土播鼠,他不但眼睛花,而腿也站不住,就像他只配永久蹲在土洞里。

"小豆,小豆。"爷爷在后边喊他。

"裤子露屁股了,快回去,换上再来。"爷爷已经转回身去向着家的方面。等他想起小豆只有一条裤子,他就又同孩子一同往前走了。

镇上是赶集的日子,爷爷就是带了孙儿来看看热闹,同时一会就有钱了,可以给他买点什么。

"小豆要买什么,什么他喜欢,带他自己来,让他选一选。"祖父一边走着一边想着。可是必得扯几尺布,做一条裤子给他。

绕过了莲花湖,顺着那条从湖边延展开去的小道,他们向前走去。现在小豆的眼睛也不花了,腿也充满了力量。那孩子在蓝色的天空里好像是唱着优美的歌似的。他一路走一路向着草地给草起了各种的名字。他周围的一切在他看来,也都是喧闹的带着各种的声息在等候他的呼应。由于他心脏比平时加快的跳跃,他的嘴唇也像一朵小花似的微微在他脸上突起了一点,还变了一点淡红色。他随处弯着腰,随处把小手指抚压到各种野草上。刚一开头时,他是选他喜欢的小花把它摘在手里。开初都是些颜色鲜明的,到后来他就越摘越多,无管什么大的小的黄的紫的或白的……就连野生的大麻果的小黄花,他也摘在手里,可是这条小路是很短的。一走出了小路就是一条黄色飞着灰尘的街道。

"爷爷到那儿去呢?"小豆抬起他苍白的小脸。

"跟着爷爷走吧。"

往下他也就不问了,好像一条小狗似的跌在爷爷的后边。

市镇的声音,闹嚷嚷,在五百步外听到人声哄哄得就有些震耳了。祖父心情是烦忧的而也是宁静的。他把他自己沉在一种庄严的喜悦里,他对孙儿这是第一次想要花费,想要开销一笔钱。他的心上时时活动着一种温暖,很快的这温暖变成了一种体贴,当他看到小豆今天格外快活的样子,他幸福的从眼梢上开启着微笑。小豆的不大健康可爱的小腿,一跳一跳的做出伶俐的姿态来。爷爷几次想要跟他说几句话,但是为了内心的喜爱,他张不开嘴,他不愿意凭空的惊动了那可爱的小羊。等小豆真正的走到市镇上来,小镇的两旁,都是些卖吃食东西的,红山楂片,压得扁扁的墨枣,香色的橄榄。再过去也是卖吃食东西的,在小豆看来这小镇上,全都是可吃的了。他并没有向爷爷要什么,也不表示他对这吃的很留意,他表面上很平淡的样子就在人缝里往前挤,但心里头,或是嘴里边,随时感到一种例外的从来所未有的感觉。尤其是那卖酸梅汤的,敲着铜茶托发出来那清凉的声音。他越听那声音越凉快,虽然不能够端起一碗来就喝下去,但总觉得一看就凉快。可是他又不好意思停下来多看一会,因为平常没有这习惯,他一刻也不敢单独的随心所欲的停在那里多停一刻,他总怕有人要打他。但这是在市镇上并非在家里,这里的人多得很,怎能够有人打他呢?这个连他自己也不想得十分彻底,是一种下意识的存在。所以紧跟着爷爷,走到人多的地方,他竟伸出手来拉着爷爷。卖豌豆的,卖大圆白菜的,卖青辣椒的……这些他都没有看见。有一个女人举着一个长杆,杆子头上挂着各种颜色的绵线。小豆竟被这绵线挂住了颈子。他神经质的十分恐怖的喊了一声,爷爷把线从他颈子上取下来,他看到孙儿的眼睛里呈现着一种清明的可爱的过于怜人的景色。于是小豆听到了爷爷的嘴里吐出来一种带香味的声音:

"你要吃点什么吗?这粽子,你喜欢吗?"

小豆不知道那是什么东西,也许五六年前他父亲活着时他吃过,那早就忘掉了。

爷爷从那瓦盆里提出来一个,是三角的,或者是六角的,总之在小豆看着这生疏的东西,带着很多尖尖。爷爷问他,指着瓦盆子旁边在翻开着的锅。

"你要吃热的吗?"

小豆忘了,那时候是点点头,还是摇摇头。总之他手里已经提着一个尖尖的小玩艺了。

爷爷想要买的东西,都不能买,反正一会回来买,所以他带的钱只有几个铜板,但是他并不觉得怎样少,他很自满地向前走着。

小豆的裤子正在屁股上破了一大块,他每向前抬一下腿,那屁股就有一块微黄色的皮肤透露了一下。这更使祖父对他起着怜惜。

"这孩子,和三月的小葱似的,只要沾着一点点雨水就马上会肥起来的……"一想到这里,他就快走了几步,因为过了这市镇前边是他取钱的地方。

小豆提着粽子还没有打开吃,虽然他在卖粽子的地方,看过了别人都是剥了皮吃的,但他到底不能确定,不剥皮是否也可以吃。最后他用牙齿撕破了一个大角,他吃着,吸着,还用两只手来帮着忙开始

　　春夏秋冬，一年四季来回循环的走，那是自古也就这样的了。风霜雨雪，受得住的就过去了，受不住的，就寻求着自然的结果。那自然的结果不大好，把一个人默默的一声不响的就拉着离开了这人间的世界了。至于那还没有被拉去的，就风霜雨雪，仍旧在人间被吹打着。

**画家简介**
　　陈行戬，黑龙江省哈尔滨市呼兰人，现任哈尔滨师范大学美术教育系教师。多年从事呼兰河风情的艺术表现及萧红作品研究。

　　卖豆腐的人一来了,男女老幼,全都欢迎。打开门来,笑盈盈的,虽然不说什么,但是彼此有一种融洽的感情,默默生了起来。……买不起豆腐的人对那卖豆腐的,就非常的羡慕……假若能吃一块豆腐可不错,切上一点青辣椒,拌上一点小葱子。

　　东二道街上有大泥坑一个，五六尺深……有一天，下大雨的时候，一个小孩掉下去了，让一个卖豆腐的救了上来。救上来一看，那孩子是农业学校校长的儿子。于是议论纷纷了，有的说是因为农业学堂设在庙里边，冲了龙王爷了，龙王爷要降大雨淹死这孩子。有的说不然，完全不是这样……

　　二月过清明，家家户户都提着香火去上坟茔……若有近亲的人如子女父母之类，往往且哭上一场；那哭的语句，数数落落，无异是在做一篇文章或是在诵一篇长诗。歌诵完了之后，站起来拍拍屁股上的土，也就随着上坟的人们回城的大流，回城去了。

　　一到了唱戏的时候，可并不是简单的看戏，而是接姑娘唤女婿，热闹得很。
东家的女儿长大了，西家的男孩子也该成亲了，说媒的这个时候，就走上门来。
约定两家的父母在戏台底下，第一天或是第二天，彼此相看。

　　每家如此，杀鸡买酒，笑语迎门，彼此谈着家常，说着趣事，每夜必到三更，灯油不知浪费了多少……烛火灯光之下，一谈了个半夜，真是非常的温暖而亲切。

　　嫁了的女儿，回来住娘家，临走（回婆家）的时候，做母亲的送到大门外，摆着手还说："秋天唱戏的时候，接你回来看戏"。坐着女儿的车子走远了，母亲含着眼泪还说："看戏的时候接你回来。"

　　这庙会的土名叫做"逛庙"，也是无分男女老幼都来逛的，但其中以女子最多……娘娘庙的门口，卖带子的特别多，妇人们都争着去买，她们相信买了带子，就会把儿子给带来了。若是未出嫁的女儿，也误买了这东西，那就将成为大家的笑柄了……

吃了。

他那采了满手的野花丢在市镇上被几百几十的人踏着,而他和爷爷走出市镇了。

走了很多弯路,爷爷把他带到一个好像小兵营的门口。

孩子四外看一看,想不出这是什么地方。门口站着穿大靴子的兵士,头上戴着好像小铁盆似的帽子。他想问爷爷:这是日本兵吗?因为爷爷推着他,让他在前边走,他也就算了。

日本兵刚来到镇上时,小豆常听舅父说"汉奸",他不大明白,不大知道舅父所说的是什么话。可是日本兵的样子和舅父所说的一点也不差,他一看了就害怕。但因为爷爷推着他往前走,他也就进去了。

正是里边吃午饭的时候,日本人也给了他一个饭盒子,他胆怯的站在门边把那一尺来长三寸多宽的盒子接在手里,爷爷替他打开了,白饭上还有两片火腿这东西,油亮亮的特别香。他从来没见过。因为爷爷也吃,他也就把饭吃完了。

他想问爷爷,这是在什么地方,在人多的地方,他更不敢说话,所以也就算了。但这个地方总不大对,过了不大一会工夫,那边来一个不戴铁帽子也不穿大靴子的平常人把爷爷招呼着走了。他立时就跟上去,但是被门岗挡住了,他喊:

"爷爷,爷爷。"他的小头盖上冒了汗珠,好像喊着救命似的那么喊着。

等他也跟着走上了审堂时,他就站在爷爷的背后,还用手在后边紧紧的勾住爷爷的腰带。

这间房子的墙上挂着马鞭,挂着木棍,还有绳子和长杆,还有皮条。地当心还架着两根木头架了,和秋千架子似的环着两个大铁环,环子上系着用来把牛缚在犁杖上那么粗的大绳子。

他听爷爷说"中国"又说"日本"。

问爷爷的人一边还拍着桌子,他看出来爷爷也有点害怕的样子,他就在后边拉着爷爷的腰带,他说:

"爷爷,回家吧。"

"回什么家,小混蛋,他妈的,你家在那里。"那拍桌子的人就向他拍了一下。

正是这时候,从门口推进大厅来一个和爷爷差不多的老头,戴铁帽子的腰上挂着小刀子的(即刺刀),还有些穿着平常人的衣裳的。这一群都推着那个老头,老头一边叫着就一边被那些人用绳子吊了上去,就吊在那木头架子上。那老头的脚一边打着旋转,一边就停在空中了。小豆眼看着日本兵从墙上摘下了鞭子。

那孩子并没有听到爷爷说了什么,他好像从舅父那里听来的,中国人到日本人家里就是"汉奸"。于是他喊着:

"汉奸,汉奸……爷爷回家吧……"

说着躺在地上就大哭起来。因为他拉爷爷,爷爷不动的缘故,他又发了他大哭的脾气。

还没等到爷爷回过头来,小豆被日本兵一脚踢到一丈多远的墙根上去,嘴和鼻子立刻流了血,和被损害了的小猫似的,不能证明他还在呼吸或没有,可是喊叫的声音一点也没有了。

爷爷站起来,就要去抱他的孙儿。

"混蛋,不能动,你绝不是好东西。……"

审问的中国人变了脸色的缘故,脸上的阴影,特别的黑了起来,从鼻子的另一面全然变成铁青了。而后说着日本话,那老头虽然听了许多天了也一句不懂。只听说"带斯内……带斯内……"日本兵就到墙上去摘鞭子。

那边悬起来的那个人,已开始用鞭子打了。

小豆的爷爷也同样的昏了过去。他的全身没有一点痛的地方。他发了一阵热,又发了一阵冷,就达到了这样一种沉沉静静的境地。一秒钟以前那难以忍受的火刺刺的感觉,完全消逝了,只这么快就忘得干干净净。孩儿怎样了,死了还是活着,他不能记起,他好像走到了另一个世界,没有痛苦,没有恐怖,没有变动,是一种永恒的。这样他不知过了多久,像海边的岩石他不能被世界晓得它是睡在波浪上多久一样。

他刚一明白了过来,全身疲乏得好像刚刚到远处去旅行了一次,口渴,想睡觉,想伸一伸腰。但不知为什么伸不开,想睁开眼睛看一看,但也睁不开。他站了好几次,也站不起来。等他的眼睛可能看到他的孙儿,他向着他的方向爬去了。他一点没有怀疑他的孙儿是死了还是活着,他抱起他来,他把孙儿软条条的横在爷爷的膝盖上。

这景况和他昏迷过去的那景况完全不同,挂起来的那老头没有了,那一些周围的沉沉的面孔也都没有了,屋子里安静得连尘土都在他的眼前飞,光线一条条的从窗橱跌进来,尘土在光线里边变得白花花的。他的耳朵里边,起着幽幽的鸣叫。鸣叫声似乎离得很远,又似乎听也听不见了。一切是静的,静得使他想要回忆点什么也不可能。若不是厅堂外边那些日本兵的大靴子叮当的响,他真的不能分辨他是处在什么地方了。

孙儿因为病没有病死,还能够让他饿死吗?来时经过那小市镇,祖父是这样想着打算回来时,一定要扯几尺布给他先做一条裤子。

现在小豆和爷爷从那里来时走过的市镇上回来了。小豆的鞋子和一棵硬壳似的为着一根带了的连系尚且挂在那细小的腿上,他的屁股露在爷爷的手上。嘴和鼻子上的血尚且没有揩。爷爷的膝盖每向前走一步那孩子的胳臂和腿也跟着游荡一下。祖父把孩子拖长的摊展在他的两手上。仿佛在端着什么液体的可以流走的东西，时时在担心他会自然的掉落，可见那孩子绵软到什么程度了。简直和面条一样了。

祖父第一个感觉知道孙儿还活着的时候，那是回到家里，已经摆在炕上，他用手掌贴住了孩子的心窝，那心窝是热的，是跳的，比别的身上其余的部分带着活的意思。

这孩子若是死了好像是应该的，活着使祖父反而把眼睛瞪圆了。他望着房顶，他捏着自己的胡子，他和白痴似的，完全像个呆子了。他怎样也想不明白。

"这孩子还活着吗？唉呀，还有气吗？"

他又伸出手来，触到了那是热的，并且在跳，他稍微用一点力，那跳就加速了。

他怕他活转来似的，用一种格外沉重的忌恨的眼光看住他。

直到小豆的嘴唇自动的张合了几下，他才承认孙儿是活了。

他感谢天，感谢佛爷，感谢神鬼。他伏在孙儿的耳朵上，他把嘴压住了那还在冰凉的耳朵。

"小豆小豆小豆小豆小……"

他一连串和珠子落了般地叫着孙儿。

那孩子并不能答应。只像苍蝇咬了他的耳朵一下似的使他轻轻地动弹一下。

他又连着串叫：

"小豆，看看爷爷，看……看爷一眼。"

小豆刚把眼睛睁开一道小缝，爷爷立刻扑了过去。

"爷……"那孩子很小的声音叫了一声。

这声音多么乖巧，多么顺从，多么柔软。它打动了爷爷的心窝了。爷爷的眼泪经过了胡子往下滚，没有声音的，和一个老牛哭了的时候一样。

并且爷爷的眼睛特别大，两张小窗户似的。通过了那玻璃般的眼泪而能看得很深远。

那孩子若看到了爷爷这样大的眼睛，一定害怕而要哭起来的。但他只把眼开了个缝而又平平坦坦的昏昏沉沉的睡了。

他是活着的，那小嘴，那小眼睛，小鼻子……

爷爷的血流又开始为着孙儿而活跃。他想起来了，应该把那嘴上的血揩掉，应该放一张凉水浸过的手巾在孙儿的头上。

他开始忙着这个，他心里是有计划的，而他做起来还颠三倒四，他找不到他自己的水缸，他似乎不认识他已经取在水盆里的是水。他对什么都加以思量的样子，他对什么都像是犹疑不决。他的举动说明着他是个多心的十分有规律的做一件事的人。其实，他都不是，而且正相反，他是为了过度的喜欢使他把周围的一切都掩没了，都看不见了，而也看不清，他失掉了记忆。恍恍惚惚的他自己也不知道他自己是怎么着了。

可笑的，他的手里拿着水盆还在四面的找水盆。

他从小地窖里取出一点碎布片来，那是他盗墓子时拾得的死人的零碎的衣裳。他点了一把火，在灶口把它烧成了灰。把灰拾起来放在饭碗里，再浇上一点冷水，而后用手指捏着摊放在小豆的心口上。

传说这样可以救命。


左近一切人家都睡了的时候，祖父仍在小灶腔里燃着火，仍旧煮着绿豆汤……

他把木板碗橱拆开来烧火,他举起斧子来。听到炕上有哼声他就把斧子抬得很高很高的举着而不落。

"他不能死吧。"他想。

斧子的响声脆快得很,一声声的在劈着黑沉沉的夜。

"爷……"

里边的孩子又叫了爷爷一声。

爷爷走进去,低低的答应着。

过一会又喊着,爷爷又走进去低低的答应着,接着他就翻了个身喊了一声,那声音是急促的,微弱的。接着又喊了几声,那声音越来越弱。声音松散的,几乎听不出来喊的是爷爷。不过在爷爷听来就是喊着他了。

鸡鸣是报晓了。

莲花池的小虫子们仍旧唧唧的叫着……间或有青蛙叫了一阵。

无定向的,天边上打着露水闪。

那孩子的性命,谁知道会继续下去,还是会断绝的。

露水闪不十分明亮,但天上的云也被它分得远近和种种的层次来,而那莲花池上小豆所最喜欢的大绿豆青蚂蚱,也一闪一闪的在闪光里出现在莲花叶上。

小豆死了。……

爷爷以为他是死了,不呼吸,也不叫,……没有哼声,不睁眼睛,一动也不动。

爷爷劈柴的斧子,在门外举起来而落不下去了。他把斧子和木板一齐安安然然的放在地上。静悄悄的靠住门框他站着了。

他的眼光看到了墙上活动着的蜘蛛,看到了沉静的蛛网。又看到了地上三条腿的板凳,看到了掉了底的碗橱,看到了儿子亲手结的挂艾蒿的悬在房梁上的绳子,看到了灶腔里跳着的火。

他的眼睛是从低处往高处看,看了一圈,而后还落到低处。但他就不见他的孙儿。

而后他把眼睛闭起来了,他好似怕那闪闪耀耀的火光会迷了他的眼睛,他闭了眼睛是表示他对了火关了门。他看不到火了,他就以为火也看不到他了。

可是火仍看得到他,把他的脸炫耀得通红,接着他就把通红的脸埋没到自己阔大的胸前,而后用两只袖子包围起来。

然而他的胡子梢仍没有包围住,就在他一会高涨,一会低抽的胸前骚动……他喉管里像吞住一颗过大的珠子,时上时下的而咕噜咕噜的在鸣。而且喉管也和泪线一样起着暴痛。

这时候莲花池仍旧是莲花池。露水闪仍旧不断的闪合。鸡鸣远近都有了。

但在莲花池的旁边,那灶口生着火的小房子门口,却划着一个黑大的人影。

那就是小豆的祖父。

一九三九年五月十六日嘉陵江居

长篇小说

XIAOHONG
QUANJI

# 呼兰河传①

## 第一章

### 一

严冬一封锁了大地的时候,则大地满地裂着口。从南到北,从东到西,几尺长的,一丈长的,还有好几丈长的,它们毫无方向的,便随时随地,只要严冬一到,大地就裂开口了。

严寒把大地冻裂了。

年老的人,一进屋用扫帚扫着胡子上的冰溜,一面说:

"今天好冷啊! 地冻裂了。"

赶车的车夫,顶着三星②,绕着大鞭子走了六七十里,天刚一蒙

---

① 该篇创作完成于一九四〇年十二月二十日,首刊于一九四〇年九月一日至十二月二十七日香港《星岛日报》副刊"星座",署名萧红。一九四一年五月,桂林上海杂志公司初版,署名萧红。
② 三星:猎户座中央三颗明亮的星,民间称作"三星"。

亮,进了大店,第一句话就向客栈掌柜的说:

"好厉害的天啊!小刀子一样。"

等进了栈房,摘下狗皮帽子来,抽一袋烟之后,伸手去拿热馒头的时候,那伸出来的手在手背上有无数的裂口。

人的手被冻裂了。

卖豆腐的人清早起来,沿着人家去叫卖,偶一不慎,就把盛豆腐的方木盘贴大地上拿不起来了。被冻在地上了。

卖馒头的老头,背着木箱子,里边装着热馒头,太阳一出来,就在街上叫唤。他刚一从家里出来的时候,他走的快,他喊的声音也大。可是过不了一会,他的脚上挂了掌子了,在脚心上好像踏着一个鸡蛋似的,圆滚滚的。原来冰雪封满了他的脚底了。使他走起来十分的不得力,若不是十分的加着小心,他就要跌倒。就是这样,也还是跌倒的。跌倒了是不很好的,把馒头箱子跌翻了,馒头从箱底一个一个的跑了出来。旁边若有人看见,趁着这机会,趁着老头子倒下一时还爬不起来的时候,就拾了几个一边吃着就走了。等老头子挣扎起来,连馒头带冰雪一起检到箱子去,一数,不对数。他明白了。他向着那走得不太远的吃他馒头的人说:

"好冷的天,地皮冻裂了,吞了我的馒头了。"

行路人听了这话都笑了。他背起箱子来再往前走,那脚下的冰溜,似乎是越结越高,使他越走越困难,于是背上出了汗,眼睛上了霜,胡子上的冰溜越挂越多,而且因为呼吸的关系,把破皮帽子的帽耳朵和帽前遮都挂了霜了。这老头越走越慢,担心受怕,颤颤惊惊,好像初次穿上了滑冰鞋,被朋友推上了溜冰场似的。

小狗冻得夜夜的叫唤,哽哽的,好像它的脚爪被火烧着了一样。

天再冷下去:

水缸被冻裂了;

井被冻住了；

大风雪的夜里，竟会把人家的房子封住，睡了一夜，早晨起来，一推门，竟推不开门了。

大地一到了这严寒的季节，一切都变了样，天空是灰色的，好像刮了大风之后，呈着一种混沌沌的气象，而且整天飞着清雪。人们走起路来是快的，嘴里边的呼吸，一遇到了严寒好像冒着烟似的。七匹马拉着一辆大车，在旷野上成串的一辆挨着一辆的跑，打着灯笼，甩着大鞭子，天空挂着三星。跑了二里路之后，马就冒汗了。再跑下去，这一批人马在冰天雪地里边竟热气腾腾的了。一直到太阳出来，进了栈房，那些马才停止了出汗。但是一停止了出汗，马毛立刻就上了霜。

人和马吃饱了之后，他们再跑。这寒带的地方，人家很少，不像南方，走了一村，不远又来了一村，过了一镇，不远又来了一镇。这里是什么也看不见，远望出去是一片白。从这一村到那一村，根本是看不见的。只有凭了认路的人的记忆才知道是走向了什么方向。拉着粮食的七匹马的大车，是到他们附近的城里去。载来大豆的卖了大豆，载来高粱的卖了高粱。等回去的时候，他们带了油、盐和布匹。

呼兰河就是这样的小城，这小城并不怎样繁华，只有两条大街，一条从南到北，一条从东到西，而最有名的算是十字街了。十字街口集中了全城的精华。十字街上有金银首饰店，布庄，油盐店，茶庄，药店，也有拔牙的洋医生。那医生的门前，挂着很大的招牌，那招牌上画着特别大的有量米的斗那么大的一排牙齿。这广告在这小城里边无乃太不相当，使人们看了竟不知道那是什么东西。因为油店，布店和盐店，他们都没有什么广告，也不过是盐店门前写个"盐"字，布店门前挂了两张怕是自古亦有之的两张布幌子。其余的如药店的招牌也不过是把那戴着花镜的伸出手去在小枕头上号着妇女们的脉管的医生的名字挂在门外就是了。比方那医生的名字叫李永春，那药店也就叫

"李永春"。人们凭着记忆，那怕就是李永春摘掉了他的招牌，人们也都知李永春是在那里。不但城里的人这样，就是从乡下来的人也多半都把这城里的街道，和街道上尽是些什么都记熟了。用不着什么广告，用不着什么招引的方式，要买的比如油盐、布匹之类，自己走进去就会买。不需要的，你就是挂了多大的牌子人们也是不去买。那牙医生就是一个例子，那从乡下来的人们看了这么大的牙齿，真是觉得希奇古怪，所以那大牌子前边，停了许多人在看，看也看不出是什么道理来。假若他是正在牙痛，他也绝对的不去让那用洋法子的医生给他拔掉，也还是走到李永春药店去，买二两黄连，回家去含着算了吧！因为那牌子上的牙齿太大了，有点莫名其妙，怪害怕的。

所以那牙医生，挂了两三年招牌，到那里去拔牙的却是寥寥无几。

后来那女医生没有办法，大概是生活没法维持，她兼做了收生婆。

城里除了十字街之外，还有两条街，一个叫做东二道街，一个叫做西二道街。这两条街是从南到北的，大概五六里长。这两条街上没有什么好记载的，有几座庙，有几家烧饼铺，有几家粮栈。

东二道街上有一家火磨，那火磨的院子很大，用红色的好砖砌起来的大烟筒是非常高的，听说那火磨里边进去不得，那里边的消信可多了，是碰不得的。一碰就会把人用火烧死，不然为什么叫火磨呢？就是因为有火，听说那里边不用马，或是毛驴拉磨，用的是火。一般人以为尽是用火，岂不把火磨烧着了吗？想来想去，想不明白，越想也就越糊涂。偏偏那火磨又是不准参观的。听说门口站着守卫。

东二道街上还有两家学堂，一个在南头，一个在北头。都是在庙里边，一个在龙王庙里，一个在祖师庙里。两个都是小学。

龙王庙里的那个学的是养蚕，叫做农业学校。祖师庙里的那个，是个普通的小学，还有高级班，所以又叫做高等小学。

这两个学校，名目上虽然不同，实际上是没有什么分别的。也不过那叫做农业学校的,到了秋天把蚕用油炒起来,教员们大吃几顿就是了。

那叫做高等小学的,没有蚕吃,那里边的学生的确比农业学校的学生长的高,农业学生开头是念"人、手、足、刀、尺",顶大的也不过十六七岁。那高等小学的学生却不同了,吹着洋号,竟有二十四岁的,在乡下私学馆里已经教了四五年的书了,现在才来上高等小学。也有的在粮栈里当了二年的管账先生的现在也来上学了。

这小学的学生写起家信来,竟有写到:"小秃子闹眼睛好了没有?"小秃子就是他的八岁的长公子的小名。次公子,女公子还都没有写上,若都写上怕是把信写得太长了。因为他已经子女成群,已经是一家之主了,写起信来总是多谈一些个家政,姓王的地户的地租送来没有? 大豆卖了没有? 行情如何之类。

这样的学生,在课堂里边也是极有地位的,教师也得尊敬他,一不留心,他这样的学生就站起来了,手里拿着《康熙字典》,常常把先生会指问住的。万里乾坤的"乾"和乾菜的"乾",据这学生说是不同的,乾菜的"乾"应该这样写:"乾",而不是那样写:"乾"。

西二道街上不但没有火磨,学堂也就只有一个。是个清真学校,设在城隍庙里边。

其余的也和东二道街一样,灰秃秃的,若有车马走过,则烟尘滚滚,下了雨满地是泥。而且东二道街上有大泥坑一个,五六尺深。不下雨那泥浆好像粥一样,下了雨,这泥坑就便成河了,附近的人家,就要吃它的苦头,冲了人家里满满了是泥,等坑水一落了去,天一晴了,被太阳一晒出来很多蚊子飞到附近的人家去。同时那泥坑也就越晒越纯净,好像在提炼什么似的,好像要从那泥坑里边提炼出点什么来似的。若是一个月以上不下雨,那大泥坑的质度更纯了,水份完全被蒸发走了,那里边的泥,又黏又黑,比粥锅潋糊,比浆糊还黏。好像炼胶的大锅似的,黑糊糊的,油亮亮的,那怕苍蝇蚊子从那里一飞也要黏住的。

小燕子是很喜欢水的,有时误飞到这泥坑上来,用翅子点着水,看起来很危险,差一点没有被泥坑陷害了它,差一点没有被粘住,赶快的头也不回的飞跑了。

若是一匹马,那就不然了,非粘住不可。而不仅仅是粘住,而是把它陷进去,马在那里边滚着,挣扎着,挣扎了一会,没有了力气那马就躺下了,一躺下那就很危险,很有致命的可能。但是这种时候不很多,很少有人牵着马或是拉着车子来冒这种险。

这大泥坑出乱子的时候,多半是在旱年,若两三个月不下雨这泥坑子才到了真正危险的时候。在表面上看来,似乎是越下雨越坏,一下了雨好像小河似的了,该多么危险,有一丈来深,人掉下去也要没顶的。其实不然,呼兰河这城里的人没有这么傻,他们都晓得这个坑是很厉害的,没有一个人敢有这样大的胆子牵着马从这泥坑上过。

可是若三个月不下雨,这泥坑子就一天一天的干下去,到后来也不过是二三尺深,有些勇敢者就试探着冒险的赶着车从上边过去了,还有些次勇敢者,看着别人过去,也就跟着过去了。一来二去的,这坑子的两岸,就压成车轮经过的车辙了。那再后来者,一看,前边已经有人走在先了,这懦怯者比之勇敢的人更勇敢,赶着车子走上去了。

谁知这坑子的底是高低不平的,人家过去了,可是他却翻了车了。

车夫从泥坑爬出来,弄得和个小鬼似的,满脸泥污,而后再从泥中往外挖掘他的马,不料那马已经倒在泥污之中了,这时候有些过路的人,也就走上前来,帮忙施救。

这过路的人分成两种,一种是穿着长袍短褂的,非常清洁。看那样子也伸不出手来,因为他的手也是很洁净的。不用说那就是绅士一流的人物了,他们是站在一旁参观的。

看那马要站起来了,他们就喝彩,"噢! 噢!"的喊叫着,看那马又站不起来,又倒下去了,这时他们又是喝彩,"噢噢"的又叫了几声。不过这喝的是倒彩。

就这样的马要站起来,而又站不起来的闹了一阵之后,仍是没有站起来,仍是照原样可怜的躺在那里。这时候,那些看热闹的觉得也不过如此,也没有什么新花样了。于是星散开去,各自回家去了。

现在再来说那马还是在那里躺着,那些帮忙救马的过路人,都是些普通的老百姓,是这城里的担葱的,卖菜的,瓦匠,车夫之流。他们卷卷裤脚,脱了鞋子,看看没有什么办法,走下泥坑去,想用几个人的力量把那马抬起来。

结果抬不起来了,那马的呼吸不大多了。于是人们着了慌,赶快解了马套。从车子把马解下来,以为这回那马毫无担负的就可以站起来了。

不料那马还是站不起来。马的脑袋露在泥浆的外边,两个耳朵哆嗦着,眼睛闭着,鼻子往外喷着秃秃的气。

看了这样可怜的景象,附近的人们跑回家去,取了绳索,拿了绞锥。用绳子把马捆了起来,用绞锥从下边掘着。人们喊着号令,好像造房子或是架桥梁似的,把马抬出来了。

马是没有死,躺在道旁。人们给马浇了一些水,还给马洗了一个脸。

看热闹的也有来的,也有去的。

第二天大家都说:

"那大水泡子又淹死了一匹马。"

虽然马没有死,一哄起来就说马死了。若不这样说,觉得那大泥坑也太没有什么威严了。

在这大泥坑上翻车的事情不知有多少。一年除了被冬天冻住的季节之外,其余的时间,这大泥坑子像它被赋给生命了似的,它是活的。水涨了,水落了,过些日子大了,过些日子又小了。大家对它都起着无限的关切。

水大的时候,不但阻碍了车马,且也阻碍了行人。老头走在泥坑子的沿上,两条腿打颤,小孩走在泥坑子的沿上吓得狼哭鬼叫。

一下起雨来这大泥坑子白亮亮的涨得溜溜的满,涨到两边的人家的墙根上去了,把人家的墙根给淹没了。来往过路的人,一走到这里,就像在人生的路上碰到了打击。是要奋斗的,卷起袖子来,咬紧了牙根,全身的精力集中起来,手抓着人家的板墙,心脏扑通扑通的跳,头不要晕,眼睛不要花,要沉着迎战。

偏偏那人家的板墙造得又非常的平滑整齐,好像有意在危难的时候不帮人家的忙似的,使那行路人无管怎样巧妙的伸出手来,也得不到那板墙的怜悯,东抓抓不着什么,西摸也摸不到什么,平滑得连一个疤拉节子也没有,这可不知道是什么山上长的木头,长得这样完好无缺。

挣扎了五六分钟之后,总算是过去了。弄得满头流汗,满身发烧,那都不说。再说那后来的人,依法炮制,那花样也不多,也只是东抓抓,西摸摸。弄了五六分钟之后,又过去了。

一过去可就精神饱满,哈哈大笑着,回头向那后来的人,向那正在艰苦阶段上奋斗着的人说:

"这算什么,一辈子不走几回险路那不算英雄。"

可也不然,也不一定都是精神饱满的,而大半是被吓得脸色发白。有的虽然已经过去了,还是不能够很快的抬起腿来走路,因为那腿还在打颤。

这一类胆小的人,虽然是险路已经过去了,但是心里边无由的生起来一种感伤的情绪，心里颤抖抖的，好像被这大泥坑子所感动了似的，总要回过头来望了一望，打量一会，似乎要有些话说。终于也没有说什么，还是走了。

有一天，下大雨的时候，一个小孩掉下去了，让一个卖豆腐的救了上来。

救上来一看，那孩子是农业学校校长的儿子。

于是议论纷纷了，有的说是因为农业学堂设在庙里边，冲了龙王爷了，龙王爷要降大雨淹死这孩子。

有的说不然，完全不是这样，都是因为这孩子的父亲的关系，他父亲在讲堂上指手画脚的讲，讲给学生们说，说这天下雨不是在天的龙王爷下的雨，他说没有龙王爷。你看这不把龙王爷活活的气死，他这口气那能不出呢？所以就抓住了他的儿子来实行因果报应了。

有的说，那学堂里的学生也太不像样了，有的爬上了老龙王的头顶，给老龙王去戴了一个草帽。这是什么年头，一个毛孩子就敢惹这么大的祸，老龙王怎么会不报应呢？看着吧，这还不能算了事，你想龙王爷并不是白人呵！你若惹了他，他可能够饶了你？那不像对付一个拉车的，卖菜的，随便的踢他们一脚就让他们去。那是龙王爷呀！龙王爷还是惹得的吗？

有的说，那学堂的学生都太不像样了，他说他亲眼看见过，学生们拿了蚕放在大殿上老龙王的手上。你想老龙王那能够受得了。

有的说，现在的学堂太不好了，有孩子是千万上不得学堂的。一上了学堂就天地人鬼神不分了。

有的说他要到学堂把他的儿子领回来，不让他念书了。

有的说孩子在学堂里念书，是越念越坏，比方吓掉了魂，他娘给他叫魂的时候，你听他说什么？他说这叫迷信。你说再念下去那还了得吗？

说来说去,越说越远了。

过了几天,大泥坑子又落下去了,泥坑两岸的行人通行无阻。

再过些日子不下雨,泥坑子就又有点像要干了。这时候,又有车马开始在上面走,又有车子翻在上面,又有马倒在泥中打滚,又是绳索棍棒之类的,往外抬马,被抬出去的赶着车子走了。后来的,陷进去,再抬。

一年之中抬车抬马,在这泥坑子上不知抬了多少次,可没有一个人说把泥坑子用土填起来不就好了吗?没有一个。

有一次一个老绅士在泥坑涨水时掉在里边了。他一爬出来,他就说:

"这街道太窄了,去了这水泡子连走路的地方都没有了。这两边的院子,怎么不把院墙拆了让出一块来?"

他正说着,板墙里边,就是那院中的老太太搭了言。她说院墙是拆不得的,她说最好种树,若是沿着墙根种上一排树,下起雨来人就可以攀着树过去了。

说拆墙的有,说种树的有,若说用土把泥坑来填平的,一个人也没有。

这泥坑子里边淹死过小猪,用泥浆闷死过狗,闷死过猫,鸡和鸭也常常死在这泥坑里边。

原因是这泥坑上边结了一层硬壳,动物们不认识那硬壳下面就是陷阱,等晓得了可也就晚了。它们跑着或是飞着,等往那硬壳上一落可就再也站不起来了。白天还好,或者有人又要来施救。夜晚可就没有办法了。它们自己挣扎,挣扎到没有力量的时候就很自然的沉下去了,其实也或者越挣扎越沉下去的快。有时至死也还不沉下去的事也有。若是那泥浆的密度过高的时候,就有这样的事。

比方肉上市。忽然卖便宜猪肉了,于是大家就想起那泥坑子来

了,说:

"可不是那泥坑子里边又淹死了猪了?"

说着若是腿快的,就赶快跑到邻人的家去,告诉邻居:

"快去买便宜肉吧,快去吧,快去吧,一会没有了。"

等买回家来才细看一番,似乎有点不大对,怎么这肉又紫又青的!可不要是瘟猪肉。

但是又一想,那能是瘟猪肉呢,一定是那泥坑子淹死的。

于是煎,炒,蒸,煮,家家吃起便宜猪肉来。虽然吃起来了,但就总觉得不大香,怕还是瘟猪肉。

可是又一想,瘟猪肉怎么可以吃得,那么还是泥坑子淹死的吧!

本来这泥坑子一年只淹死一两口猪,或两三口猪,有几年还连一个猪也没有淹死。至于居民们常吃淹死的猪肉,这可不知是怎么一回事,真是龙王爷晓得。

虽然吃的自己说是泥坑子淹死的猪肉,但也有吃病了的,那吃病了的就大发议论说:

"就是淹死的猪肉也不应该抬到市上去卖,死猪肉终究是不新鲜的,税局子是干什么的,让大街上,在光天化日之下就卖起死猪肉来?"

那也是吃了死猪肉的,但是尚且没有病的人说:

"话可也不能是那么说,一定是你疑心,你三心二意的吃下去还会好。你看我们也一样是吃了,可怎么没病?"

间或也有小孩子太不知时务,他说他妈不让他吃,说那是瘟猪肉。

这样的孩子,大家都不喜欢。大家都用眼睛瞪着他,说他:

"瞎说,瞎说。"

有一次一个孩子说那猪肉一定是瘟猪肉,并且是当着母亲的面向邻人说的。

那邻人听了倒并没有坚绝的表示什么,可是他的母亲的脸立刻就红了。伸出手去就打了那孩子。

那孩子很固执,仍是说:

"是瘟猪肉吗!是瘟猪肉吗!"

母亲实在难为情起来,就拾起门旁的烧火的叉子,向着那孩子的肩膀就打了过去。

于是孩子一边哭着一边跑回家里去了。

一进门,炕沿上坐着外祖母,那孩子一边哭着一边扑到外祖母的怀里说:

"姥姥,你吃的不是瘟猪肉吗?我妈打我。"

外祖母对这打得可怜的孩子本想安慰一番,但是一抬头看见了同院的老李家的奶妈站在门口往里看。

于是外祖母就掀起孩子后衣襟来,用力的在孩子的屁股上啀啀的打起来,嘴里还说着:

"谁让你这么一点你就胡说八道!"

一直打到李家的奶妈抱着孩子走了才算完事。

那孩子哭得一塌糊涂,什么"瘟猪肉"不"瘟猪肉"的,哭得也说不清了。

总共这泥坑子施给当地居民的福利有两条:

第一条:常常抬车抬马,淹鸡,淹鸭,闹得非常热闹,可使居民说长道短,得以消遣。

第二条就是这猪肉的问题了,若没有这泥坑子,可怎么吃瘟猪肉呢?吃是可以吃的,但是可怎么说法呢?真正说是吃的瘟猪肉,岂不太不讲卫生了吗?有这泥坑了可就好办,可以使瘟猪变成淹猪,居民们买起肉来,第一经济,第二也不算什么不卫生。

# 二

东二道街除了大泥坑子这番盛举之外,再就没有什么了。也不过是几家碾磨房,几家豆腐店,也有一两家机房,也许有一两家染布匹的染缸房,这个也不过是自己默默的在那里做着自己的工作,没有什么可以使别人开心的,也不能招来什么议论。那里边的人都是天黑了就睡觉,天亮了就起来工作。一年四季,春暖花开,秋雨,冬雪,也不过是随着季节穿起棉衣来,脱下单衣去的过着。生老病死也都是一声不响的默默的办理。

比方就是那东二道街南头,卖豆芽菜的王寡妇吧:她在房脊上插了一个很高的杆子,杆子头上挑着一个破筐。因为那杆子很高,差不多和龙王庙的铁马铃子一般高了。来了风,庙上的铃子格仍格仍的响。王寡妇的破筐子虽是它不会响,但是它也会东摇西摆的作着态。

就这样一年一年的过去,王寡妇一年一年的卖着豆芽菜,平静无事,过着安详的日子。忽然有一年夏天,她的独子到河里边去洗澡,掉河淹了。

这事情似乎轰动了一时,家传户晓,可是不久也就平静下去了。不但邻人,街坊,就是她的亲戚朋友也都把这回事情忘记了。

再说那王寡妇,虽然她从此以后就疯了,但她到底还晓得卖豆芽菜,她仍还是静静的活着,虽然偶尔她的疯性发了,在大街上或是在庙台上狂哭一场,但一哭过了之后,她还是平平静静的活着。

至于邻人街坊们,或是过路的人看见了她在庙台上哭,也会引起一点恻忍之心来的,不过为时甚短罢了。

还有人们常常喜欢把一些不幸者归划在一起,比如疯子傻子之类,都一律去看待。

那个乡,那个县,那个村都有些个不幸者,瘸子啦,瞎子啦,疯子或是傻子。

呼兰河这城里,就有许多这一类的人。人们关于他们都似乎听得多,看得多,也就不以为奇了。偶尔在庙台上或是大门洞里不幸遇到了一个,刚想多少加一点恻忍之心在那人身上,但是一转念,人间这样的人多着哩! 于是转过眼睛去,三步两步的就走过去了。即或有人停下来,也不过是和那些毫没有记性的小孩子似的向那疯子投一个石子,或是做着把瞎子故意领到水沟里边去的事情。

一切不幸者,就都是叫化子,至少在呼兰河这城里边是这样。

人们对待叫化子们是很平凡的。

门前聚了一群狗在咬,主人问:

"咬什么?"

仆人答:

"咬一个讨饭的。"

说完了也就完了。

可见这讨饭人的活着是一钱不值了。

卖豆芽菜的女疯子,虽然她疯了还忘不了自己的悲哀,隔三差五的还到庙台上去哭一场,但是一哭完了,仍是得回家去吃饭,睡觉,卖豆芽菜。

她仍是平平静静的活着。

## 三

再说那染缸房里边,也发生过不幸。两个年青的学徒,为了争一个街头上的妇人,其中的一个把另一个按进染缸子给淹死了。死了的不说,就说那活着的也下了监狱,判了个无期徒刑。

但这也是不声不响的把事就解决了,过了三年二载,若有人提起那件事来,差不多就像人们讲着岳飞、秦桧似的,久远得不知多少年前的事情似的。

同时发生这件事情的染缸房,仍旧是在原址,甚或连那淹死人的大缸也许至今还在那儿使用着。从那染缸房发卖出来的布匹,仍旧是远近的乡镇都流通着。蓝色的布匹男人们做起棉布棉袄来,冬天穿它来抵御严寒。红色的布匹,则做成大红袍子,给十八九岁的姑娘穿上,让她去做新娘子。

总之,除了这染缸房子在某年某月某日死了一个人外,其余的世界,并没有因此而改动了一点。

再说那豆腐房里边也发生过不幸:两个伙计打仗,竟把拉磨的小驴的腿打断了。

因为它是驴子,不谈它也就罢了。只因为这驴子哭瞎了一个妇人的眼睛(即打了驴子那人的母亲),所以不能不记上。

再说那造纸的纸房里边,把一个私生子活活饿死了。因为他是一个初生的孩子,算不了什么。也就不说他了。

## 四

其余的东二道街上,还有几家扎彩铺。这是为死人而预备的。

人死了,魂灵就要到地狱里边去,地狱里边怕是他没有房子住,没有衣裳穿,没有马骑。活着的人就为他做了这么一套,用火烧了,据说是到阴间就样样都有了。

大至喷钱兽,聚宝盆,大金山,大银山,小至丫环使女,厨房里的厨子,喂猪的猪官,再小至花盆,茶壶茶杯,鸡鸭鹅犬,以至窗前的鹦鹉。

看起来真是万分的好看,大院子也有院墙,墙头上是金色的琉璃瓦。一进了院,正房五间,厢房三间,一律是青砖红瓦房,窗明几净,空气特别新鲜。花盆一盆一盆的摆在花架子上,石柱子,金百合,马蛇菜,九月菊都一齐的开了。看起使人不知道是什么季节,是夏天还是秋天,居然间马蛇菜也和菊花同时站在一起。也许阴间是不分什么春夏秋冬的。这且不说。

再说那厨房里的厨子,真是活神活现,比真的厨子真是干净到一千倍,头戴白帽子,身扎白围裙,手里边在做拉面条。似乎午饭的时候就要到了,煮了面就要开饭了似的。

院子里的牵马童,站在一匹大白马的旁边,那马好像是阿拉伯马,特别高大,英姿挺立,假若有人骑上,看样子一定比火车跑得更快。就是呼兰河这城里的将军,相信他也没有骑过这样的马。

小车子,大骡子,都排在一边。骡子是油黑的,闪亮的,用鸡蛋壳做的眼睛,所以眼珠是不会转的。

大骡子旁边还站着一匹小骡子,那小骡子也特别好看,眼珠是和大骡子一般的大。

小车子装潢得特别漂亮,车轮子都是银色的,车前边的帘子是半卷半掩的,使人得以看到里边去。车里边是红堂堂的铺着大红的褥子。赶车的坐在车沿上,满脸是笑,得意洋洋,装饰得特别漂亮,扎着紫色的腰带,穿着蓝色花丝葛的大袍,黑缎鞋,雪白的鞋底。大概穿起这鞋来还没有走路就赶起车来了。他头上戴着黑帽头,红帽顶,把脸扬着,他蔑视着一切,越看他越不像一个车夫,好像一位新郎。

公鸡三两只,母鸡七八只,都是在院子里边静静的啄食,一声不响。鸭子也并不呱呱的乱叫,叫得烦人。狗蹲在上房的门旁,非常的守职,一动不动。

看热闹的人,人人说好,个个称赞。穷人们看了这个竟觉得活着还没有死了好。

正房里,窗帘,被格,桌椅板凳,一切齐全。

还有一个管家的,手里拿着一个算盘在打着。旁边还摆着一个账本,上边写着:

"北烧锅欠酒二十二巾

东乡老王家昨借米二十担

白旗屯泥人子昨送地租四百卅吊

白旗屯二傻子共欠地租两千吊"

这以下写了个：

四月廿八日

以上的是四月廿七日的流水账，大概廿八日的还没有写呢！

看这账目也就知道阴间欠了账也是马虎不得的，也设了专门人才，即管账先生一流的人物来管。同时也可以看出来，这大宅子的主人不用说就是个地主了。

这院子里边，一切齐全，一切都好，就是看不见这院子的主人在什么地方，未免的使人疑心这么好的院子而没有主人了。这一点似乎使人感到空虚，无着无落的。

再一回头看，就觉得这院子终归是有点两样，怎么丫环使女，车夫，马童的胸前都挂着一张纸条，那纸条上写着他们每个人的名字：

那漂亮得和新郎似的车夫的名字叫：

"长鞭"

马童的名字叫：

"快腿"

左手拿着水烟袋，右手抢着花手巾的小丫环叫：

"德顺"

另外一个叫：

"顺手"

管账的先生叫：

"妙算"

提着喷壶在浇花的使女叫：

"花姐"

再一细看才知道那匹大白马也是有名字的,那名字是贴在马屁股上的,叫:

"千里驹"

其余的,如骡子,狗,鸡,鸭之类没有名字。

那在厨房里拉着面条的"老王",他身上写着他名字的纸条,来风一吹,还忽咧忽咧的跳着。

这可真有点奇怪,自家的仆人,自己都不认识了,还要挂上个名签。

这一点未免的使人迷离恍惚,似乎阴间究竟没有阳间好。

虽然这么说,羡慕这座宅子的人还是不知多少。因为的确这座宅子是好,清悠,闲静,鸦雀无声,一切规整,绝不紊乱。丫环,使女,照着阳间的一样,鸡犬猪马,也都和阳间一样,阳间有什么,到了阴间也有,阳间吃面条,到了阴间也吃面条,阳间有车子坐,到了阴间也一样的有车子坐,阴间是完全和阳间一样,一模一样的。

只不过没有东二道街上那大泥坑子就是了。是凡好的一律都有,坏的不必有。

## 五

东二道街上的扎彩铺,就扎的是这一些。一摆起来又威风,又好看,但那作坊里边是乱七八糟的,满地碎纸,球杆棍子一大堆,破盒子,乱罐子,颜料瓶子,浆糊盆,细麻绳,粗麻绳……走起路来,会使人跌倒。那里边砍的砍,绑的绑,苍蝇也来回的飞着。

要做人,先做一个脸孔,糊好了,挂在墙上,男的女的,到用的时候,摘下一个来就用。给一个用球杆捆好的人架子,穿上衣服,装上一个头就像人了。把一个瘦骨伶仃的用纸糊好的马架子,上边贴上用纸剪成的白毛,那就是一匹很漂亮的马了。

做这样的活计的,也不过是几个极粗糙极丑陋的人,他们虽懂得怎样打扮一个马童或是打扮一个车夫,怎样打扮一个妇人女子。但他们对他们自己是毫不加修饰的,长头发的,毛头发的,歪嘴的,斜眼的,赤足裸膝的,似乎使人不能相信,这么漂亮炫眼耀目,好像要活了的人似的,是出于他们之手。

他们吃的是粗菜,粗饭,穿的是破乱的衣服,睡觉则睡在车马、人、头之中。

他们这种生活,似乎也很苦的。但是一天一天的,也就糊里糊涂的过去了,也就随着春夏秋冬,脱下单衣去,穿起棉衣来的过去了。

生,老,病,死,都没有什么表示。生了就任其自然的长去,长大就长大,长不大也就算了。

老,老了也没有什么关系。眼花了,就不看;耳聋了,就不听;牙掉了,就整吞;走不动了,就瘫着。这有什么办法,谁老谁活该。

病,人吃五谷杂粮,谁不生病呢?

死,这回可是悲哀的事情了,父亲死了,儿子哭。儿子死了母亲哭。哥哥死了一家全哭。嫂子死了,她的娘家人来哭。

哭了一朝或是三日,就总得到城外去,挖一个坑把这人埋起来。

埋了之后,那活着的仍旧得回家照旧的过着日子,该吃饭,吃饭。该睡觉,睡觉。外人绝对看不出来是他家已经没有了父亲或是失掉了哥哥,就连他们自己也不是关起门来,每天哭上一场。他们心中的悲哀,也不过是随着当地的风俗的大流逢年过节的到坟上去观望一回。二月过清明,家家户户都提着香火去上坟茔,有的坟头上塌了一块土,有的坟头上陷了几个洞,相观之下,感慨唏嘘,烧香点酒。若有近亲的人如子女父母之类,往往且哭上一场;那哭的语句,数数落落,无异是在做一篇文章或者是在诵一篇长诗。歌诵完了之后,站起来拍拍屁股上的土,也就随着上坟的人们回城的大流,回城去了。

回到城中的家里,又得照旧的过着日子,一年柴米油盐,浆洗缝补。从早晨到晚上忙个不休。夜里疲乏之极,躺在炕上就睡了。在夜梦中并梦不到什么悲哀的或是欣喜的景况,只不过咬着牙,打着哼,一夜一夜的就都这样的过去了。

假若有人问他们,人生是为了什么?他们并不会茫然无所对答的,他们会直截了当的不假思索的说了出来:"人活着是为吃饭穿衣。"

再问他,人死了呢?他们会说:"人死了就完了。"

所以没有人看见过做扎彩匠的活着的时候为他自己糊一座阴宅,大概他不怎么相信阴间。假如有了阴间,到那时候他再开扎彩铺,怕是又要租人家的房子了。

## 六

呼兰河城里,除了东二道街,西二道街,十字街之外,再就都是些个小胡同了。

小胡同里边更没有什么了,就连打烧饼麻花的店铺也不大有,就连卖红绿糖球的小床子,也都是摆在街口上去,很少有摆在小胡同里边的。那些住在小街上的人家,一天到晚看不见多少闲散杂人。耳听的眼看的,都比较的少,所以整天寂寂寞寞的,关起门来在过着生活。破草房有上半间,买上二斗豆子,煮一点盐豆下饭吃,就是一年。

在小街上住着,又冷清,又寂寞。

一个提篮子卖烧饼的,从胡同的东头喊,胡同向的西头都听到了。虽然不买,若走谁家的门口,谁家的人都是把头探出来看看,间或有问一问价钱的,问一问糖麻花和油麻花现在是不是还卖着前些日子的价钱。

间或有人走过去掀开了筐子上盖着的那张布,好像要买似的,拿起一个来摸一摸是否还是热的。

摸完了也就放下了,卖麻花的也绝对的不生气。

于是又提到第二家的门口去。

第二家的老太婆也是在闲着,于是就又伸出手来,打开筐子,摸了一回。

摸完了也是没有买。

等到了第三家,这第三家可要买了。

一个三十多岁的女人,刚刚睡午觉起来,她的头顶上梳着一个卷,大概头发不怎样整齐,发卷上罩着一个用大黑珠线织的网子,网子上还插了不少的疙疸针。可是因为这一睡觉,不但头发乱了,就是那些疙疸针也都跳出来了,好像这女人的发卷上被射了不少的小箭头。

她一开门就很爽快,把门扇刮打的往两边一分,她就从门里闪出来了。随后就跟出来五个孩子。这五个孩子也都个个爽快。像一个小连队似的,一排就排好了。

第一个女孩子,十二三岁。伸出手来就拿了一个五吊钱一只的一竹筷子长的大麻花。她的眼光很迅捷,这麻花在这筐子里的确是最大的,而且就只有这一个。

第二个是男孩子,拿了一个两吊钱一只的。

第三个也是拿了个两吊钱一只的。也是个男孩子。

第四个看了看,没有办法,也只得拿了一个两吊钱的。也是个男孩子。

轮到第五个了,这个可分不出来是男孩子,还是女孩子。头是秃的,一只耳朵上挂着钳子,瘦得好像个干柳条,肚子可特别大。看样子也不过五岁。

一伸手,他的手就比其余的四个的都黑得更厉害,其余的四个,虽然他们的手也黑得够厉害的,但总还认得出来那是手,而不是别的什么,唯有他的手是连认也认不出来了,说是手呢! 说是什么呢,说什么都行。完全起着黑的灰的,深的浅的,各种的云层。看上去,好像看隔山照似的,有无穷的趣味。

他就用这手在筐子里边挑选,几乎是每个都让他摸过了,不一会工夫,全个的筐子都让他翻遍了。本来这筐子虽大,麻花也并没有几只,除了一个顶大的之外,其余小的也不过十来只,经了他这一翻,可就完全遍了。弄了他满手是油,把那小黑手染得油亮油亮的,黑亮黑亮的。

而后他说:

"我要大的。"

于是就在门口打了起来。

他跑得非常之快,他去追着他的姐姐。他的第二个哥哥,他的第三个哥哥,也都跑了上去,都比他跑得更快。再说他的大姐,那个拿着大麻花的女孩,她跑得更快到不能想像的。已经找到一块墙的缺口的地方,跳了出去,后边的也就跟着一溜烟的跳过去。等他们刚一追着跳过去,那大孩子又跳回来了。在院子里跑成了一阵旋风。

那个最小的,不知是男孩子还是女孩子的,早已追不上了。落在后边,在号啕大哭。间或也想检一点便宜,那就是当他的两个哥哥,把他的姐姐已经扭住的时候,他就趁机会想要从中抢他姐姐手里的麻花。可是几次都没有做到,于是又落在后边号啕大哭。

他们的母亲,虽然是很有威风的样子,但是不动手是招呼不住他们的。母亲看了这样子也还没有个完了,就进屋去,拿起烧火的铁叉子来,向着她的孩子就奔去了。不料院子里有一个小泥坑,是猪在里打腻的地方。她恰好就跌在泥坑那儿了,把叉子跌出去五尺多远。

于是这场戏才算达到了高潮,看热闹的人没有不笑的,没有不称心愉快的。

就连那卖麻花的人也看出神了，当那女人坐到泥坑中把泥花四边溅起来的时候，那卖麻花的差一点没把筐子掉了地下。他高兴极了，他早已经忘了他手里的筐子了。

至于那几个孩子，则早就不见了。

等母亲起来去把他们追回来的时候，那做母亲的这回可发了威风，让他们一个一个的向着太阳跪下，在院子里排起一小队来，把麻花一律的解除。

顶大的孩子的麻花没有多少了，完全被撞碎了。

第三个孩子的已经吃完了。

第二个的还剩了一点点。

只有第四个的还拿在手上没有动。

第五个，不用说，根本没有拿在手里。

闹到结果，卖麻花的和那女人吵了一阵之后提着筐子又到另一家去叫卖了。他和那女人所吵的是关于那第四个孩子手上拿了半天的麻花又退回了的问题，卖麻花的坚持着不让退，那女人又非退回不可。结果是付了三个麻花的钱，就把那提篮子的人赶了出来了。

为着麻花而下跪的五个孩子不提了。再说那一进胡同口就被挨家摸索过来的麻花，被提到另外的胡同里去，到底也卖掉了。

一个已经脱完了牙齿的老太太买了其中的一个，用纸裹着拿到屋子去了。她一边走着一边说：

"这麻花真干净，油亮亮的。"

而后招呼了她的小孩子，快来吧。

那卖麻花的人看了老太太很喜欢这麻花，于是就又说：

"是刚出锅的，还热忽着哩！"

# 七

过去了卖麻花的,后半天,也许又来了卖凉粉的,也是一在胡同口的这头喊,那头就听到了。

要买的拿着小瓦盆出去了。不买的坐在屋子一听这卖凉粉的一招呼,就知道是应烧晚饭的时候了。因为这凉粉一个整个的夏天都是在太阳偏西,他就来的,来得那么准,就像时钟一样,到了四五点钟他必来的。就像他卖凉粉专门到这一条胡同来卖似的。似乎在别的胡同里就没有为着多卖几家而耽误了这一定的时间。

卖凉粉的一过去了,一天也就快黑了。

打着博楞鼓的货郎,一到太阳偏西,就再不进到小巷子里来,就连僻静的街他也不去了,他担着担子从大街口走回家去。

卖瓦盆的,也早都收市了。

检绳头的,换破乱的也都回家去了。

只有卖豆腐的则又出来了。

晚饭时节,吃了小葱沾大酱就已经很可口了,若外加上一块豆腐,那真是锦上添花,一定要多浪费两碗苞米大云豆粥的。一吃就吃多了,那是很自然的,豆腐加上点辣椒油,再拌上点大酱,那是多么可口的东西。用筷子触了一点点豆腐,就能够吃下去半碗饭,再到豆腐上去触了一下,一碗饭就完了。因为豆腐而多吃两碗饭,并不算多吃得多,没有吃过的人,不能够晓得其中的滋味的。

所以卖豆腐的人一来了,男女老幼,全都欢迎。打开门来,笑盈盈的,虽然不说什么,但是彼此有一种融洽的感情,默默生了起来。

似乎卖豆腐的在说:

"我的豆腐真好!"

似乎买豆腐的回答:

"你的豆腐果然不错。"

买不起豆腐的人对那卖豆腐的,就非常的羡慕,一听了那从街口越招呼越近的声音,就特别的感到诱惑,假若能吃一块豆腐可不错,切上一点青辣椒,拌上一点小葱子。

但是天天这样想,天天就没有买成,卖豆腐的一来,就把这等人白白的引诱一场。于是那被诱惑的人,仍然逗不起决心,就多吃几口辣椒,辣得满头是汗。他想假若一个人开了一个豆腐房可不错,那就可以自由随便的吃豆腐了。

果然,他的儿子长到五岁的时候,问他:

"你长大了干什么?"

五岁的孩子说:

"开豆腐房。"

这显然要继承他父亲未遂的志愿。

关于豆腐这美妙的一盘菜的爱好,竟有还甚于此的,竟有想要倾家荡产的。传说上,有这样的一个家长,他下了决心,他说:

"不过了,买一块豆腐吃去!"这"不过了"的三个字,用旧的语言来翻译,就是毁家纾难的意思,用现代的话来说,就是:"我破产了!"

八

卖豆腐的一收了市,一天的事情都完了。

家家户户都把晚饭吃过了。吃过了晚饭,看晚霞的看晚霞,不看晚霞的躺到炕上去睡觉的也有。

这地方的晚霞是很好看的,有一个土名,叫火烧云。说"晚霞"人们不懂,若一说"火烧云"就连三岁的孩子也会呀呀的往西天空里指给你看。

晚饭一过,火烧云就上来了。照得小孩子的脸是红的。把大白狗变成红色的狗了。红公鸡就变成金的了。黑母鸡变成紫檀色的了。喂猪的老头子,往墙根上靠,他笑盈盈的看着他的两匹小白猪,变成小金猪了,他刚想说:

"他妈的,你们也变了……"

他的旁边走来了一个乘凉的人,那人说:

"你老人家必要高寿,你老是金胡子了。"

天空的云,从西边一直烧到东边,红堂堂的,好像是天着了火。

这地方的火烧云变化极多,一会红堂堂的了,一会金洞洞的了,一会半紫半黄的,一会半灰半百合色。葡萄灰,大黄梨,紫茄子,这些颜色天空上边都有。还有些说也说不出来的,见也未曾见过的,诸多种的颜色。

五秒钟之内,天空里有一匹马,马头向南,马尾向西,那马是跪着的,像是在等着有人骑到它的背上,它才站起来。再过一秒钟,没有什么变化。再过两三秒钟,那匹马加大了,马腿也伸开了,马脖子也长了,但是一条马尾巴却不见了。

看的人,正在寻找马尾巴的时候,那马就变靡了。

忽然又来了一条大狗,这条狗十分凶猛,它在前边跑着,它的后边似乎还跟了好几条小狗仔。跑着跑着,小狗就不知跑到那里去了,大狗也不见了。

又找到了一个大狮子,和娘娘庙门前的大石头狮子一模一样的,也是那么大,也是那样的蹲着,很威武的,很镇静的蹲着,它表示着抹视一切的样子,似乎眼睛连什么也不眯,看着看着的,一不谨慎,同时又看到了别一个什么。这时候,可就麻烦了,人的眼睛不能同时又看东,又看西。这样子会活活把那个大狮子糟蹋了。一转眼,一低头,那天空的东西就变了。若是再找,怕是看瞎了眼睛也找不到了。

大狮子既然找不到,另外的那什么,比方就是一个猴子吧,猴子虽不如大狮子，可同时也没有了。

一时恍恍惚惚的，满天空里又像这个，又像那个，其实是什么也不像，什么也没有了。

必须是低下头去，把眼睛揉一揉，或者是沉静一会再来看。

可是天空偏偏又不常常等待着那些爱好它的孩子。一会工夫火烧云下去了。

于是孩子们困倦了，回屋去睡觉了。竟有还没能来得及进屋的，就靠在姐姐的腿上，或者是依在祖母的怀里就睡着了。

祖母的手里，拿着白马鬃的蝇甩子，就用蝇甩子给他驱逐着蚊虫。

祖母还不知道这孩子是已经睡了，还以为他在那里玩着呢！

"下去玩一会去吧！把奶奶的腿压麻了。"

用手一推，那孩子已经睡得摇摇幌幌的了。

这时候，火烧云已经完全下去了。

于是家家户户都进屋去睡觉，关起窗门来。

呼兰河这地方，就是在六月里也是不十分热的，夜里总要盖着薄棉被睡觉。

等黄昏之后的乌鸦飞过时，只能够隔着窗子听到那很少的尚未睡的孩子在嚷叫：

"乌鸦，乌鸦你打场，

给你二斗粮……"

那铺天盖地的一群黑乌鸦，啊啊的大叫着在整个的县城的头顶上飞过去了。

据说飞过了呼兰河的南岸，就在一个大树林子里边住下了。明天早晨起来再飞。

夏秋之间每夜要过乌鸦，究竟这些成百成千的乌鸦过到那里去，孩子们是不大晓得的，大人们也不大讲给他们听。

只晓得念这套歌,"乌鸦乌鸦你打场,给你二斗粮。"

究竟给乌鸦二斗粮做什么,似乎不大有道理。

## 九

乌鸦一飞过,这一天才真正的过去了。

因为大卯星升起来了,大卯星好像铜球似的亮咚咚的了。

天河和月亮也都上来了。

蝙蝠也飞起来了。

是凡跟着太阳一起来的,现在都回去了。人睡了,猪、马、牛、羊也都睡了,燕子和蝴蝶也都不飞了。就连房根底下的牵牛花,也一朵没有开的。含苞的含苞,卷缩的卷缩。含苞的准备着欢迎那早晨又要来的太阳,那卷缩的,因为它已经在昨天欢迎过了,它要落去了。

随着月亮上来的星夜,大卯星也不过是月亮的一个马前卒,让它先跑到一步就是了。

夜一来蛤蟆就叫,在河沟里叫,在洼地里叫。虫子也叫,在院心草棵子里,在城外的大田上,有的叫在人家的花盆里,有的叫在人家的坟头上。

夏夜若无风无雨就这样的过去了。一夜又一夜。

很快的夏天就过完了,秋天就来了。秋天和夏天的分别不太大,也不过天凉了,夜里非盖着被子睡觉不可。种田的人白天忙着收割,夜里多做几个割高粱的梦就是了。

女人一到了八月也不过就是浆衣裳,拆被子,捶棒硾,捶得街街巷巷早晚的叮叮当当的乱响。

"棒硾"一捶完,做起被子来,就是冬天。

冬天下雪了。

人们四季里,风、霜、雨、雪的过着,霜打了,雨淋了。大风来时是飞沙走石，似乎是很了不起的样子。冬天，大地被冻裂了，江河被冻住了。再冷起来，江河也被冻得咔咔的，响着裂开了纹。冬天，冻掉了人的耳朵，冻破了人的鼻子，冻裂了人的手和脚。

但这是大自然的威风，与小民们无关。

呼兰河的人们就是这样，冬天来了就穿棉衣裳，夏天来了就穿单衣裳。就好像太阳出来了就起来，太阳落了就睡觉似的。

被冬天冻裂了手指的，到了夏天也自然就好了。好不了的，到"李永春"药铺，去买二两红花，泡一点红花酒来擦一擦，擦得手指通红也不见消，也许就越来越肿起来。那么再到"李永春"药铺去，这回可不买红花了，是买了一贴膏药来。回到家里，用火一烤，黏黏糊糊的就贴在冻疮上了。这膏药是真好，贴上了一点也不碍事。该赶车的去赶车，该切菜的去切菜。黏黏糊糊的是真好，见了水也不掉，该洗衣裳的去洗衣裳去好了。就是掉了，拿在火上再一烤，就还贴得上的。一贴，贴了半个月。

呼兰河这地方的人，什么都讲结实，耐用，这膏药这样的耐用，实在是合乎这地方的人情。虽然是贴了半个月，手也还没有见好，但这膏药总算是耐用，没有白花钱。

于是再买一贴去，贴来贴去，这手可就越肿越大了。还有些买不起膏药的，就检人家贴乏了的来贴。

到后来，那结果，谁晓得都怎样呢，反正一塌糊涂去了吧。

春夏秋冬，一年四季来回循环的走，那是自古也就这样的了。风霜雨雪，受得住的就过去了，受不住的，就寻求着自然的结果。那自然的结果不大好，把一个人默默的一声不响的就拉着离开了这人间的世界了。

至于那还没有被拉去的，就风霜雨雪，仍旧在人间被吹打着。

# 第二章

## 一

呼兰河除了这些卑琐平凡的实际生活之外,在精神上,也还有不少的盛举,如:

跳大神;

唱秧歌;

放河灯;

野台子戏;

四月十八娘娘庙大会……

先说大神。大神是会治病的,她穿着奇怪的衣裳,那衣裳平常的人不穿。红的,是一张裙子,那裙子一围在她的腰上,她的人就变样了。开初,她并不打鼓,只是一围起那红花裙子就哆嗦。从头到脚,无处不哆嗦,哆嗦了一阵之后,又开始打颤。她闭着眼睛,嘴里边卟卟的。每一打颤,就装出来要倒的样子。把四边的人都吓得一跳,可是她又坐住了。

大神坐的是凳子,她的对面摆着一块牌位,牌位上贴着红纸,写着黑字。那牌位越旧越好,好显得她一年之中跳神的次数不少,越跳多了就越好,她的信用就远近皆知。她的生意就会兴隆起来。那牌前,点着香,香烟慢慢的旋着。

那女大神多半在香点了一半的时候神就下来了。那神一下来,可就威风不同,好像有万马千军让她领导似的,她全身是劲,她站起来乱跳。

大神的旁边,还有一个二神,当二神的都是男人。他并不昏乱,他是清晰如常的，他赶快把一张圆鼓交到大神的手里，大神拿了这鼓，站起来就乱跳，先诉说那附在她身上的神灵的下山的经历，是乘着云，是随着风，或者是驾雾而来，说得非常之雄壮。二神站在一边，大神问他什么，他回答什么。好的二神是对答如流的，坏的二神，一不加小心说冲着了大神的一字，大神就要闹起来的。大神一闹起来的时候，她也没有别的大法，只是打着鼓，乱骂一阵，说这的病人，不出今夜就必得死的，死了之后，还会游魂不散，家族，亲戚乡里都要招灾的。这时吓得那请神的人家赶快烧香点酒，烧香点酒之后，若再不行，就得赶送上红布来，把红布挂在牌位上，若再不行，就得杀鸡，若闹到了杀鸡这个阶段，就多半不能再闹了。因为再闹就没有什么想头了。

这鸡，这布，一律都归大神所有，跳过了神之后，她把鸡拿回家去自己煮上吃了。把红布用蓝靛染了之后，做起裤子来穿了。

有的大神，一上手就百般的下不来神。请神的人家就得赶快的杀鸡来，若一杀慢了，等一会跳到半道就要骂的，谁家请神都是为了治病，让大神骂，是非常不吉利的。所以对大神是非常尊敬的，又非常怕。

跳大神，大半是天黑跳起，只要一打起鼓来，就男女老幼，都往这跳神的人家跑，若是夏天，就屋里屋外都挤满了人。还有些女人，拉着孩子，抱着孩子，哭天叫地的从墙头上跳过来，跳过来看跳神的。

跳到半夜时分，要送神归山了，那时候，那鼓打得分外的响，大神唱得也分外的好听，邻居左右，十家二十家的人家都听得到，使人听了起着一种悲凉的情绪，二神嘴里唱：

"大仙家回山了，要慢慢的走，要慢慢的行。"

大神说：

"我的二仙家，青龙山，白虎山……夜行三千里，乘着风儿不算难……"

这唱着的词调,混合着鼓声,从几十丈远的地方传来,实在是冷森森的,越听就越有悲凉。听了这种鼓声,往往终夜而不能眠的人也有。

请神的人家为了治病,可不知那家的病人好了没有?却使邻居街坊感慨兴叹,终夜而不能已的也常常有。

满天星光,满屋月亮,人生何似,为什么这么悲凉。

过了十天半月的,又是跳神的鼓,当当的响。于是人们又都招了慌,爬墙的爬墙,登门的登门,看看这一家的大神,显的是什么本领,穿的是什么衣裳。听听她唱的是什么腔调,看看她的衣裳漂亮不漂亮。

跳到了夜静时分,又是送神回山。送神回山的鼓,个个都打得漂亮。

若赶上一个下雨的夜,就特别凄凉,寡妇可以落泪,鳏夫就要起来彷徨。

那鼓声就好像故意招惹那般不幸的人,打得有急有慢,好像一个迷路的人在夜里诉说着他的迷惘,又好像不幸的老人在回想着他幸福的短短的幼年。又好像慈爱的母亲送着她的儿子远行。又好像是生离死别,万分的难舍。

人生为了什么,才有这样凄凉的夜。

似乎下回再有打鼓的连听也不要听了。其实不然,鼓一响就又是上墙头的上墙头,侧着耳朵听的侧着耳朵在听,比西洋人赴音乐会更热心。

## 二

七月十五盂兰会,呼兰河上放河灯了。

河灯有白菜灯,西瓜灯,还有莲花灯。

和尚,道士吹着笙、管、笛、箫,穿着拼金大红缎子的褊衫。在河沿上打起场子来在做道场。那乐器的声音离开河沿二里路就听到了。

一到了黄昏，天还没有完全黑下来，奔着去看河灯的人就络绎不绝了。小街小巷，那怕终年不出门的人，也要随着人群奔到河沿去。先到了河沿的就蹲在那里。沿着河岸蹲满了人，可是从大街小巷往外出发的人仍是不绝，瞎子，瘸子都来看河灯（这里说错了，唯独瞎子是不来看河灯的），把街道跑得冒了烟了。

姑娘，媳妇，三个一群，两个一伙，一出了大门，不用问，到那里去，就都是看河灯去。

黄昏时候的七月，火烧云刚刚落下去，街道上发着微微的白光，喊喊喳喳，把往日的寂静都冲散了，个个街道都活了起来，好像这城里发生了大火，人们都赶去救火的样子。非常忙迫，踢踢踏踏的向前跑。

先跑到了河沿的就蹲在那里，后跑到的，也就挤上去蹲在那里。

大家一齐等候着，等候着月亮高起来，河灯就要从水上放下来了。

七月十五是个鬼节，死了的冤魂怨鬼，不得脱生，缠绵在地狱里边是非常苦的，想脱生，又找不着路。这一天若是每个鬼托着一个河灯，就可得以脱生。大概从阴间到阳间的这一条路，非常之黑，若没有灯是看不见路的。所以放河灯这件事情是件善举。可见活着的正人君子们，对着那些已死的冤魂冤鬼还没有完全忘记。

但是这其间也有一个矛盾，就是七月十五这夜生的孩子，怕是都不大好，多半都是野鬼托着个莲花灯投生而来的。这个孩子长大了将不被父母所喜欢，长到结婚的年龄，男女两家必要先对过生日时辰，才能够结亲。若是女家生在七月十五，这女子就很难出嫁，必须改了生日，欺骗了男家。若是男家七月十五的生日，也不大好，不过若是财产丰富的，也就没有多大关系，嫁是可以嫁过去的，虽然就是一个恶鬼，有了钱大概怕也不怎样恶了。但在女子这方面可就万万不可，绝对的不可以。若是有钱的寡妇的独养女，又当别论，因为娶了这姑娘可以有一份财产在那里幌来幌去，就是娶了而带不过财产，先说那一份妆奁也是少不了的。假说女子就是一个恶鬼的化身，但那也不要紧。

平常的人说："有钱能使鬼推磨。"似乎人们相信鬼是假的，有点不十分真。

但是当河灯一放下来的时候，和尚为着庆祝鬼们更生，打着鼓，叮咚的响。念着经，好像紧急符咒似的，表示着，这一工夫可是千金一刻，且莫匆匆的让它过，诸位男鬼女鬼，赶快托着灯去投生吧。

念完了经，就吹笙管笛箫，那声音实在好听，远近皆闻。

同时那河灯从上流拥拥挤挤，往下浮来了。浮得很慢，又镇静，又稳当，绝对的看不出来水里边会有鬼们来捉了它们去。

这灯一下来的时候，金忽忽的，亮通通的，又加上有千万人的观众，这举动实在是不小的。河灯之多，有数不过来的数目，大概是几千百只。两岸上的孩子们，拍手叫绝，跳脚欢迎。大人则都看出了神了，一声不响，陶醉在灯光河水之中。灯光照得河水幽幽的发亮。水上跳跃着天空的月亮。真是人生何世，会有这样好的景况。

一直闹到月亮来到了中天，大卯星，二卯星，三卯星都出齐了的时候，才算渐渐的从繁华的景况，走向了冷静的路去。

河灯从几里路长的上流，流了很久很久才流过来了。再流了很久很久才流过去了。在这过程中，有的流到半路就灭了。有的被冲到了岸边，在岸边生了野草的地方就被挂住了。还有每当河灯一流到了下流，就有些孩子拿着竿子去抓它，有些渔船也顺手取了一两只。到后来河灯越来越稀疏了。

再往下流去，就显出荒凉，孤寂的样子来了。因为越流越少了。

流到极远处去的，似乎那里的河水也发了黑。而且是流着流着的就少了一个。

河灯从上流过来的时候，虽然路上也有许多落伍的，也有许多淹灭了的，但始终没有觉得河灯是被鬼们托着走了的感觉。

可是当这河灯，从上流的远处流来，人们是从心欢喜的，等流过了自己，也还没有什么，唯独到了最后，那河灯流到了极远的下流去的时候，使看河灯的人们，内心里无由的来了空虚。

"那河灯，到底是要漂到那里去呢？"

多半的人们，看到了这样的景况，就抬起身来离开了河沿回家去了。

于是不但河里冷落，岸上也冷落了起来。

这时再往远处的下流看去，看着，看着，那灯就灭了一个。再看着看着，又灭了一个，还有两个一块灭的。于是就真像被鬼一个一个的托着走了。

打过了三更，河沿上一个人也没有了，河里边一个灯也没有了。

河水是寂静如常的，小风把河水皱着极细的波浪。月光在河水上边并不像在海水上边闪着一片一片的金光，而是月亮落到河底里去了。似乎那渔船上的人，伸手可以把月亮拿到船上来似的。

河的南岸，尽是柳条丛，河的北岸就是呼兰河城。

那看河灯回去的人们，也许都睡着了。不过月亮还是在河上照着。

三

野台子戏也是在河边上唱的。也是秋天，比方这一年秋收好，就要唱一台子戏，感谢天地。若是夏天大旱，人们戴起柳条圈来求雨，在街上几十人，跑了几天，唱着，打着鼓。求雨的人不准穿鞋，龙王爷可怜他们在太阳下边把脚烫得很痛，就因此下了雨了。一下了雨，到秋天就得唱戏的，因为求雨的时候许下了愿。许愿就得还愿，若是还愿的戏就更非唱不可了。

一唱就是三天。

在河岸的沙滩上搭起了台子来。这台子是用杆子绑起来的，上边搭上了席棚，下了一点小雨也不要紧，太阳则完全可以遮住的。

戏台搭好了之后，两边就搭看台。看台还有楼座。坐在那楼座上是很好的，又风凉，又可以远眺。不过，楼座是不大容易坐得到的，除非当地的官、绅，别人是不大坐得到的。既不卖票，那怕你就是有钱，也没有办法。

只搭戏台，就搭三五天。

台子的架一竖起来，城里的人就说：

"戏台竖起架子来了。"

一上了棚，人就说：

"戏台上棚了。"

戏台搭完了就搭看台，看台是顺着戏台的左边搭一排，右边搭一排，所以是两排平行而相对的。一搭要搭出十几丈远去。

眼看台子就要搭好了，这时候，接亲戚的接亲戚，唤朋友的唤朋友。

比方嫁了的女儿，回来住娘家，临走（回婆家）的时候，做母亲的送到大门外，摆着手还说：

"秋天唱戏的时候，接你回来看戏。"

坐着女儿的车子走远了，母亲含着眼泪还说：

"看戏的时候接你回来。"

所以一到了唱戏的时候，可并不是简单的看戏，而是接姑娘唤女婿,热闹得很。

东家的女儿长大了,西家的男孩子也该成亲了,说媒的这个时候,就走上门来。约定两家的父母在戏台底下,第一天或是第二天,彼此相看。也有只通知男家而不通知女家的,这叫做"偷看",这样的看法,成与不成,没有关系,比较的自由,反正那家的姑娘也不知道。

所以看戏去的姑娘,个个都打扮得漂亮。都穿了新衣裳,擦了胭脂涂了粉,刘海剪得并排齐。头辫梳得一丝不乱,扎了红辫根,绿辫梢。也有扎了水红的,也有扎了蛋青的。走起路来像客人,吃起瓜子来,头不歪眼不斜的,温文尔雅,都变成了大家闺秀。有的着蛋青市布长衫,有的穿了藕荷色的,有的银灰的。有的还把衣服的边上压了条,有的蛋青色的衣裳压了黑条,有的水红洋纱的衣裳压了蓝条,脚上穿了蓝缎鞋,或是黑缎绣花鞋。

鞋上有的绣着蝴蝶,有的绣着蜻蜓,绣着莲花的,绣着牡丹的各样的都有。

手里边拿着花手巾,耳朵上戴了长钳子,土名叫做"带穗钳子"。这带穗钳子有两种,一种是金的,翠的。一种是铜的,琉璃的。有钱一点的戴金的,少微差一点的带琉璃的。反正都很好看,在耳朵上摇来晃去。黄忽忽,绿森森的。再加上满脸矜持的微笑,真不知这都是谁家的闺秀。

那些已嫁的妇女,也是照样的打扮起来,在戏台下边,东邻西舍的姊妹们相遇了,好互相的品评。

谁的模样俊,谁的鬓角黑。谁的手镯是福泰银楼的新花样,谁的压头簪又小巧又玲珑。谁的一双绛紫缎鞋,真是绣得漂亮。

老太太虽然不穿什么带颜色的衣裳,但也个个整齐,人人利落,手拿长烟袋,头上撇着大扁方。慈祥,温静。

戏还没有开台,呼兰河城就热闹不得了了,接姑娘的,唤女婿的,有一个很好的童谣:

"拉大锯,扯大锯,老爷(外公)门口唱大戏。接姑娘,唤女婿,小外孙也要去。……"

于是乎不但小外孙,三姨二姑也都聚在了一起。

每家如此,杀鸡买酒,笑语迎门,彼此谈着家常,说着趣事,每夜必到三更,灯油不知浪费了多少。

某村某村,婆婆虐待媳妇。那家那家的公公喝了酒就耍酒疯。又是谁家的姑娘出嫁了刚过一年就生了一对双生。又是谁的儿子十三岁就定了一家十八岁的姑娘做妻子。

烛火灯光之下,一谈谈了个半夜,真是非常的温暖而亲切。

一家若有几个女儿,这几个女儿都出嫁了,亲姊妹,两三年不能相遇的也有。平常是一个住东,一个住西,不是隔水的就是离山,而且每人有一大群孩子,也各自有自己的家务,若想彼此过访,那是不可能的事情。

若是做母亲的同时把几个女儿都接来了,那她们的相遇,真仿佛已经隔了三十年了。相见之下,真是不知从何说起,羞羞惭惭,欲言又止,刚一开口又觉得不好意思,过了一刻工夫,耳脸都发起烧来,于是相对无语,心中又喜又悲。过了一袋烟的工夫,等那往上冲的血流落了下去,彼此都逃出了那种昏昏恍恍的境界,这才来找几句不相干的话来开头;或是:

"你多暂来的?"

或是:

"孩子们都带来了?"

关于别离了几年的事情,连一个字也不敢提。

从表面上看来,她们并不像是姊妹,丝毫没有亲热的表现。面面相对的,不知道她们两个人是什么关系,似乎连认识也不认识,似乎从前她们两个并没有见过,而今天是第一次的相见,所以异常的冷落。

但是这只是外表,她们的心里,就早已沟通着了。甚至于在十天或半月之前,她们的心里就早已开始很远的牵动起来,那就是当着她们彼此都接到了母亲的信的时候。

那信上写着要接她们姊妹都回来看戏的。

从那时候起,她们就把要送给姐姐或妹妹的礼物规定好了。

一双黑大绒的云子卷,是亲手做的。或者就在她们的本城和本乡里,有一个出名的染缸房,那染缸房会染出来很好的麻花布来。于是送了两匹白布去,嘱咐他好好的加细的染着。一匹是白地染蓝花,一匹是蓝地染白花。蓝地的染的是刘海戏金蟾,白地的染的是蝴蝶闹莲花。

一匹送给大姐姐,一匹送给三妹妹。

现在这东西,就都带在箱子里边。等过了一天二日的,寻个夜深人静的时候,轻轻的从自己的箱底把这等东西取出来,摆在姐姐的面前,说:

"这麻花布被面,你带回去吧!"

只说了这么一句,看样子并不像是送礼物,并不像今人似的,送一点礼物很怕邻居左右看不见,是大嚷大吵着的,说这东西是从什么山上,或是什么海里得来的,那怕是小河沟子的出品,也必要连那小河沟子的身份也提高,说河沟子是怎样的不凡,是怎样的与众不同,可不同别的河沟子。

这等乡下人,糊里糊涂的,要表现的,无法表现,什么也说不出来,只是把东西递过去就算了事。

至于那受了东西的,也是不会说什么,连声道谢也不说,就收下了。也有的稍微推辞了一下,也就收下了。

"留着你自己用吧!"

当然那送礼物的是加以拒绝。一拒绝,也就收下了。

每个回娘家看戏的姑娘,都零零碎碎的带来一大批东西。送父母的,送兄嫂的,送侄女的,送三亲六故的。带了东西最多的,是凡见了长辈或晚辈都多少有点东西拿得出来,那就是谁的人情最周到。

这一类的事情,等野台子唱完,拆了台子的时候,家家户户才慢慢的传诵。

每个从娘家回婆家的姑娘,也都带着很丰富的东西,这些都是人家送给她的礼品。东西丰富得很,不但有用的,也有吃的,母亲亲手制的咸肉,姐姐亲手晒的干鱼,哥哥上山打猎,打了一只雁来腌上,至今还有一只雁大腿,这个也给看戏小的姑娘带回去,带回去给公公去喝酒吧。

于是乌三八四的,离走的前一天晚上,真是忙了个不休,就要分散的姊妹们连说个话儿的工夫都没有了。大包小包的包了一大堆。

再说在这看戏的时间,除了看亲戚,会朋友,还成了许多好事,那就是谁家的女儿和谁家公子订婚了,说是明年二月,或是三月就要娶亲,订婚酒,已经吃过了,眼前就要过"小礼"的,所谓"小礼"就是在法律上的订婚形式,一经过了这番手续,东家的女儿,终归就要成了西家的媳妇了。

也有男女两家都是外乡赶来看戏的,男家的公子也并不在,女家的小姐也并不在。只是两家的双亲有媒人从中媾通着,就把亲事给定了。也有的喝酒作乐的随便的把自己的女儿许给了人家。也有的男女两家的公子,小姐都还没有生出来,就给定下亲了。这叫做"指腹为亲"。这指腹为亲的,多半都是相当有点资财的人家才有这样的事。

两家都很有钱,一家是本地的烧锅掌柜的,一家是白旗屯的大窝堡,两家是一家种高粱,是一家压烧酒。压烧酒的需要高粱,种高粱的需烧锅买他的高粱,烧锅非高粱不可,高粱非烧锅不行。恰巧又赶上这两家的妇人,都要将近生产,所以就"指腹为亲"了。

无管是谁家生了男孩子,谁家生了女孩子,只要是一男一女就规定他们是夫妇。假若两家都生了男孩,那就不能勉强规定了。两家都生了女孩也是不能够规定的。

但是这指腹为亲,好处不太多,坏处是很多的。半路上其中的一家穷了,不开烧锅了,或者没有窝堡了,其余的一家,就不愿意娶他家的媳妇,或是把女儿嫁给一家穷人。假若女家穷了,那还好办,若实在不娶,他也没有什么办法。若是男家穷了,男家就一定要娶,若一定不让娶,那姑娘的名誉就很坏,说她把谁家谁给"妨"穷了,又不嫁了。"妨"字在迷信上说就是因为她命硬,因为她某家某家穷了。以后她的婆家就不大容易找人家,会给她起一个名叫做"望门妨"。无法,只得嫁去,嫁过去之后,妯娌之间又要说她嫌贫爱富,百般的侮辱她。丈夫因此也不喜欢她了,公公婆婆也虐待她,她一个年青的未出过家门的女子,受不住这许多攻击,回到娘家去,娘家也无甚办法,就是那当年指腹为亲的母亲说:

"这都是你的命(命运),你好好的耐着吧!"

年青的女子,莫名其妙的,不知道自己为什么要有这样的命,于是往往演出悲剧来,跳井的跳井,上吊的上吊。

古语说,"女子上不了战场。"

其实不对的,这井多么深,平白的你问一个男子,问他这井敢跳不敢跳,怕他也不敢的。而一个年青的女子竟敢了,上战场不一定死,也许回来闹个一官半职的。可是跳井就很难不死,一跳就多半跳死了。

那么节妇坊上为什么没写着赞美女子跳井跳得勇敢的赞词?那是修节妇坊的人故意给删去的。因为修节妇坊的,多半是男人。他家里也有一个女人。他怕是写上了,将来他打他女人的时候,他的女人也去跳井。女人也跳了井,留下来一大群孩子可怎么办?于是一律不写。只写,温文尔雅,孝顺公婆……

大戏还没有开台,就来了这许多事情。等大戏一开了台,那戏台下边,真是人山人海,拥挤不堪。搭戏台的人,也真是会搭,正选了一块平平坦坦的大沙滩,又光滑,又干净,使人就是倒在上边,也不会把衣裳沾一丝儿的土星。这沙滩有半里路长。

人们笑语连天,那里是在看戏,闹得比锣鼓好像更响,那戏台上出来一个穿红的,进去一个穿绿的,只看见摇摇摆摆的走出走进,别的什么也不知道了,不用说唱得好不好,就连听也听不到。离着近的还看得见不挂胡子的戏子在张嘴,离得远的就连戏台那个穿红衣裳的究竟是一个坤角,还是一个男角也都不大看得清楚。简直是还不如看木偶戏。

但是若有一个唱木偶戏的这时候来在台下,唱起来,问他们看不看,那他们一定不看的,那怕就连戏台子的边也看不见了,那怕是站在二里路之外,他们也不看那木偶戏的。因为在大戏台底下,那怕就是睡了一觉回去,也总算是从大戏台子底下回的,而不是从什么别的地方回来的。

一年没有什么别的好看,就这一场大戏还能够轻容的放过吗?所以无论看不看,戏台底下是不能不来。

所以一些乡下的人也都来了,赶着几套马的大车,赶着老牛车,赶着花轮子,赶着小车子,小车子上边驾着大骡子。总之家里有什么车就驾了什么车来。也有的似乎他们家里并不养马,也不养别的牲口,就只用了一匹小毛驴,拉着一个花轮子也就来了。

来了之后,这些车马,就一齐停在沙滩上,马匹在草包上吃着草,骡子到河里去喝水。车子上都搭席棚,好像小看台似的,排列在戏台的远处。那车子带来了他们的全家,从祖母到孙子媳,老少三辈,他们离着戏台二三十丈远,听是什么也听不见的,看也很难看到什么,也不过是五红大绿的,在戏台上跑着圈子,头上戴着奇怪的帽子,身上穿着奇怪的衣裳。谁知道那些人都是干什么的,有的看了三天野台子戏,而连一场的戏名字也都叫不出来。回到乡下去,他也跟着人家说长道短的,偶尔人家问了他说的是那出戏,他竟瞪了眼睛,说不出来了。

至于一些孩子们在戏台底下,就更什么也不知道了,只记住一个大胡子,一个花脸的,谁知道那些都是在做什么,比比划划,刀枪棍棒的乱闹一阵。

反正戏台底下有些卖凉粉的,有些卖糖球的,随便吃去好了。什么黏糕,油炸馒头,豆腐脑都有,这些东西吃了又不饱,吃了这样再去吃那样。卖西瓜的,卖香瓜的,戏台底下都有,招得苍蝇一大堆,嗡嗡的飞。

戏台上敲锣打鼓震天的响。

那唱戏的人,也似乎怕远处的人听不见,也在拼命的喊,喊破了喉咙也压不住台的。那在台下的早已忘记了是在看戏,都在那里说长道短,男男女女的谈起家常来。还有些个远亲,平常一年也看不到,今天在这里看到了,那能不打招呼。所以三姨二婶子的,就在人多的地方大叫起来,假若是在看台的凉棚里坐着,忽然有一个老太太站了起来,大叫着说:

"他二舅母,你可多暂来的?"

于是那一方面也就应声而起。原来坐在看台的楼座上的,离着戏比较近,听唱是听得到的,所以那看台上比较安静。姑娘媳妇都吃着瓜子,喝着茶。对这大嚷大叫的人,别人虽然讨厌,但也不敢去禁止,你若让她小一点声讲话,她会骂了起来:

"这野台子戏,也不是你家的,你愿听戏,你请一台子到你家里去唱……"

另外的一个也说:

"哟哟,我没见过,看起戏来,都六亲不认了,说个话儿也不让……"

这还是比较好的,还有更不客气的,一开口就说:

"小养汉老婆……你奶奶,一辈子家里外头靡受过谁的大声小气,今天来到戏台底下受你的管教来啦,你娘的……"

被骂的人若是不搭言,过一回也就了事了,若一搭言,自然也没有好听的。于是两边就打了起来啦,西瓜皮之类就飞了过去。

这来在戏台下看戏的,不料自己竟演起戏来,于是人们一窝蜂似的,都聚在这个真打真骂的活戏的方面来了。也有一些流氓混子之类,故意的叫着好,惹得全场的人哄哄大笑。假若打仗的还是个年轻轻的女子,那些讨厌的流氓们还会说着各样的俏皮话,使她火上加油越骂就越凶猛。

自然那老太太无理,她一开口就骂了人。但是一闹到后来,谁是谁非也就看不出来了。

幸而戏台上的戏子总算沉着,不为所动,还在那里阿拉阿拉的唱。过了一个时候,那打得热闹的也究竟平静了。

再说戏台下边也有一些个调情的,那都是南街豆腐房里的嫂嫂,

113

或是碾磨房的碾官磨官的老婆。碾官的老婆看上了一个赶马车的车夫。或是豆腐匠看上了开粮米铺那家的小姑娘。有的是两方面都眉来眼去，有的是一方面殷勤，他一方面则表示要拒之千里之外。这样的多半是一边低，一边高，两方面的资财不对。

绅士之流，也有调情的，彼此都坐在看台之上，东张张，西望望。三亲六故，姐夫小姨之间，未免的就要多看几眼，何况又都打扮得漂亮，非常好看。

绅士们平常到别人家的客厅去拜访的时候，绝不能够看上了人家的小姐就不住的看，那该多么不绅士，那该多么不讲道德。那小姐若一告诉了她的父母，她的父母立刻就和这样的朋友绝交。绝交了，倒不要紧，要紧的是一传出去名誉该多坏。绅士是高雅的，那能够不清不白的，那能够不分长幼的去存心朋友的女儿，像那般下等人似的。

绅士彼此一拜访的时候，都是先让到客厅里去，端端庄庄的坐在那里，而后倒茶装烟。规矩礼法，彼此都尊为是上等人。朋友的妻子儿女，也都出来拜见，尊为长者。在这种时候，只能问问大少爷的书读了多少，或是又写了多少字了。连朋友的太太也不可以过多的谈话，何况朋友的女儿呢？那就连头也不能够抬的，那里还敢细看。

现在在戏台上看看怕不要紧，假设有人问道，就说是东看西看，瞧一瞧是否有朋友在别的看台上。何况这地方又人多眼杂，也许没有人留意。

三看两看的，朋友的小姐到没有看上，可看上了一个不知道在什么地方见到过的一位妇人，那妇人拿着小小的鹅翎扇子，从扇子梢上往这边转着眼珠，虽说是一位妇人，可是又年青，又漂亮。

这时候，这绅士就应该站起来打着口哨，好表示他是开心的。可是我们中国上一辈的老绅士不会这一套。他另外也有一套，就是他的眼睛似睁非睁的迷离恍惚的望了出去,表示他对她有无限的情意。可惜离得太远,怕不会看得清楚,也许枉费了心思了。

也有的在戏台下边,不听父母之命,不听媒妁之言,自己就结了终生不解之缘。这多半是表哥表妹等等,稍有点出身来历的公子小姐的行为。他们一言为定,终生合好。间或也有被父母所阻拦,生出来许多波折。但那波折都是非常美丽的,使人一讲起来,真是比看《红楼梦》更有趣味。来年再唱大戏的时候,姊妹们一讲起这佳话来,真是增添了不少的回想……

赶着车进城来看戏的乡下人,他们就在河边沙滩上,扎了营了。夜里大戏散了,人们都回家了,只有这等连车带马的,他们就在沙滩上过夜。好像出征的军人似的,露天为营。有的住了一夜,第二夜就回去了。有的住了三夜,一直到大戏唱完,才赶着车子回乡。不用说这沙滩上是很雄壮的,夜里,他们每家燃了火,煮茶的煮茶,谈天的谈天。但终归是人数太少,也不过二三十辆车子。所燃起来的火,也不会火光冲天,所以多少有一些凄凉之感。夜深了,住在河边上,被河水吸着又特别的凉,人家睡起觉来都觉得冷森森的。尤其是车夫马官之类,他们不能够睡觉,怕是有土匪来抢劫他们马匹,所以就坐以待旦。

于是在纸灯笼下边,三个两个的赌钱。赌到天色发白了,该牵着马到河边去饮水去了。在河上,遇到了捉蟹的蟹船。蟹船上的老头说:

"昨天的《打渔杀家》①唱得不错。听说今天还有《汾河湾》②。"

那牵着牲口饮水的人,是一点大戏常识也没有的。他只听到牲口喝水的声音呵呵的,其他的则不知所答了。

---

① 《打渔杀家》:京剧传统剧目,取《水浒后传》中李俊事改编而成。

② 《汾河湾》:京剧传统剧目,又名《打雁进窑》。

# 四

四月十八娘娘庙大会，这也是为着神鬼，而不是为着人的。

这庙会的土名叫做"逛庙"，也是无分男女老幼都来逛的，但其中以女子最多。

女子们早晨起来，吃了早饭，就开始梳洗打扮。打扮好了，就约了东家姐姐，西家妹妹的去逛庙去了。竟有一起来就先梳洗打扮的，打扮好了，才吃饭，一吃了饭就走了。总之一到逛庙这天，各不后人，到不了半晌午，就车水马龙，拥挤得气息不通了。

挤丢了孩子的站在那儿喊，找不到妈的孩子在人丛里边哭，三岁的，五岁的，还有两岁的刚刚会走，竟也被挤丢了。

所以每年庙会上必得有几个警察在收这些孩子。收了站在庙台上，等着他的家人来领。偏偏这些孩子都很胆小，张着嘴大哭，哭得实在可怜，满头满脸是汗。有的十二三岁了，也被丢了，问他家住在那里？他竟说不出所以然来，东指指，西划划，说是他家门口有一条小河沟，那河沟里边出虾米，就叫做"虾沟子"，也许他家那地名就叫"虾沟子"，听了使人莫名其妙。再问他这虾沟子离城多远，他便说：骑马要一顿饭的工夫可到，坐车要三顿饭的工夫可到。究竟离城多远，他没有说。问他姓什么，他说他祖父叫史二，他父亲叫史成……这样你就再也不敢问他了。要问他吃饭没有？他就说："睡觉了。"这是没有办法的，任他去吧。于是就都连大带小的一齐站在庙门口，他们哭的哭，叫的叫，好像小兽似的，警察在看守他们。

娘娘庙是在北大街上，老爷庙和娘娘庙离不了好远。那些烧香的人，虽然说是求子求孙，是先该向娘娘来烧香的，但是人们都以为阴间也是一样的重男轻女，所以不敢倒反天干。所以都是先到老爷庙去，打过钟,磕过头,好像跪到那里报个到似的,而后才上娘娘庙去。

老爷庙有大泥像十多尊,不知道那个是老爷,都是威风凛凛,气概盖世的样子。有的泥像的手指尖都被攀了去,举着没有手指的手在那里站着,有的眼睛被挖了,像是个瞎子似的。有的泥像的脚指是被写了一大堆的字,那字不太高雅,不怎么合乎神的身份。似乎是说泥像也该娶个老婆,不然他看了和尚去找小尼姑,他是要忌妒的。这字现在没有了,传说是这样。

为了这个,县官下了手令,不到初一十五,一律的把庙门锁起来,不准闲人进去。

当地的县官是很讲仁义道德的。传说他第五个姨太太,就是从尼姑庵接来的。所以他始终相信,尼姑绝不会找和尚。自古就把尼姑列在和尚一起,其实是世人不查,人云亦云。好比县官的第五房姨太太,就是个尼姑。难道她也被和尚找过了吗?这是不可能的。

所以下令一律的把庙门关了。

娘娘庙里比较的温静,泥像也有一些个,以女子为多,多半都没有横眉竖眼,近乎普通人,使人走进了大殿不必害怕。不用说是娘娘了,那自然是很好的温顺的女性。就说女鬼吧,也都不怎样恶,至多也不过披头散发的就完了,也决没有像老爷庙里那般泥像似的,眼睛冒了火,或像老虎似的张着嘴。

不但孩子进了老爷庙有的吓得大哭,就连壮年的男人进去也要肃然起敬。好像说虽然他在壮年,那泥像若走过来和他打打,他也决打不过那泥像的。

所以在老爷庙上磕头的人,心里比较虔诚,因为那泥像,身子高,力气大。

到了娘娘庙,虽然也磕头,但就总觉得那娘娘没有什么出奇之处。

塑泥像的人是男人,他把女人塑得很温顺,似乎对女人很尊敬。他把男人塑得很凶猛,似乎男性很不好。其实不对的,世界上的男人,无论多凶猛,眼睛冒火的似乎还未曾见过。就说西洋人吧,虽然与中国人的眼睛不同,但也不过是蓝瓦瓦的有点类似猫头的眼睛而已,居然间冒了火的还没有。眼睛会冒火的民族,目前的世界还未发现。那么塑泥像的人为什么把他塑成那个样子呢?那就是让你一见生畏,不但磕头,而且要心服。就是磕完了头站起再看看,也绝不会后悔,不会后悔这头是向一个平庸无奇的人白白磕了。至于塑像的人塑起女子来为什么要那么温顺,那就告诉人,温顺的就是老实的,老实的就是好欺侮的,告诉人快来欺侮她们吧。

人若老实了,不但异类要来欺侮,就是同类也不同情。

比方女子去拜过了娘娘庙,也不过向娘娘讨子讨孙。讨完了就出来了,其余的并没有什么尊敬的意思。觉得子孙娘娘也不过是个普通的女子而已,只是她的孩子多了一些。

所以男人打老婆的时候便说:

"娘娘还得怕老爷打呢?何况你一个长舌妇!"

可见男人打女人是天理应该,神鬼齐一。怪不得那娘娘庙里的娘娘特别温顺,原来是常常挨打的缘故。可见温顺也不是怎么优良的天性,而是被打的结果。甚或是招打的原由。

两个庙都拜过了的人,就出来了,拥挤在街上。街上卖什么玩具的都有,多半玩具都是适于几岁的小孩子玩的。泥做的泥公鸡,鸡尾巴上插着两根红鸡毛,一点也不像,可是使人看去,就比活的更好看。家里有小孩子的不能不买。何况拿在嘴上一吹又会呜呜的响。买了泥公鸡,又看见了小泥人,小泥人的背上也有一个洞,这洞里边插着一根芦苇,一吹就响,那声音好像是诉怨似的,不太好听,但是孩子们都喜欢,做母亲的也一定要买。其余的如卖哨子的,卖小笛子的,卖钱蝴蝶的,卖不倒翁的,其中尤以不倒翁最著名,也最上讲究,家家都买,有钱的买大的,没有钱的,买个小的。大的有一尺多高,二尺来高。小的有小得像个鸭蛋似的。无论大小,都非常灵活,按倒了就起来,起得很快,是随手就起来的。买不倒翁要当场试验,间或有生手的工匠所做出来的不倒翁,因屁股太大了,他不愿意倒下,也有的倒下了他就不起来。所以买不倒翁的人就把手伸出去,一律把他们按倒,看那个先站起来就买那个,当那一倒一起的时候真是可笑,摊子旁边围了些孩子,专在那里笑。不倒翁长得很好看,又白又胖。并不是老翁的样子,也不过他的名字叫不倒翁就是了。其实他是一个胖孩子。做得讲究一点的,头顶上还贴了一座毛,算是头发。有头发的比没有头发的要贵二百钱。有的孩子买的时候力争要戴头发的,做母亲的舍不得那二百钱,就说到家给他剪点狗毛贴。孩子非要戴毛的不可,选了一个戴毛的抱在怀里不放。没有法只得买了。这孩子抱着欢喜了一路,等到家一看,那座毛不知什么时候已经飞了。于是孩子大哭。虽然母亲已经给剪了座狗毛贴上了,但那孩子就总觉得这狗毛不是真的,不如原来的好看。也许那原来也贴的是狗毛,或许还不如现在的这个好看。但那孩子就总不开心,忧愁了一个下半天。

庙会到下半天就散了。虽然庙会是散了,可是庙门还开着,烧香的人,拜佛的人陆续的还有。有些没有儿子的妇女,仍旧在娘娘庙上捉弄着娘娘。给子孙娘娘的背后钉一个扭扣,给她的脚上绑一条带子,耳朵上挂一只耳环,给她带一副眼镜,把她旁边的泥娃娃给偷着抱走了一个。据说这样做,来年就都会生儿子的。

娘娘庙的门口,卖带子的特别多,妇人们都争着去买,她们相信买了带子,就会把儿子给带来了。

若是未出嫁的女儿，也误买了这东西，那就将成为大家的笑柄了。

庙会一过，家家户户就都有一个不倒翁，离城远至十八里路的，也都买了一个回去。回到家里，摆在迎门的向口，使别人一开眼就看见了，他家的确有一个不倒翁不差，这证明逛庙会的时节他家并没有落伍，的确是去逛过了。

歌谣上说：

"小大姐，去逛庙，扭扭搭搭走的俏，回来买个搬不倒。"

## 五

这些盛举，都是为鬼而做的，并非为人而做的。至于人去看戏，逛庙，也不过是揩油借光的意思。

跳大神有鬼，唱大戏是唱给龙王爷看的。七月十五放河灯，是把灯放给鬼，让他顶着个灯去脱生。四月十八也是烧香磕头的祭鬼。

只有跳秧歌，是为活人而不是为鬼预备的。跳秧歌是在正月十五，正是农闲的时候，趁着新年而化起装来，男人装女人，装得滑稽可笑。

狮子，龙灯，旱船……等等。似乎也跟祭鬼似的，花样复杂，一时说不清楚。

## 第三章

### 一

呼兰河这小城里边住着我的祖父。

我生的时候，祖父已经六十多岁了，我长到四五岁，祖父就快七十了。

我家有一个大花园,这花园里蜂子,蝴蝶,蜻蜓,蚂蚱,样样都有。蝴蝶有白蝴蝶,黄蝴蝶。这种蝴蝶极小,不太好看。好看的是大红蝴蝶,满身带着金粉。

蜻蜓是金的,蚂蚱是绿的,蜂子则嗡嗡的飞着,满身绒毛,落到一朵花上,胖圆圆的就和一个小毛球似的不动了。

花园里边明晃晃的,红的红,绿的绿,新鲜漂亮。

据说这花园,从前是一个果园。祖母喜欢吃果子就种了果园。祖母又喜欢养羊,羊就把果树给啃了。果树于是都死了。到我有记忆的时候,园子里就只有一棵樱桃树,一棵李子树,因为樱桃和李子都不大结果子,所以觉得他们是并不存在的。小的时候,只觉得园子里边就有一棵大榆树。

这榆树,在园子的西北角上,来了风,这榆树先啸,来了雨,大榆树先就冒烟了。太阳一出来,大榆树的叶子就发光了,它们闪烁得和沙滩上的蚌壳一样了。

祖父一天都在后园里边,我也跟着祖父在后园里边。祖父戴一个大草帽,我戴一个小草帽,祖父栽花,我就栽花,祖父拔草,我就拔草。当祖父下种种小白菜的时候,我就跟在后边,把那下了种的土窝,用脚一个一个的溜平,那里会溜得准,东一脚的,西一脚的瞎闹。有的把菜种不单没被土盖上,反而把菜子踢飞了。

小白菜长得非常之快,没有几天就冒了芽了,一转眼就可以拔下来吃了。

祖父铲地,我也铲地,因为我太小,拿不动那锄头杆,祖父就把锄头杆拔下来,让我单拿着那个锄头的"头"来铲。其实那里是铲,也不过爬在地上,用锄头乱勾一阵就是了。也认不得那个是苗,那个是草。

往往把韭菜当做野草一起的割掉，把狗尾草当做谷穗留着。

等祖父发现我铲的那块满留着狗尾草的一片，他就问我：

"这是什么？"

我说：

"谷子。"

祖父大笑起来，笑得热了，把草摘下来问我：

"你每天吃的就是这个吗？"

我说：

"是的。"

我看着祖父还在笑，我就说：

"你不信，我到屋里拿来你看。"

我跑到屋里，拿了鸟笼上的一头谷穗，远远的就抛给祖父了。说：

"这不是一样的吗？"

祖父慢慢的把我叫过去，讲给我听，说谷子是有芒针的。狗尾草则没有，只是毛嘟嘟的真像狗尾巴。

祖父虽然教我，我看了也并不细看，也不过马马虎虎承认下来就是了。一抬头看见了一个黄瓜长大了，跑过去摘下来，我又去吃黄瓜去了。

黄瓜也许没有吃完，又看见了一个大蜻蜓从旁飞过，于是丢了黄瓜又去追蜻蜓了。蜻蜓飞得多么快，那里会追得上。好则一开初也没有存心一定追上。所以站起来，跟了蜻蜓跑了几步就又去做别的去了。

采一个矮瓜花心，捉一个大绿豆青蚂蚱，把蚂蚱腿用线绑上，绑了一会，也许把蚂蚱腿就绑掉，线头上只拴了一只腿，而不见蚂蚱了。

玩腻了，又跑到祖父那里去乱闹一阵，祖父浇菜，我也抢过来浇，

奇怪的就是并不往菜上浇,而是拿着水瓢,拼尽了力气,把水往天空里一扬,大喊着:

"下雨了,下雨了。"

太阳在园子里是特大的,天空是特别高的,太阳的光芒四射,亮得使人睁不开眼睛,亮得蚯蚓不敢钻出地面来,蝙蝠不敢从什么黑暗的地方飞出来。是凡在太阳下的,都是健康的,漂亮的,拍一拍连大树都会发响的,叫一叫就是站在对面的土墙都会回答似的。

花开了,就像花睡醒了似的。鸟飞了,就像鸟上天了似的。虫子叫了,就像虫子在说话似的。一切都活了。都有无限的本领,要做什么,就做什么。要怎么样,就怎么样。都是自由的。矮瓜愿意爬上架就爬上架,愿意爬上房就爬上房。黄瓜愿意开一个谎花,就开一个谎花,愿意结一个黄瓜就结一个黄瓜。若都不愿意,就是一个黄瓜也不结,一朵花也不开,也没有人问它似的。玉米愿意长多高就长多高,他若愿意长上天去,也没有人管。蝴蝶随意的飞,一会从墙头上飞来一对黄蝴蝶,一会又从墙头上飞走了一个白蝴蝶。它们是从谁家来的,又飞到谁家去?太阳也不知道这个。

只是天空蓝悠悠的,又高又远。

可是白云一来了的时候,那大团的白云,好像翻了花的白银似的,从祖父的头上经过,好像要压到了祖父的草帽那么低。

我玩累了,就在房檐底下找个荫凉的地方睡着了。不用枕头,不用席子,就把草帽扣在脸上就睡了。

二

祖父的眼睛是笑盈盈的,祖父的笑,常常笑成和孩子似的。

祖父是个长得很高的人,身体很健康,手里喜欢拿着个手杖。嘴上则不住的抽着旱烟管，遇到了小孩子，每每喜欢开个玩笑，说：

"你看天空飞个家雀。"

趁那孩子往天空一看，就伸出手去把那孩子的帽给取下来了。有的时候放在长衫的下边，有的时候放在袖口里头。他说：

"家雀刁走了你的帽啦。"

孩子们都知道了祖父的这一手了，并不以为奇，就抱住他的大腿，向他要帽子，摸着他的袖管，撕着他的衣襟，一直到找出帽子来为止。

祖父常常这样做，也总是把帽放在同一的地方，总是放在袖口和衣襟下。那些搜索他的孩子没有一次不是在他衣襟下把帽子拿出来的，好像他和孩子们约定了似的："我就放在这块，你来找吧！"

这样的不知做过了多次，就像老太太永久讲着"上山打老虎"这一个故事给孩子们听似的，那怕是已经听过了五百遍，也还是在那里回回拍手，回回叫好。

每当祖父这样做一次的时候，祖父和孩子们都一齐的笑得不得了。好像这戏还像第一次演似的。

别人看了祖父这样做，也有笑的，可不是笑祖父的手法好，而是笑他天天使用一种方法抓掉了孩子的帽子，这未免可笑。

祖父不怎样会理财，一切家务都由祖母管理。祖父只是自由自在的一天闲着，我想，幸好我长大了，我三岁了，不然祖父该多寂寞。我会走了，我会跑了。我走不动的时候，祖父就抱着我，我走动了，祖父就拉着我。一天到晚，门里门外，寸步不离，而祖父多半是在后园里，于是我也在后园里。

我小的时候，没有什么同伴，我是我母亲的第一个孩子。

我记事很早，在我三岁的时候，我记得我的祖母用针刺过我的手指，所以我很不喜欢她。我家的窗子，都是四边糊纸，当中嵌着玻璃。

祖母是有洁癖的，以她屋的窗纸最白净。别人抱着把我一放在祖母的炕边上，我不假思索的就要往炕里边跑，跑到窗子那里，就伸出手去，把那白白透着花窗棂的纸窗给通了几个洞，若不加阻止，就必得挨着排给通破，若有人招呼着我，我也得加速的抢着多通几个才能停止。手指一触到窗上，那纸窗像小鼓似的，嘭嘭的就破了。破得越多，自己越得意。祖母若来追我的时候，我就越得意了，笑得拍着手，跳着脚的。

有一天祖母看我来了，她拿了一个大针就到窗子外边去等我去了。我刚一伸出手去，手指就痛得厉害。我就叫起来了。那就是祖母用针刺了我。

从此，我就记住了，我不喜她。

虽然她也给我糖吃，她咳嗽的时候吃猪腰烧川贝母，也分给我猪腰，但是我吃了猪腰还是不喜她。

在她临死之前，病重的时候，我还会吓了她一跳。有一次她自己一个人坐在炕上熬药，药壶是坐在炭火盆上，因为屋里特别的寂静，听得见那药壶骨碌骨碌的响。祖母住着两间房子，是里外屋，恰巧外屋也没有人，里屋也没人，就是她自己。我把门一开，祖母并没有看见我，于是我就用拳头在板隔壁上，咚咚的打了两拳。我听到祖母"哟"的一声，铁火剪子就掉了地上了。

我再探头一望，祖母就骂起我来。她好像就要下地来追我似的，我就一边笑着，一边跑了。

我这样的吓唬祖母，也并不是向她报仇，那时我才五岁，是不晓得什么的。也许觉得这样好玩。

祖父一天到晚是闲着的，祖母什么工作也不分配给他。只有一件事，就是祖母的地榇上的摆设，有一套锡器，却总是祖父擦的。这可不知道是祖母派给他的，还是他自动的愿意工作，每当祖父一擦的时候，我就不高兴，一方面是不能领着我到后园里去玩了，另一方面祖父因此常常挨骂。祖母骂他懒，骂他擦的不干净。祖母一骂祖父的时候，就常常不知为什么连我也骂上。

祖母一骂祖父，我就拉着祖父的手往外边走，一边说：

"我们后园里去吧。"

也许因此祖母也骂了我。

她骂祖父是"死脑瓜骨"，骂我是"小死脑瓜骨"。

我拉着祖父就到后园里去了，一到了后园里，立刻就另是一个世界了。决不是那屋子里的狭窄的世界，而是宽广的，人和天地在一起，天地是多么大，多么远，用手摸不到天空。而土地上所长的又是那么繁华，一眼看上去，是看不完的，只觉得眼前鲜绿的一片。

一到后园里，我就没有对象的奔了出去，好像我是看准了什么而奔去了似的，好像有什么在那儿等着我似的。其实我是什么目的也没有。只觉得这园子里边无论什么东西都是活的，好像我的腿也非跳不可了。

若不是把全身的力量跳尽了，祖父怕我累了想招呼住我，那是不可能的，反而他越招呼，我越不听话。

等到自己实在跑不动了，才坐下来休息，那休息也是很快的，也不过随便在秧子上摘下一个黄瓜来，吃了也就好了。

休息好了又是跑。

樱桃树，明是没有结樱桃，就偏跑到树上去找樱桃。李子树是半死的样子了，本不结李子的，就偏去找李子。一边在找还一边大声的喊，在问着祖父：

"爷爷，樱桃树为什么不结樱桃？"

祖父老远的回答着：

"因为没有开花,就不结樱桃。"

再问：

"为什么樱桃树不开花?"

祖父说：

"因为你嘴馋,它就不开花。"

我一听了这话,明明是嘲笑我的话,于是就飞奔着跑到祖父那里,似乎是很生气的样子。等祖父把眼睛一抬,他用了完全没有恶意的眼睛一看我,我立刻就笑了。而且是笑了半天的工夫才能够止住,不知那里来了那么许多高兴。把后园一时都让我搅乱了,我笑的声音不知有多大,自己都感到震耳了。

后园中有一棵玫瑰。一到五月就开花的。一直开到六月。花朵和酱油碟那么大。开得很茂盛,满树都是,因为花香,招来了很多的蜂子,嗡嗡的在玫瑰树那儿闹着。

别的一切都玩厌了的时候,我就想起来去摘玫瑰花,摘了一大堆把草帽脱下来用帽兜子盛着。在摘那花的时候,有两种恐惧,一种是怕蜂子的勾刺人,另一种是怕玫瑰的刺刺手。好不容易摘了一大堆,摘完了可又不知道做什么了。忽然异想天开,这花若给祖父戴起来该多好看。

祖父蹲在地上拔草,我就给他戴花。祖父只知道我是在捉弄他的帽子,而不知道我到底是在干什么。我把他的草帽给他插了一圈的花,红通通的二三十朵。我一边插着一边笑。当我听到祖父说：

"今年春天雨水大,咱们这棵玫瑰开得这么香。二里路也怕闻得到的。"

就把我笑得哆嗦起来。我几乎没有支持的能力再插上去。等我插完了,祖父还是安然的不晓得。他还照样的拔着垅上的草。我跑到很远的站着,我不敢往祖父那边看,一看就想笑。所以我借机进屋去找一点吃的来,还没有等我回到园中,祖父也屋来了。

那满头红通通的花朵,一进来祖母就看见了。她看见什么也没说,就大笑了起来。父亲母亲也笑了起来,而以我笑得最厉害,我在炕上打着滚笑。

祖父把帽子摘下来一看,原来那玫瑰的香并不是因为今年春天雨水大的缘故,而是那花就顶在他的头上。

他把帽子放下,他笑了十多分钟还停不住,过一会一想起来,又笑了。

祖父刚有点忘记了,我就在旁边提着说:

"爷爷……今年春天雨水大呀……"

一提祖父的笑就来了。于是我也在炕上打起滚来。

就这样一天一天的,祖父,后园,我,这三样是一样也不可缺少的了。

刮了风,下了雨,祖父不知怎样,在我却是非常寂寞的了。去没有去处,玩没有玩的,觉得这一天不知有多少日子那么长。

# 三

偏偏这后园每年都要封闭一次的。秋雨之后这花园就开始凋零了,黄的黄,败的败,好像很快似的一切花朵都灭了。好像有人把它们摧残了似的。它们一齐都没有从前那么健康了,好像它们都很疲倦了,而要休息了似的。好像要收拾收拾回家去了似的。

大榆树也是落着叶子,当我和祖父偶尔在树下坐坐,树叶竟落在我的脸上来了。树叶飞满了后园。

没有多少时候,大雪又落下来了,后园就被埋住了。

通到园去的后门,也用泥封起来了,封得很厚,整个的冬天挂着白霜。

我家住着五间房子,祖母和祖父共住两间,母亲和父亲共住两间。祖母住的是西屋,母亲住的是东屋。

是五间一排的正房,厨房在中间,一齐是玻璃窗子,青砖墙,瓦房顶。

祖母的屋子,一个是外间,一个是内间。外间里摆着大躺箱,地长桌,太师椅。椅子上铺着红椅垫,躺箱上摆着硃砂瓶,长桌上列着座钟。钟的两旁站着帽筒。帽筒上并不挂着帽子,而插着几个孔雀翎。

我小的时候,就喜欢这个孔雀翎,我说它有金色的眼睛,总想用手摸一摸,祖母就一定不让摸,祖母是有洁癖的。

还有祖母的躺箱上摆着一个座钟,那座钟是非常希奇的,画着一个穿着古装的大姑娘,好像活了似的,每当我到祖母屋去,若是屋子里没有人,她就总用眼睛瞪我,我几次的告诉过祖父,祖父说:

"那是画的,她不会瞪人。"

我一定说她是会瞪人的,因为我看得出来,她的眼珠像会转。

还有祖母的大躺箱上也尽雕着小人,尽是穿古装衣裳的,宽衣大袖,还戴顶子,带着翎子。满箱子都刻着,大概有二三十个人,还有吃酒的,吃饭的,还有做揖的……

我总想要细看一看,可是祖母不让我沾边,我还离得很远的,她就说:

"可不许用手摸,你的手脏。"

祖母的内间里边,在墙上挂着一个很古怪很古怪的挂钟,挂钟的下边用铁链子垂着两穗铁苞米。铁苞米比真的苞米大了很多，看起来非常重，似乎可以打死一个人。再往那挂钟里边看就更希奇古怪了，有一个小人，长着蓝眼珠，钟摆一秒钟就响一下，钟摆一响，那眼珠就同时一转。

那小人是黄头发，蓝眼珠，跟我相差太远，虽然祖父告诉我，说那是毛子人，但我不承认她，我看她不像什么人。

所以我每次看这挂钟，就半天半天的看，都看得有点发呆了。我想：这毛子人就总在钟里边呆着吗？永久也不下来玩吗？

外国人在呼兰河的土语叫做"毛子人"。我四五岁的时候，还没有见过一个毛子人，以为毛子人就是因为她的头发毛烘烘的卷着的缘故。

祖母的屋子除了这些东西，还有很多别的，因为那时候，别的我都不发生什么趣味，所以只记住了这三五样。

母亲的屋里，就连这一类的古怪玩艺也没有了，都是些普通的描金柜，也是些帽筒，花瓶之类，没有什么好看的，我没有记住。

这五间房子的组织，除了四间住房一间厨房之外，还有极小的，极黑的两个小后房。祖母一个，母亲一个。

那里边装着各种样的东西，因为是储藏室的缘故。

坛子罐子，箱子柜子，筐子篓子。除了自己家的东西，还有别人寄存的。

那里边是黑的，要端着灯进去才能看见。那里边的耗子很多，蜘蛛网也很多。空气不大好，永久有一种扑鼻的和药的气味似的。

我觉得这储藏室很好玩，随便打开那一只箱子，里边一定有一些好看的东西，花丝线，各种色的绸条，香荷包，搭腰，裤腿，马蹄袖，绣花的领子。古香古色，颜色都配得特别的好看。箱子里边也常常有蓝翠的耳环,或戒指被我看见了,我一看见就非要一个玩不可,母亲常常就随手抛给我一个。

还有些桌子带着抽屉的,一打开那里边更有些好玩的东西,铜环,木刀,竹尺,观音粉。这些个都是我在别的地方没有看过的。而且这抽屉始终也不锁的。所以我常常随意的开,开了就把样样,似乎是不加选择的都搜了出去,左手拿着木头刀,右手拿着观音粉,这里砍一下,那里画一下。后来我又得到了一个小锯,用这小锯,我开始毁坏起东西来,在椅子腿上锯一锯,在炕沿上锯一锯。我自己竟把我自己的小木刀也锯坏了。

无论吃饭和睡觉,我这些东西都带在身边,吃饭的时候,我就用这小锯,锯着馒头。睡觉做起梦来还喊着:

"我的小锯那里去了?"

储藏室好像变成我探险的地方了。我常常趁着母亲不在屋我就打开门进去了。这储藏室也有一个后窗,下半天也有一点亮光,我就趁着这亮光打开了抽屉,这抽屉已经被我翻得差不多的了,没有什么新鲜的了。翻了一会,觉得没有什么趣味了,就出来了。到后来连一块水胶,一段绳头都让我拿出来了,把五个抽屉通通拿空了。

除了抽屉还有筐子笼子,但那个我不敢动,似乎每一样都是黑洞洞的,灰尘不知多厚,蛛网蛛丝的不知有多少,因此我连想也不想动那东西。

记得有一次我走到这黑屋子的极深极远的地方去,一个发响的东西撞在我的脚上,我摸起来抱到光亮的地方一看,原来是一个小灯笼,用手指把灰尘一划,露出来是个红玻璃的。

我在一两岁的时候,大概我是见过灯笼的,可是长到四五岁,反而不认识了。我不知道这是个什么。我抱着去问祖父去了。

祖父给我擦干净了,里边点上个洋蜡烛,于是我欢喜得就打着灯笼满屋跑,跑了好几天,一直到把这灯笼打碎了才算完了。

我在黑屋子里边又碰到了一块木头,这块木头是上边刻着花的,用手一摸,很不光滑,我拿出来用小锯锯着。祖父看见了,说:

"这是印帖子的帖板。"

我不知道什么叫帖子,祖父刷上一片墨刷一张给我看,我只看见印出来几个小人。还有一些乱七八糟的花,还有字。祖父说:

"咱们家开烧锅的时候,发帖子就是用这个印的,这是一百吊的……还有伍十吊的十吊的……"

祖父给我印了许多,还用鬼子红给我印了些红的。

还有戴缨子的清朝的帽子,我也拿了出来戴上。多少年前的老大的鹅翎扇子,我也拿了出来吹着风。翻了一瓶莎仁出来,那是治胃病的药,母亲吃着,我也跟着吃。

不久,这些八百年前的东西,都被我弄出来了。有些是祖母保存着的,有些是已经出了嫁的姑母的遗物。已经在那黑洞洞的地方放了多少年了,连动也没有动过,有些个快要腐乱了,有些个生了虫子,因为那些东西早被人们忘记了,好像世界上已经没有那么一回事了。而今天忽然又来到了他们的眼前,他们受了惊似的又恢复了他们的记忆。

每当我拿出一件新的东西的时候,祖母看见了,祖母说:

"这是多少年前的了!这是你大姑在家里边玩的……"

祖父看见了,祖父说:

"这是你二姑在家时用的……"

这是你大姑的扇子,那是你三姑的花鞋……都有了来历。但我不知道谁是我的三姑,谁是我的大姑。也许我一两岁的时候,我见过她们,可是我到四五岁时,我就不记得了。

我祖母有三个女儿,到我长起来时,她们都早已出嫁了。可见二三十年内就没有小孩子了。而今也只有我一个。实在的还有一个小弟弟,不过那时他才一岁半岁的,所以不算他。

家里边多少年前放的东西,没有动过,他们过的是既不向前,也不回头的生活,是凡过去的,都算是忘记了,未来的他们也不怎样积极的希望着,只是一天一天的平板的,无怨无尤的在他们祖先给他们准备好的口粮之中生活着。

等我生来了,第一给了祖父的无限的欢喜,等我长大了,祖父非常的爱我。使我觉得在这世界上,有了祖父就够了,还怕什么呢? 虽然父亲的冷淡,母亲的恶言恶色,和祖母的用针刺我手指的这些事,都觉得算不了什么。何况又有后花园! 后园虽然让冰雪给封闭了,但是又发现了这储藏室。这里边是无穷无尽的什么都有,这里边宝藏着的都是我所想像不到的东西,使我感到这世界上的东西怎么这样多! 而且样样好玩,样样新奇。

比方我得到了一包颜料,是中国的大绿,看那颜料闪着金光,可是往指甲上一染,指甲就变绿了,往胳臂一染,胳臂立刻飞来了一张树叶似的。实在是好看,也实在是莫名其妙,所以心里边就暗暗的欢喜,莫非是我得了宝贝吗?

得了一块观音粉,这观音粉往门上一划,门就白了一道,往窗上一划,窗就白了一道。这可真有点奇怪,大概祖父写字的墨是黑墨,而这是白墨吧!

得了一块圆玻璃,祖父说是"显微镜"。他在太阳底下一照,竟把祖父装好的一袋烟照着了。

这该多么使人欢喜,什么什么都会变的。你看他是一块废铁,说不定他就有用，比方我检到一块四方的铁块，上边有一个小窝。祖父把榛子放在小窝里边，打着榛子给我吃。在这小窝里打，不知道比用牙咬要快了多少倍。何况祖父老了，他的牙又多半不大好。

我天天从那黑屋子往外搬着，而天天有新的。搬出来一批，玩厌了，弄坏了，就再去搬。

因此使我的祖父，祖母常常的慨叹。

他们说这是多少年前的了，连我的第三个姑母还没有生的时候就有这东西。那是多少年前的了，还是分家的时候，从我曾祖那里得来的呢。又那样那样是什么人送的，而那家人家到今天也都家败人亡了，而这东西还存在着。

又是我在玩着的那葡蔓藤的手镯，祖母说她就戴着这个手镯，有一年夏天坐着小车子，抱着我大姑去回娘家，路上遇了土匪，把金耳环给摘去了，而没有要这手镯，若也是金的银的，那该多危险，也一定要被抢去的。

我听了问她：

"我大姑在那儿呢？"

祖父笑了。祖母说：

"你大姑的孩子比你都大了。"

原来是四十年前的事情，我那里知道。可是藤手镯却戴在我的手上，我举起手来，摇了一阵，那手镯好像风车似的，滴溜滴溜的转，手镯太大了，我的手太细了。

祖母看见我把从前的东西都搬出来了，她常常骂我：

"你这孩子，没有东西不拿着玩的，这小不成器的……"

她嘴里虽然是这样说，但她又在光天化日之下得以重看到这东西，也似乎给了她一些回忆的满足。所以她说我是并不十分严刻的，我当然也不听她,该拿还是照旧的拿。

于是我家里久不见天日的东西,经我这一搬弄,才得以见了天日。于是坏的坏,扔的扔,也就都从此消灭了。

我有记忆的第一个冬天,就这样过去了。没有感到十分的寂寞,但总不如在后园里那样玩着好。但孩子是容易忘记的,也就随遇而安了。

## 四

第二年夏天,后园里种了不少的韭菜,是因为祖母喜欢吃韭菜馅的饺子而种的。

可是当韭菜长起来时,祖母就病重了。而不能吃这韭菜了,家里别的人也没有吃这韭菜的,韭菜就在园子里荒着。

因为祖母病重,家里非常热闹,来了我的大姑母,又来了我的二姑母。

二姑母是坐着她自家的小车子来的。那拉车的骡子挂着铃当,哗哗啷啷的就停在窗前了。

从那车上第一个就跳下来一个小孩,那小孩比我高了一点,是二姑母的儿子。

他的小名叫"小兰",祖父让我向他叫兰哥。

别的我都不记得了,只记得不大一会工夫我就把他领到后园里去了。

告诉他这个是玫瑰树,这个是狗尾草,这个是樱桃树。樱桃树是不结樱桃的,我也告诉了他。

不知道在这之前他见过我没有,我可并没有见过他。

我带他到东南角上去看那棵李子树时,还没有走到跟前,他就说:

"这树前年就死了。"

他说了这样的话，是使我很吃惊的。这树死了，他可怎么知道的？心中立刻来了一种忌妒的情感，觉得这花园是属于我的，和属于祖父的，其余的人连晓得也不该晓得才对的。

我问他：

"那么你来过我们家吗？"

他说他来过。

这个我更生气了，怎么他来我不晓得呢？

我又问他：

"你什么时候来过的？"

他说前年来的，他还带给我一个毛猴子。他问着我：

"你忘了吗？你抱着那毛猴子就跑，跌倒了你还哭了哩！"

我无论怎样想，也想不起来了。不过总算他送给我过一个毛猴子，可见对我是很好的，于是我就不生他的气了。

从此天天就在一块玩。

他比我大三岁，已经八岁了，他说他在学堂里边念了书的，他还带来了几本书，晚上在煤油灯下他还把书拿出来给我看。书上有小人，有剪刀，有房子。因为都是带着图，我一看就连那字似乎也认识了，我说：

"这念剪刀，这念房子。"

他说不对：

"这念剪，这念房。"

我拿过来一细看，果然都是一个字，而不是两个字，我是照着图念的，所以错了。

我也有一盒方字块，这边是图，那边是字，我也拿出来给他看了。

从此整天的玩。祖母病重与否,我不知道。不过在她临死的前几天就穿上了满身的新衣裳,好像要出门做客似的。说是怕死了来不及穿衣裳。

因为祖母病重家里热闹得很,来了很多亲戚。忙忙碌碌不知忙些个什么。有的拿了些白布撕着,撕得一条一块的,撕得非常的响亮,旁边就有人拿着针在缝那白布。还有的把一个小罐,里边装了米,罐口蒙上了红布。还有的在后园门口拢起火来,在铁大勺里边炸着面饼子。问她:

"这是什么?"

"这是打狗饽饽。"

她说阴间有十八关,过到狗关的时候,狗就上来咬人,用这饽饽一打,狗吃了饽饽就不咬人了。

似乎是姑妄言之姑妄听之,我没有听进去。

家里边的人越繁华,我就越寂寞,走到屋里,问问这个,问问那个,一切都不理解。祖父也似乎把我忘记了。我从后园里捉了一个特别大的蚂蚱送给他去看,他连看也没有看,就说:

"真好,真好,上后园去玩去吧!"

新来的兰哥也不陪我时,我就在后园里一个人玩。

## 五

祖母已经死了,人们都到龙王庙上去报过庙回来了。而我还在后园里边玩着。

后园里边下了点雨,我想要进屋去拿草帽去,走到酱缸旁边(我家的酱缸是放在后园里的),一看,有雨点拍拍的落到缸帽子上。我想这缸帽子该多大,遮起雨来,比草帽一定更好。

于是我就从缸上把它翻下来了,到了地上它还乱滚一阵,这时候,雨就大了。我好不容易才设法钻进这缸帽子去。因为这缸帽子太大了,差不多和我一般高。

我顶着它,走了几步,觉得天昏地暗。而且重也是很重的,非常吃力。而且自己已经走到那里了,自己也不晓,只觉得头顶上拍拍拉拉的打着雨点,往脚下看着,脚下只是些狗尾草和韭菜。找了一个韭菜很厚的地方,我就坐下了,一坐下这缸帽子就和个小房似的扣着我。这比站着好得多,头顶不必顶着,缸帽子就扣在韭菜地上。但是里边可是黑极了,什么也看不见。

同时听什么声音,也觉得都远了。大树在风雨里边被吹得呜呜的,好像大树已经被搬到别人家的院子去了似的。

韭菜是种在北墙根上,我是坐在韭菜上。北墙根离家里的房子很远的,家里边那闹嚷嚷的声音,也像是来在远方。

我细听了一会,听不出什么来,还是在我自己的小屋里边坐着。这小屋多么好,不怕风,不怕雨。站起来走的时候,顶着屋盖就走了,有多么轻快。

其实是很重的了,顶起来非常吃力。

我顶着缸帽子,一路摸索着,来到了后门口,我是要顶给爷爷看看的。

我家的后门坎特别高,迈也迈不过去,因为缸帽子太大,使我抬不起腿来。好不容易用手把腿拉着,弄了半天,总算是过去了。虽然进了屋,仍是不知道祖父在什么方向,于是我就人喊,正在这喊之间,父亲一脚把我踢翻了,差点没把我踢到灶口的火堆上去。缸帽子也在地上滚着。

等人家把我抱了起来,我一看,屋子里的人,完全不对了,都穿了白衣裳。

再一看,祖母不是睡在炕上,而是睡在一张长板上。

从这以后祖母就死了。

# 六

祖母一死,家里继续着来了许多亲戚,有的拿着香、纸,到灵前哭了一阵就回去了。有的就带着大包小包的来了就住下了。

大门前边吹着喇叭,院子里搭了灵棚,哭声终日,一闹闹了不知多少日子。

请了和尚道士来,一闹闹到半夜,所来的都是吃、喝、说、笑。

我也觉得好玩,所以就特别高兴起来。又加上从前我没有小同伴,而现在有了。比我大的,比我小的,共有四五个。我们上树爬墙,几乎连房顶也要上去了。

他们带我到大门洞子顶上去捉鸽子。搬了梯子到房檐头上去捉家雀。后花园虽然大,已经装不下我了。

我跟着他们到井口边去往井里边看,那井是多么深,我从未见过。在上边喊一声,里边有人回答。用一个小石子投下去,那响声是很深远的。

他们带我到粮食房子去,到碾磨房去,有时候竟把我带到街上,是已经离开家了,不跟着家人在一起,我是从来没有走过这样远。

不料除了后园之外,还有更大的地方,我站在街上,不是看什么热闹,不是看那街上的行人车马,而是心里边想:是不是我将来一个人也可以走得很远?

有一天,他们把我带到南河沿上去了,南河沿离我家本不算远,也不过半里多地。可是因为我是第一次走,觉得实在是远,走出汗来了。

走过一个黄土坑,又过一个南大营,南大营的门口,有兵把守门。那营房的院子大得在我看来太大了,实在是不应该。我们的院子就够大的了,怎么能比我们家的院子更大呢?大得有点不大好看了,我走过了,我还回过头来看。

路上有一家人家,把花盆摆到墙头上来了,我觉得这也不大好,若是看不见人家偷去呢!

还看见了一座小洋房,比我们家的房不知好了多少倍。若问我,那里好?我也说不出来,就觉得那房子是一色新,不像我家的房子那么陈旧。

我仅仅走了半里多路,我所看见的可太多了。所以觉得这南河沿实在远。问他们:

"到了没有?"

他们说:

"就到的,就到的。"

果然,转过了大营房的墙角,就看见河水了。

我第一次看见河水,我不能晓得这河水是从什么地方来的?来了几年了。

那河太大了,等我走到河边上,抓了一把沙子抛下去,那河水简直没有因此而脏了一点点。河上有船,但是不很多,有的往东去了,有的往西去了。也有的划到河的对岸去的,河的对岸似乎没有人家,而是一片柳条林。再往远看,就不能知道那是什么地方了,因为也没有人家,也没有房子,也看不见道路,也听不见一点音响。

我想将来是不是我也可以到那没有人的地方去看一看。

除了我家的后园,还有街道。除了街道,还有大河。除了大河,还有柳条林。除了柳条林,还有更远的,什么也没有的地方,什么也看不见的地方,什么声音也听不见的地方。

究竟除了这些,还有什么,我越想越不知道了。

就不用说这些我未曾见过的。就说一个花盆吧,就说一座院子吧。院子和花盆,我家里都有。但说那营房的院子就比我家的大,我家的花盆是摆在后园里的,人家的花盆就摆到墙头上来了。

可见我不知道的一定还有。

所以祖母死了,我竟聪明了。

七

祖母死了,我就跟祖父学诗。因为祖父的屋子空着,我就闹着一定要睡在祖父那屋。

早晨念诗,晚上念诗,半夜醒了也是念诗。念了一阵,念困了再睡去。

祖父教我的是《千家诗》①,并没有课本,全凭口头传诵,祖父念一句,我就念一句。

祖父说:

"少小离家老大回……"

我也说:

"少小离家老大回……"

都是些什么字,什么意思,我不知道,只觉得念起来那声音很好听。所以很高兴的跟着喊。我喊的声音,比祖父的声音更大。

我一念起诗来,我家的五间房都可以听见,祖父怕我喊坏了喉咙,常常警告着我说:

"房盖被你抬走了。"

---

① 《千家诗》:我国古代带有启蒙性质的诗歌选本,由宋代谢枋得《重定千家诗》和明代王相所选的《五言千家诗》合并而成。

听了这笑话，我略微的小了一会工夫，过不了多久，就又喊起来了。

夜里也是照样的喊，母亲吓唬我，说再喊她要打我。

祖父也说：

"没有你这样念诗的，你这不叫念诗，你这叫乱叫。"

但我觉得这乱叫的习惯不能改，若不让我叫，我念它干什么。每当祖父教我一个新诗，一开头我若听了不好听，我就说：

"不学这个。"

祖父于是就换一个，换一个不好，我还是不要。

"春眠不觉晓，处处闻啼鸟，

夜来风雨声，花落知多少。"

这一首诗，我很喜欢，我一念到第二句，"处处闻啼鸟"那"处处"两字，我就高兴起来了。觉得这首诗，实在是好，真好听，"处处"该多好听。

还有一首我更喜欢的：

"重重叠叠上楼台，几度呼童扫不开。

刚被太阳收拾去，又为明月送将来。"

就这"几度呼童扫不开"，我根本不知道什么意思，就念成西沥忽通扫不开。

越念越觉得好听，越念越有趣味。

每当客人来了，祖父总是呼我念诗的，我就总喜念这一首。

那客人不知听懂了与否，只是点头说好。

## 八

就这样瞎念，到底不是久计。念了几十首之后，祖父开讲了。

"少小离家老大回，乡音无改鬓毛衰。"

祖父说：

"这是说小的时候离开了家到外边去,老了回来了。乡音无改鬓毛衰,这是说家乡的口音还没有改变,胡子可白了。"

我问祖父：

"为什么小的时候离家? 离家到那里去?"

祖父说：

"好比爷像你那么大离家,现在老了回来了,谁还认识呢? 儿童相见不相识,笑问客从何处来。小孩子见了就招呼着说:你这个白胡老头,是从那里来的?"

我一听,觉得不大好,赶快就问祖父：

"我也要离家的吗? 等我胡子白了回来,爷爷你也不认识我了吗?"

心里很恐惧。

祖父一听就笑了：

"等你老了还有爷爷吗?"

祖父说完了,看我还是不很高兴,他又赶快说：

"你不离家的,你那里能够离家……快再念一首诗吧! 念春眠不觉晓……"

我一念起春眠不觉晓来,又是满口的大叫,得意极了。完全高兴,什么都忘了。

但从此再读新诗,一定要先讲的,没有讲过的也要重讲。似乎那大嚷大叫的习惯稍稍好了一点。

"两个黄鹂鸣翠柳,一行白鹭上青天。"

这首诗本来我也很喜欢的,黄梨是很好吃的。经祖父这一讲,说是两个鸟。于是不喜欢了。

"去年今日此门中，人面桃花相映红。

人面不知何处去，桃花依旧笑春风。"

这首诗祖父讲了我也不明白，但是我喜欢这首。因为其中有桃花。桃树一开了花不就结桃吗？桃子不是好吃吗？

所以每念完这首诗，我就接着问祖父：

"今年咱们的樱桃树开花不开花？"

## 九

除了念诗之外，还很喜欢吃。

记得大门洞子东边那家房户是养猪的，一个大猪在前边走，一群小猪跟在后边。有一天一个小猪掉井了，人们用抬土的筐子把小猪从井钓了上来。钓上来，那小猪早已死了。井口旁边围了很多人看热闹，祖父和我也在旁边看热闹。

那小猪一被打上来，祖父就说他要那小猪。

祖父把那小猪抱到家里，用黄泥裹起来，放在灶坑里烧上了，烧好了给我吃。

我站在炕沿旁边，那整个的小猪，就摆在我的眼前，祖父把那小猪一撕开，立刻就冒了油，真香，我从来没有吃过那么香的东西，从来没有吃过那么好吃的东西。

第二次，又有一只鸭子掉井了，祖父也用黄泥包起来，烧上给我吃了。

在祖父烧的时候，我也帮着忙，帮着祖父搅黄泥，一边喊着，一边叫着，好像拉拉队似的给祖父助兴。

鸭子比小猪更好吃，那肉是不怎样肥的。所以我最喜欢吃鸭子。

我吃，祖父在旁边看着，祖父不吃。等我吃完了，祖父才吃。他说我的牙齿小,怕我咬不动,先让我选嫩的吃,我吃剩了的他才吃。

祖父看我每咽下去一口,他就点一下头,而且高兴的说:

"这小东西真馋。"或是"这小东西吃得真快。"

我的手满是油,随吃随在大襟上擦着,祖父看了也并不生气,只是说:

"快沾点盐吧,快沾点韭菜花吧,空口吃不好,等会要反胃的……"

说着就捏几个盐粒放在我手上拿着的鸭子肉上。我一张嘴又进肚去了。

祖父越称赞我能吃,我越吃得多。祖父看看不好了,怕我吃多了。让我停下,我才停下来。我明明白白的是吃不下去了,可是我嘴里还说着:

"一个鸭子还不够呢!"

自此吃鸭子的印象非常之深,等了好久,鸭子不再掉到井里,我看井沿有一群鸭子,我拿了秫秆就往井里边赶,可是鸭子不进去,围着井口转,而呱呱的叫着。我就招呼了在旁边看热闹的小孩子,我说:

"帮我赶哪!"

正在吵吵叫叫的时候,祖父奔到了,祖父说:

"你在干什么?"

我说:

"赶鸭子,鸭子掉井,捞出来好烧吃。"

祖父说:

"不用赶了,爷爷抓个鸭子给你烧着吃。"

我不听他的话,我还是追在鸭子的后边跑着。

祖父上前来把我拦住了,抱在怀里,一面给我擦着汗一面说:

"跟爷爷回家,抓个鸭子烧上。"

我想:不掉井的鸭子,抓都抓不住,可怎么能规规矩矩贴起黄泥来让烧呢?于是我从祖父的身上往下挣扎着,喊着:

"我要掉井的,我要掉井的。"

祖父几乎抱不住我了。

# 第四章

## 一

一到了夏天,蒿草长没大人的腰了,长没我的头顶了,黄狗进去,连个影也看不见了。

夜里一刮起风来,蒿草就刷拉刷拉的响着,因为满院子都是蒿草,所以那响声就特别大,成群结队的就响起来了。

下了雨,那蒿草的梢上都冒着烟,雨本来下得不很大,若一看那蒿草,就像那雨下得特别大似的。

下了毛毛雨,那蒿草上就迷漫得朦朦胧胧的,像是已经来了大雾,或者像是要变天了,好像是下了霜的早晨,混混沌沌的,在蒸腾着白烟。

刮风和下雨,这院子是很荒凉的了。就是晴天,多大的太阳照在上空,这院子也一样是荒凉的。没有什么显眼耀目的装饰,没有用人工设置过的一点痕迹,什么都是任其自然,愿意东,就东,愿意西,就西。若是纯然能够做到这样,倒也保存了原始的风景。但不对的,这算什么风景呢?东边堆着一堆朽木头,西边扔着一片乱柴火。左门旁排着一大片旧砖头,右门边晒着一片沙泥土。

沙泥土是厨子拿来搭炉灶的,搭好了炉灶,泥土就扔在门边了。

若问他还有什么用处吗？我想他也不知道。不过忘了就是了。

至于那砖头可不知道是干什么的，已经放了很久了，风吹日晒，下了雨被雨浇。反正砖头是不怕雨的，浇浇又碍什么事。那么就浇着去吧，没人管它。其实也正不必管它，凑巧炉灶或是炕洞子坏了，那就用得着它了。就在眼前，伸手拿来，用着多么方便。但是炉灶就总不常坏，炕洞子修的也比较结实。不知那里找的这样好的工人，一修上炕洞子就是一年，头一年八月修上，不到第二年八月是不坏的，就是到了第二年八月，也得泥水匠来，砖瓦匠来用铁刀一块一块的把砖砍着搬下来。所以那门前的一堆砖头似乎是一年也没有多大的用处。三年两年的还是在那里摆着。大概总是越摆越少，东家拿去一块垫花盆，西家搬去一块又是做什么。不然若是越摆越多，那可就糟了，岂不是慢慢的会把房门封起来的吗？

其实门前的那砖头是越来越少的。不用人工，任其自然，过了三年两载也就没有了。

可是目前还是有的。就和那堆泥土同时在晒着太阳，它陪伴着它，它陪伴着它。

除了这个，还有打碎了的大缸扔在墙边上，大缸旁边还有一个破了口的坛子陪着它蹲在那里。坛子底上没有什么，只积了半坛雨水，用手攀着坛子边一摇动，那水里边有很多活物，会上下的跑，似鱼非鱼，似虫非虫，我不认识。再看那勉强站着的，几乎是站不住了的已经被打碎了的大缸，那缸里边可是什么也没有。其实不能够说那是"里边"，本来这缸已经破了肚子，谈不到什么"里边""外边"了。就简称"缸礓"吧！在这缸礓上什么也没有，光滑可爱，用手一拍还会发响。小的时候就总喜欢到旁边去搬一搬，一搬就不得了了，在这缸礓的下边有无数的潮虫。吓得赶快就跑，跑得很远的站在那里回头看着，看了一回，那潮虫乱跑一阵又回到那缸磲的下边去了。

这缸磲为什么不扔掉呢？大概就是专养潮虫。

和这缸磲相对着，还扣着一个猪槽子，那猪槽子已经腐朽了，不知扣了多少年了。槽子底上长了不少的蘑菇，黑深深的，都是些小蘑，看样子，大概吃不得，不知长着做什么。

靠着槽子的旁边就睡着一柄生锈的铁犁头。

说也奇怪，我家里的东西都是成对的，成双的。没有单个的。

砖头晒太阳，就有泥土来陪着。有破坛子，就有破大缸。有猪槽子就有铁犁头。像是它们都配了对，结了婚。而且各自都有新生命送到世界上来。比方缸子里的似鱼非鱼，大缸下边的潮虫，猪槽子上的蘑菇等等。

不知为什么，这铁犁头，却看不出什么新生命来，而是全体腐烂下去了。什么也不生，什么也不长，全体黄澄澄的。用手一触就往下掉沫，虽然他本质是铁的，但沦落到今天，就完全像黄泥做的了，就像要瘫了的样子。比起它的同伴那木槽子来，真是远差千里，惭愧惭愧。这犁头假若是人的话，一定要流泪大哭："我的体质比你们都好哇，怎么今天衰弱到这个样子？"

它不但它自己衰弱，发黄，一下了雨，它那满身的黄色的色素，还跟着雨水流到别人的身上去。那猪槽子的半边已经被染黄了。

那黄色的水流，还一直流得很远，是凡它所经过的那条土地，都被它染得焦黄。

## 二

我家是荒凉的。

一进大门，靠着大门洞子的东壁是三间破房子，靠着大门洞子的西壁仍是三间破房子。再加上一个大门洞,看起来是七间连着串,外表上似乎是很威武的,房子都很高大,架着很粗的木头的房架。大柁是很粗的,一个小孩抱不过来。都一律是瓦房盖,房脊上还有透隆的用瓦做的花,迎着太阳看去,是很好看的。房脊的两梢上,一边有一个鸽子,大概也是瓦做的。终年不动,停在那里。这房子的外表,似乎不坏。

但我看它内容空虚。

西边的三间,自家用为装粮食的,粮食没有多少,耗子可是成群了。

粮食仓子底下让耗子咬出洞来,耗子的全家在吃着粮食。耗子在下边吃,麻雀在上边吃。全屋都是土腥气。窗子坏了,用板钉起来,门也坏了,每一开就颤抖抖的。

靠着门洞子西壁的三间房,是租给一家养猪的。那屋里屋外没有别的,都是猪了。大猪小猪,猪槽子,猪粮食。来往的人也都是猪贩子,连房子带人,都弄得气味非常之坏。

说来那家也并没有养了多少猪,也不过十个八个的。每当黄昏的时候,那叫猪的声音远近可闻。打着猪槽子,敲着圈棚。叫了几声,停了一停。声音有高有低,在黄昏的庄严的空气里好像是说他家的生活是非常寂寞的。

除了这一连串的七间房子之外,还有六间破房子,三间破草房,三间碾磨房。

三间碾磨房一起租给那家养猪的了,因为它靠近那家养猪的。

三间破草房是在院子的西南角上,这房子它单独的跑得那么远,孤伶伶的,毛头毛脚的,歪歪斜斜的站在那里。

房顶的草上长着青苔,远看去,一片绿,很是好看。下了雨,房顶上就出蘑菇,人们就上房采蘑菇,就好像上山去采蘑菇一样,一采采了很多。这样出蘑菇的房顶实在是很少有,我家的房子共有三十来间,其余的都不会出蘑菇,所以住在那房里的人一提着筐子上房去采蘑菇,全院子的人没有不羡慕的,都说:

"这蘑菇是新鲜的,可不比那干蘑菇,若是杀一个小鸡炒上,那真好吃极了。"

"蘑菇炒豆腐,嗳,真鲜!"

"雨后的蘑菇嫩过了仔鸡。"

"蘑菇炒鸡,吃蘑菇而不吃鸡。"

"蘑菇下面,吃汤而忘了面。"

"吃了这蘑菇,不忘了姓才怪的。"

"清蒸蘑菇加姜丝,能吃八碗小米子干饭。"

"你不要小看了这蘑菇,这是意外之财!"

同院住的那些羡慕的人,都恨自己为什么不住在那草房里。若早知道租了房子连蘑菇都一起租来了,就非租那房子不可。天下那有这样的好事,租房子还带蘑菇的。于是感慨唏嘘,相叹不已。

再说那在房顶上正在采着的,在多少只眼目之中,真是一种光荣的工作。于是也就慢慢的采,本来一袋烟的工夫就可以采完,但是要延长到半顿饭的工夫。同时故意选了几个大的,从房顶上骄傲的抛下来,同时说:

"你们看吧,你们见过这样干净的蘑菇吗?错了是这个房顶,那个房顶能够长出这样的好蘑菇来。"

那在下面的,根本看不清房顶到底那蘑菇全都多大,以为一律是这样大的,于是就更增加了无限的惊异。赶快弯下腰去拾起来,拿到家里,晚饭的时候,卖豆腐的来,破费二百钱检点豆腐,把蘑菇烧上。

可是那在房顶上的因为骄傲，忘记了那房顶有许多地方是不结实的，已经露了洞了，一不加小心就把脚掉下去了，把脚往外一拔，脚上的鞋子不见了。

鞋子从房顶落下去，一直就落在锅里，锅里正是翻开的滚水，鞋子就在滚水里边煮上了。锅边漏粉的人越看越有意思，越觉得好玩，那一只鞋子在开水里滚着，翻着，还从鞋底上滚下一些泥浆来，弄得漏下去的粉条都黄忽忽的了。可是他们还不把鞋子从锅里拿出来，他们说，反正这粉条是卖的，也不是自己吃。

这房顶虽然产蘑菇，但是不能够避雨，一下起雨来，全屋就像小水罐似的。摸摸这个是湿的，摸摸那个是湿的。

好在这里边住的都是些个粗人。

有一个歪鼻瞪眼的名叫"铁子"的孩子。他整天手里拿着一柄铁锹，在一个长槽子里边往下切着，切些个什么呢？初到这屋子里来的人是看不清的，因为热气腾腾的这屋里不知都在做些个什么。细一看，才能看出来他切的是马铃薯。槽子里都是马铃薯。

这草房是租给一家开粉房的。漏粉的人都是些粗人，没有好鞋袜，没有好行李，一个一个的和小猪差不多，住在这房子里边是很相当的，好房子让他们一住也怕是住坏了。何况每一下雨还有蘑菇吃。

这粉房里的人吃蘑菇，总是蘑菇和粉配在一道，蘑菇炒粉，蘑菇炖粉，蘑菇煮粉。没有汤的叫做"炒"，有汤的叫做"煮"，汤少一点的叫做"炖"。

他们做好了，常常还端着一大碗来送给祖父。等那歪鼻瞪眼的孩子一走了，祖父就说：

"这吃不得，若吃到有毒的就吃死了。"

但那粉房里的人，从来没吃死过，天天里边唱着歌，漏着粉。

粉房的门前搭了几丈高的架子,亮晶晶的白粉,好像瀑布似的挂在上边。

他们一边挂着粉,也是一边唱着的。等粉条晒干了,他们一边收着粉,也是一边的唱。那唱不是从工作所得到的愉快,好像含着眼泪在笑似的。

逆来顺受,你说我的生命可惜,我自己却不在乎。你看着很危险,我却自己以为得意。不得意怎么样?人生是苦多乐少。

那粉房里的歌声,就像一朵红花开在了墙头上。越鲜明,就越觉得荒凉。

"正月十五正月正,

家家户户挂红灯。

人家的丈夫团圆聚,

孟姜女的丈夫去修长城。"

只要是一个晴天,粉丝一挂起来了,这歌音就听得见的。因为那破草房是在西南角上,所以那声音比较的来得辽远。偶尔也有装腔女人的音调在唱《五更天》①。

那草房实在是不行了,每下一次大雨,那草房北头就要多加一只支柱,那支柱已经有七八只之多了,但是房子还是天天的往北边歪。越歪越厉害,我一看了就害怕,怕从那旁边一过,恰好那房子倒了下来,压在我身上。那房子实在是不像样子了,窗子本来是四方的,都歪斜得变成菱形的了。门也歪斜得关不上了。墙上的大柁就像要掉下来似的,向一边跳出来了。房脊上的正梁一天一天的往北走,已经拔了铆,脱离别人的牵掣,而它自己单独行动起来了。那些钉在房脊上的椽杆子,能够跟着它跑的,就跟着它一顺水的往北边跑下去了。不

--------

① 《五更天》:陕西民歌。

能够跟着它跑的,就挣断了钉子,而垂下头来,向着粉房里的人们的头垂下来,因为另一头是压在檐外,所以不能够掉下来,只是滴里郎当的垂着。

我一次走进粉房去,想要看一看漏粉到底是怎样漏法。但是不敢细看,我很怕那椽子头掉下来打了我。

一刮起风来这房子就喳喳的山响,大柁响,房梁响,门框、窗框响。

一下了雨又是喳喳的响。

不刮风,不下雨,夜里也是会响的,因为夜深人静了,万物齐鸣,何况这本来就会响的房子,那能不响呢?

以它响得最厉害。别的东西的响,是因为倾心去听它,就是听得到的,也是极幽渺的,不十分可靠。也许是因为一个人的耳鸣而引起来的错觉,比方猫、狗、虫子之类的响叫,那是因为他们是生物的缘故。

可曾有人听过夜里房子会叫的,谁家的房子会叫,叫得好像个活物似的,嚓嚓的,带着无限的重量。往往会把睡在这房子里的人叫醒。

被叫醒了的人,翻了一个身说:

"房子又走了。"

真是活神活现,听他说了这话,好像房子要搬了场似的。

房子都要搬场了,为什么睡在里边的人还不起来。他是不起来的,他翻了个身又睡了。

住在这里边的人,对于房子就要倒的这回事,毫不加戒心,好像他们已经有了血族的关系,是非常信靠的。

似乎这房一旦倒了,也不会压到他们,就像是压到了,也不会压死的,绝对的没有生命的危险。这些人的过度的自信,不知从那里来的,也许住在那房子里边的人都是用铁铸的,而不是肉长的。再不然就是

153

他们都是敢死队,生命置之度外了。

若不然为什么这么勇敢? 生死不怕。

若说他们是生死不怕,那也是不对的,比方那晒粉条的人,从杆子上往下摘粉条的时候,那杆子掉下来了,就吓他一哆嗦。粉条打碎了,他还没有被打着。他把粉条收起来,他还看着那杆子,他思索起来,他说:

"莫不是……"

他越想越奇怪,怎么粉打碎了,而人没打着呢。他把那杆子扶了上去,远远的站在那里看着,用眼睛捉摸着。越捉摸越觉得可怕。

"唉呀! 这要是落到头上呢。"

那真是不堪想像了。于是他摸着自己的头顶,他觉得万幸万幸,下回该加小心。

本来那杆子还没有房椽子那么粗,可是他一看见,他就害怕,每次他再晒粉条的时候,他都是躲着那杆子,连在它旁边走也不敢走。总是用眼睛溜着它,过了很多日才算把这回事忘了。

若下雨打雷的时候,他就把灯灭了,他们说雷扑火,怕雷劈着。

他们过河的时候,抛两个铜板到河里去,传说河是馋的,常常淹死人的,把铜板一抛到河里,河神高兴了,就不会把他们淹死了。

这证明住在这嚓嚓响着的草房里的他们,也是很胆小的,也和一般人一样是颤颤惊惊的活在这世界上。

那么这房子既然要塌了,他们为什么不怕呢?

据卖馒头的老赵头说:

"他们要的就是这个要倒的么!"

据粉房里的那个歪鼻歪眼的孩子说:

"这是住房子呵,也不是娶媳妇要她周周正正。"

据同院住的周家的两位少年绅士说：

"这房子对于他们那等粗人，就再合适也没有了。"

据我家的有二伯说：

"是他们贪图便宜，好房子呼兰城里有的多，为啥他们不搬家呢？好房子人家要房钱的呀，不像是咱们家这房子，一年送来十斤二十斤的干粉就完事，等于白住。你二伯是没有家眷，若不我也找这样房子去住。"

有二伯说的也许有点对。

祖父早就想拆了那座房子的，是因为他们几次的全体挽留才留下来的。

至于这个房子将来倒与不倒，或是发生什么幸与不幸，大家都以为这太远了，不必想了。

# 三

我家的院子是荒凉的。

那边住着几个漏粉的，那边住着几个养猪的。养猪的那厢房里还住着一个拉磨的。

那拉磨的，夜里打着梆子通夜的打。

养猪的那一家有几个闲散杂人，常常聚在一起唱着秦腔，拉着胡琴。

西南角上那漏粉的则欢喜在晴天里边唱一个《叹五更》①。

他们虽然是拉胡琴，打梆子，叹五更，但是并不是繁华的，并不是一往直前的，并不是他们看见了光明，或是希望着光明，这些都不是的。

---

① 《叹五更》：在中国流传甚广的民间小调。

他们看不见什么是光明的,甚至于根本也不知道,就像太阳照在了瞎子的头上了,瞎子也看不见太阳,但瞎子却感到实在是温暖了。

他们就是这类人,他们不知道光明在那里,可是他们实实在在的感得到寒凉就在他们的身上,他们想击退了寒凉,因此而来了悲哀。

他们被父母生下来,没有什么希望,只希望吃饱了,穿暖了。但也吃不饱,也穿不暖。

逆来的,顺受了。

顺来的事情,却一辈子也没有。

磨房里那打梆子的,夜里常常是越打越响,他越打得激烈,人们越说那声音凄凉。

因为他单单的响着,没有同调。

## 四

我家的院子是荒凉的。

粉房旁边的那小偏房里,还住着一家拴车的,那家喜欢跳大神,常常就打起鼓来,喝喝咧咧唱起来了。鼓声往往打到半夜才止,那说仙道鬼的,大神和二神的一对一答。苍凉,幽渺,真不知今世何世。

那家的老太太终年生病,跳大神都是为她跳的。

那家是这院子顶丰富的一家,老少三辈。家风是干净利落,为人谨慎,兄友弟恭,父慈子爱。家里绝对的没有闲散杂人。绝对不像那粉房和那磨房,说唱就唱,说哭就哭。他家永久是安安静静的。跳大神不算。

那终年生病的老太太是祖母,她有两个儿子,大儿子是赶车的,二儿子也是赶车的。一个儿子都有一个媳妇。大儿媳胖胖的,年已五十了。二儿媳瘦瘦的,年已四十了。

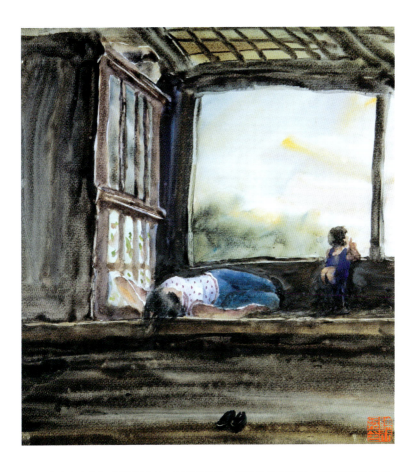

　　家家户户都把晚饭吃过了。吃过了晚饭，看晚霞的看晚霞，不看晚霞的躺到炕上去睡觉的也有。这个地方的晚霞是很好看的，有一个土名，叫火烧云。说"晚霞"人们不懂,若一说"火烧云"就连三岁的孩子也会呀呀的往西天空里指给你看。

　　粉房的门前搭了几丈高的架子，亮晶晶的白粉，好像瀑布似的挂在上边……
等粉条晒干了,他们一边收着粉,也是一边的唱着。那唱不是从工作所得到的愉快,
好像含着眼泪在笑似的。

　　房顶的草上长着青苔，远看去，一片绿，很是好看。下了雨，房顶上就出蘑菇，人们就上房采蘑菇，就好像上山去采蘑菇一样，一采采了很多。

　　她的父亲是赶车的,她牵着马到井上去饮水,她打起水来,比她父亲打的更快,
三绕两绕就是一桶。别人看了都说:"这姑娘将来兴家立业好手!"

　　祖父到鸡架那里去放鸡，我也跟在后边……它们抖擞着毛，一出来就连跑带叫的，吵的声音很大……喂完了鸡，往天空一看，太阳已经三丈高了。

　　夜里睡觉，她要忽然坐起来的。看了人她会害怕的。她的眼睛里边老是充满了眼泪……那小团圆媳妇夜里说梦话，白天发烧。一说起梦话来，总是说她要回家。

　　冯歪嘴子买了二斤新棉花，买了好几尺花洋布，买了二三十个上好的鸡蛋。冯歪嘴子还是照旧的拉磨，王大姐就剪裁着花洋布做成小小的衣裳。二三十个鸡蛋，用小筐装着，挂在二梁上。每一开门开窗的，那小筐就在高处游荡着。

　　从前那后花园的主人，而今不见了，老主人死了，小主人逃荒去了。那园里的蝴蝶，蚂蚱，蜻蜓，也许还是年年仍旧，也许现在完全荒凉了。小黄瓜，大矮瓜，也许还是年年的种着，也许现在根本没有了。

除了这些，老太太还有两个孙儿，大孙儿是二儿子的。二孙儿是大儿子的。

　　因此他家里稍稍有点不睦，那两个媳妇妯娌之间，稍稍有点不合适，不过也不很明朗化。只是你我之间各自晓得。做嫂子的总觉得兄弟媳妇对她有些不驯，或者就因为她的儿子大的缘故吧。兄弟媳妇就总觉得嫂子是想压她，凭什么想压人呢？自己的儿子小。没有媳妇指使着，看了别人还眼气。

　　老太太有了两个儿子，两个孙子，认为十分满意了。人手整齐，将来的家业，还不会兴旺的吗？就不用说别的，就说赶大车这把力气也是够用的。看看谁家的车上是爷四个，拿鞭子的，坐在车后尾巴上的都是姓胡的，没有外姓。在家一盆火，出外父子兵。

　　所以老太太虽然是终年病着，但很乐观，也就是跳一跳大神什么的解一解心疑也就算了。她觉得就是死了，也是心安意得的了，何况还活着，还能够看得见儿子们的忙忙碌碌。

　　媳妇们对于她也是很好的，总是隔长不短的张罗着给她花几个钱跳一跳大神。

　　每一次跳神的时候，老太太总是坐在炕里，靠着枕头，挣扎着坐了起来，向那些来看热闹的姑娘媳妇们讲：

　　"这回是我大媳妇给我张罗的。"或是"这回是我二媳妇给我张罗的。"

　　她说的时候非常得意，说着说着就坐不住了，她患的是瘫病。就赶快招了媳妇们来把她放下了。放下了还要喘一袋烟的工夫。

　　看热闹的人，没有一个不说老太太慈祥的，没有一个不说媳妇孝顺的。

　　所以每一跳大神，远远近近的人都来的，东院西院的，还有前街后街的也都来了。

只是不能够预先订座,来得早的就有凳子,炕沿坐。来得晚的,就得站着了。

不但妇女,就是男人也得说:

"老胡家人旺,将来财也必旺。"

"天时,地利,人和,最要紧的还是人和。人和了,天时不好也好了。地利,不利也利了。"

"将来看着吧,今天人家是赶大车的,再过五年看,不是二等户,也是三等户。"

我家的有二伯说:

"你看着吧,过不了几年人家就骡马成群了。别看如今人家就一辆车。"

他家的大儿媳妇和二儿媳妇的不睦,虽然没有新的发展,可也总没有消灭。

大孙子媳妇通红的脸,又能干,又温顺。人长得不肥不瘦,不高不矮,说起话来,声音不大不小。正合适配到他们这样的人家。

车回来了,牵着马就到井边去饮水。车马一出去了,就铡草。看她那长样可并不是做这类粗活人,可是做起事来并不弱于人,比起男人来,也差不了许多。

放下了外边的事情不说,再说屋里的,也样样拿得起来,剪、裁、缝、补,做那样像那样,他家里虽然没有什么绫、罗、绸、缎可做的,就说粗布衣也要做个四六见线,平平板板,一到过年的时候,无管怎样忙,也要偷空给奶奶婆婆,自己的婆婆,大娘婆婆,各人做一双花鞋。虽然没有什么好的鞋面,就说青水布的,也要做个精致。虽然没有丝线,就用棉花线,但那颜色却配得水冷冷的新鲜。

奶奶婆婆的那双绣的是桃红的大瓣莲花。大娘婆婆的那双绣的是牡丹花。婆婆的那双绣的是素素雅雅的绿叶兰。

这孙子媳妇回了娘家,娘家的人一问她婆家怎样,她说都好都好,将来非发财不可。大伯公是怎样的兢兢业业,公公是怎样的吃苦耐劳。奶奶婆婆也好,大娘婆婆也好。是凡婆家的无一不好。完全顺心,这样的婆家实在难找。

虽然她的丈夫也打过她,但她说,那个男人不打女人呢?于是也心满意足的并不以为那是缺陷了。

她把绣好的花鞋送给奶奶婆婆,她看她绣了那么一手好花,她感到了对这孙子媳妇有无限的惭愧,觉得这样一手好针线,每天让她喂猪打狗的,真是难为了她了。奶奶婆婆把手伸出来,把那鞋接过来,真是不知如何说好,只是轻轻的托着那鞋,苍白的脸孔,笑盈盈的点着头。

这是这样好的一个大孙子媳妇。二孙子媳妇也订好了,只是二孙子还太小,一时不能娶过来。

她家的两个妯娌之间的磨擦,都是为了这没有娶过来的媳妇,她自己的婆婆主张把她接过来,做团圆媳妇,婶婆婆就不主张接来,说她太小不能干活,只能白吃饭,有什么好处。

争执了许久,来与不来,还没有决定。等下回给老太太跳大神的时候,顺便问一问大仙家再说吧。

## 五

我家是荒凉的。

天还未明,鸡先叫了,后边磨房里那梆子声还没有停止,天就发白了。天一发白,乌鸦群就来了。

我睡在祖父旁边,祖父一醒,我就让祖父念诗,祖父就念:

"春眠不觉晓,处处闻啼鸟。

夜来风雨声,花落知多少。"

"春天睡觉不知不觉的就睡醒了,醒了一听,处处有鸟叫着,回想昨夜的风雨,可不知道今早花落了多少。"

是每念必讲的,这是我的约请。

祖父正在讲着诗,我家的老厨子就起来了。

他咳嗽着,听得出来,他担着水桶到井边去挑水去了。

井口离得我家的住房很远,他摇着井绳花拉拉的响,日里是听不见的,可是在清晨,就听得分外的清明。

老厨子挑完了水,家里还没有人起来。

听得见老厨子刷锅的声音刷拉拉的响。老厨子刷完了锅,烧了一锅洗脸水了,家里还没有人起来。

我和祖父念诗,一直念到太阳出来。

祖父说:

"起来吧。"

我说:

"再念一首。"

祖父说:

"再念一首可得起来了。"

于是再念一首,一念完了,我又赖起来不算了,说再念一首。

每天早晨都是这样纠缠不清的闹。等一开了门,到院子去。院子里边已经是万道金光了,大太阳晒在头上都滚热的了。太阳两丈高了。

祖父到鸡架那里去放鸡,我也跟在后边,祖父到鸭架那里去放鸭,我也跟在后边。

我跟着祖父,大黄狗在后边跟着我。我跳着,大黄狗摇着尾巴。

大黄狗的头像盆那么大,又胖又圆,我总想要当一匹小马来骑它。祖父说骑不得。

但是大黄狗是喜欢我的,我是爱大黄狗的。

鸡从架里出来了,鸭子从架里出来了,它们抖擞着毛,一出来就连跑带叫的,吵的声音很大。

祖父撒着通红的高粱粒在地上,又撒了金黄的谷粒子在地上。

于是鸡啄食的声音,咯咯的响成群了。

喂完了鸡,往天空一看,太阳已经三丈高了。

我和祖父回到屋里,摆上小桌,祖父吃一碗饭米汤,挠白糖,我则不吃,我要吃烧苞米。祖父领着我,到后园去,趟着露水去到苞米丛中为我擗一穗苞米来。

擗来了苞米,袜子,鞋,都湿了。

祖父让老厨子把苞米给我烧上,等苞米烧好了,我已经吃了两碗以上的饭米汤挠白糖了。苞米拿来,我吃了一两个粒,就说不好吃,因为我已吃饱了。

于是我手里拿着烧苞米就到院子去喂大黄去了。

"大黄"就是大黄狗的名字。

街上,在墙头外面,各种叫卖的声音都有了,卖豆腐的,卖馒头的,卖青菜的。

卖青菜的喊着,茄子,黄瓜,豆荚和小葱子。

一挑喊着过去了,又来了一挑。这一挑不喊茄子,黄瓜,而喊着芹菜,韭菜,白菜……

街上虽然热闹起来了,而我家里则仍是静悄悄的。

满院子蒿草,草里面叫着虫子。破东西东一件西一样的扔着。

看起来似乎是因为清早,我家才冷静,其实不然的,是因为我家的房子多,院子大,人少的缘故。

那怕就是到了正午,也仍是静悄悄的。

每到秋天,在蒿草的当中,也往往开了蓼花,所以引来了不少的蜻蜓和蝴蝶在那荒凉的一片蒿草上闹着。这样一来,不但不觉得繁华,反而更显得荒凉寂寞。

# 第五章

## 一

我玩的时候,除了在后花园里,有祖父陪着,其余的玩法,就只有我自己了。

我自己在房檐下搭了个小布棚,玩着玩着就睡在那布棚里了。

我家的窗子是可以摘下来的,摘下来直立着是立不住的,就靠着墙斜立着,正好立出一个小斜坡来,我称这小斜坡叫"小屋",我也常常睡到这小屋里边去了。

我家满院子是蒿草,蒿草上飞着许多蜻蜓,那蜻蜓是为着红蓼花而来的。可是我偏偏喜欢捉它,捉累了就躺在蒿草里边睡着了。

蒿草里边长着一丛一丛的天星星,好像山葡萄似的,是很好吃的。

我在蒿草里边搜索着吃,吃困了,就睡在天星星秧子的旁边了。

蒿草是很厚的,我躺在上边好像我的褥子,蒿草是很高的,它给我遮着荫凉。

有一天,我就正在蒿草里边做着梦,那是下午晚饭之前,太阳偏西的时候。大概我睡得不太着实,我似乎是听到了什么地方有不少的人讲着话,说说笑笑,似乎是很热闹。但到底发生了什么事情,却听不清,只觉得在西南角上,或者是院里,或者是院外。到底是院里院外,那就不太清楚了。反正是有几个人在一起嚷嚷着。

我似睡非睡的听了一会就又听不见了。大概我已经睡着了。

等我睡醒了,回到屋里去,老厨子第一个就告诉我:

"老胡家的团圆媳妇来啦,你还不知道,快吃了饭去看吧!"

老厨子今天特别忙,手里端着一盘黄瓜菜往屋里走,因为跟我指手划脚的一讲话,差一点没把菜碟子掉在地上,只把黄瓜丝打翻了。

我一走进祖父的屋去,只有祖父一个人坐在饭桌前面,桌子上边的饭菜都摆好了,却没有人吃,母亲和父亲都没有来吃饭,有二伯也没有来吃饭。祖父一看见我,祖父就问我:

"那团圆媳妇好不好?"

大概祖父以为我是去看团圆媳妇回来的。我说我不知道,我在草棵里边吃天星星来的。

祖父说:

"你妈他们都去看团圆媳妇去了,就是那个跳大神的老胡家。"

祖父说着就招呼老厨子,让他把黄瓜菜快点拿来。

醋拌黄瓜丝,上边浇着辣椒油,红的红,绿的绿,一定是那老厨子又重切了一盘的,那盘我眼看着撒在地上了。

祖父一看黄瓜菜也来了,祖父说:

"快吃吧,吃了饭好看团圆媳妇去。"

老厨子站在旁边,用围裙在擦着他满脸的汗珠,他每一说话就乍巴眼睛,从嘴里往外喷着唾沫星。他说:

"那看团圆媳妇的人才多呢!粮米铺的二老婆,带着孩子也去了。后院的小麻子也去了,西院老杨家也来了不少的人,都是从墙头上跳过来的。"

他说他在井沿上打水看见的。

经他这一煽惑,我说:

"爷爷,我不吃饭了,我要看团圆媳妇去。"

祖父一定让我吃饭,他说吃了饭他带我去。我急得一顿饭也没有吃好。我从来没有看过团圆媳妇,我以为团圆媳妇不知道多么好看呢!越想越觉得一定是很好看的,越着急也越觉得非是特别好看不可。不然,为什么大家都去看呢。不然,为什么母亲也不回来吃饭呢。

越想越着急,一定是很好看的节目都看过。若现在就去,还多少看得见一点,若再去晚了,怕是就来不及了。我就催促着祖父。

"快吃,快吃,爷爷快吃吧。"

那老厨子还在旁边乱讲乱说,祖父间或问他一两句。

我看那老厨子打搅祖父吃饭,我就不让那老厨子说话。那老厨子不听,还是笑嬉嬉的说。我就下地把老厨子硬推出去了。

祖父还没有吃完,老周家的周三奶又来了,是她说她的公鸡总是往我这边跑,她是来捉公鸡的。公鸡已经捉到了,她还不走,她还扒着玻璃窗子跟祖父讲话。她说:

"老胡家那小团圆媳妇来啦,你老爷子还没去看看吗?那看的人才多呢,我还没去呢,吃了饭就去。"

祖父也说吃了饭就去,可是祖父的饭总也吃不完。一会要点辣椒油,一会要点咸盐面的。我看不但我着急,就是那老厨子也急得不得了了。头上直冒汗,眼睛直乍巴。

祖父一放下饭碗,连点一袋烟我也不让他点,拉着他就往西南墙角那边走。

一边走,一边心里后悔,眼看着一些看热闹的人都回来了。为什么一定要等祖父呢?不会一个人早就跑着来吗?何况又觉得我躺在草棵子里就已经听见这边有了动静了。真是越想越后悔,这事情都闹了一个下半天了,一定是好看的都过去了,一定是来晚了。白来了,什么也看不见了。在草棵子听到了这边说笑,为什么不就立刻跑来看呢?越想越后悔。自己和自己生气,等到了老胡家的窗前,一听,果然连一点声音也没有了。差一点没有气哭了。

等真的进屋一看,全然不是那么一回事,母亲,周三奶奶,还有些个不认识的人,都在那里,与我想像的完全不一样,没有什么好看的,团圆媳妇在那儿?我也看不见,经人家指指点点的,我才看见了。不是什么媳妇,而是一个小姑娘。

我一看就没有兴趣了,拉着爷爷就往外边走,说:

"爷爷回家吧。"

等第二天早晨她出来倒洗脸水的时候,我看见她了。

她的头发又黑又长,梳着很大的辫子,普通姑娘们的辫子都是到腰间那么长,而她的辫子竟快到膝间了。她脸长得黑忽忽的,笑呵呵的。

院子里的人,看过老胡家的团圆媳妇之后,没有什么不满意的地方。不过都说太大方了,不像个团圆媳妇了。

周三奶奶说:

"见人一点也不知道羞。"

隔院的杨老太太说:

"那才不怕羞呢!头一天来到婆家,吃饭就吃三碗。"

周三奶奶又说:

"哟哟!我可没见过,别说还是一个团圆媳妇,就说一进门就姓了人家的姓,也得头两天看看人家的脸色。哟哟!那么大的姑娘。她今年十几岁啦?"

"听说十四岁么!"

"十四岁会长得那么高,一定是瞒岁数。"

"可别说呀!也有早长的。"

"可是他们家可怎么睡呢?"

"可不是,老少三辈,就三铺小炕……"

这是杨老太太扒在墙头上和周三奶奶讲的。

至于我家里,母亲也说那团圆媳妇不像个团圆媳妇。

老厨子说:

"没见过,大模大样的,两个眼睛骨碌骨碌的转。"

有二伯说:

"介(这)年头是啥年头呢,团圆媳妇也不像个团圆媳妇了。"

只是祖父什么也不说,我问祖父:

"那团圆媳妇好不好?"

祖父说:

"怪好的。"

于是我也觉得怪好的。

她天天牵马到井边上去饮水,我看见她好几回。中间没有什么人介绍,她看看我就笑了,我看看她也笑了。我问她十几岁?她说:

"十二岁。"

我说不对。

"你十四岁的,人家都说你十四岁。"

她说:

"他们看我长得高,说十二岁怕人家笑话,让我说十四岁的。"

我不大知道,为什么长得高还让人家笑话。我问她:

"你到我们草棵子里去玩好吧!"

她说:

"我不去,他们不让。"

二

过了没有几天,那家就打起团圆媳妇来了,打得特别厉害,那叫声无管多远都可以听得见的。

这全院子都是没有小孩子的人家,从没有听到过谁家在哭叫。

邻居左右因此又都议论起来,说早就该打的,那有那样的团圆媳妇一点也不害羞,坐到那儿坐得笔直,走起路来,走得风快。

她的婆婆在井边上饮马,和周三奶奶说:

"给她一个下马威。你听着吧,我回去我还得打她呢,这小团圆媳妇才厉害呢!没见过,你拧她大腿,她咬你,再不然,她就说她回家。"

从此以后,我家的院子里,天天有哭声,哭声很大,一边哭,一边叫。

祖父到老胡家去说了几回,让他们不要打她了。说小孩子,知道什么,有点差错教条教条也就行了。

后来越打越厉害了,不分昼夜,我睡到半夜醒来和祖父念诗的时候,念着念着就听西南角上哭叫起来了。

我问祖父:

"是不是那小团圆媳妇哭?"

祖父怕我害怕,说:

"不是,是院外的人家。"

我问祖父：

"半夜哭什么？"

祖父说：

"别管那个，念诗吧。"

清早醒了，正在念"春眠不觉晓"的时候，那西南角上的哭声又来了。

一直哭了很久，到了冬天，这哭声才算没有了。

## 三

虽然不哭了，那西南角上又夜夜跳起大神来，打着鼓，叮当叮当的响，大神唱一句，二神唱一句，因为是夜里，听得特别清晰，一句半句的我都记住了。

什么"小灵花呀"，什么"胡家让她去出马"。

差不多每天大神都唱些个这个。

早晨起来，我就模拟着唱：

"小灵花呀，胡家让她去出马呀……"

而且叮叮当，叮叮当的，用声音模拟着打鼓。

"小灵花"就是小姑娘。"胡家"就是胡仙。"胡仙"就是狐狸精。"出马"就是当跳大神的。

大神差不多跳了一个冬天，把那小团圆媳妇就跳出毛病来了。

那小团圆媳妇，有点黄。没有夏天她刚一来的时候，那么黑了。不过还是笑呵呵的。

祖父带着我到那家去串门，那小团圆媳妇还过来给祖父装了一袋烟。

她看见我，也还偷着笑，大概她怕她婆婆看见，所以没和我说话。

她的辫子还是很大的。她的婆婆说她有病了,跳神给她赶鬼。

等祖父临出来的时候,她的婆婆跟出来了,小声跟祖父说:

"这团圆媳妇,怕是要不好,是个胡仙旁边的,胡仙要她去出马……"

祖父很想让他们搬家。但呼兰这地方有个规矩,春天是二月搬家,秋天是八月搬家。一过了二八月就不是搬家的时候了。

我们每当半夜让跳神惊醒的时候,祖父就说:

"明年二月就让他们搬了。"

我听祖父说了好几次这样的话。

当我模拟着大神喝喝呼呼的唱着"小灵花"的时候,祖父也说那同样的话,明年二月让他们搬家。

## 四

可是在这期间,院子的西南角上就越闹越厉害。请一个大神,请好几个二神,鼓声连天的响。

说那小团圆媳妇若再去让她出马,她的命就难保了。所以请了不少的二神来,设法从大神那里把她要回来。

(于是有许多人给他家出了主意,人那能够见死不救呢? 于是凡有善心的人都帮起忙来。他说他有一个偏方,她说她有一个邪令。

(有的主张给她扎一个谷草人,到南大坑去烧了。

(有的主张到扎彩铺去扎一个纸人,叫做"替身",把它烧了或者可以替了她。

(有的主张给她画上花脸,把大神请到家里,让那大神看了,嫌她太丑,也许就不捉她当弟子了,就可以不必出马了。

(周三奶奶则主张给她吃一个全毛的鸡,连毛带腿的吃下去,选一个星星出全的夜,吃了用被子把人蒙起来,让她出一身大汗。蒙到第二天早晨鸡叫,再把她从被子放出来。她吃了鸡,她又出了汗,她的魂灵里边因此就永远有一个鸡存在着,神鬼和胡仙黄仙就都不敢上她的身了。传说鬼是怕鸡的。

（据周三奶奶说,她的曾祖母就是被胡仙抓住过的,闹了整整三年,差一点没死,最后就是用这个方法治好的。因此一生不再闹别的病了。她半夜里正做一个噩梦,她正吓得要命,她魂灵里边的那个鸡,就帮了她的忙,只叫了一声,噩梦就醒了。她一辈子没生过病。说也奇怪,就是到死,也死得不凡,她死那年已经是八十二岁了,八十二岁还能够拿着花线绣花,正给她小孙子绣花兜肚嘴。绣着绣着,就有点困了,她坐在木樽上,背靠着门扇就打一个盹。这一打盹就死了。

（别人就问周三奶奶：

"你看见了吗?"

（她说：

"可不是……你听我说呀,死了三天三夜按都按不倒。后来没有办法,给她打着一口棺材也是坐着的,把她放在棺材里,那脸色是红扑扑的,还和活着的一样……"

（别人问她：

"你看见了吗?"

（她说：

"哟哟! 你这问的可怪,传话传话,一辈子谁能看见多少,不都是传话传的吗!"

（她有点不大高兴了。

（再说西院的杨老太太,她也有个偏方,她说黄连二两,猪肉半斤,把黄连和猪肉都切碎了,用瓦片来焙,焙好了,压成面,用红纸包分成五包包起来。每次吃一包,专治惊风,掉魂。

（这个方法,倒也简单。虽然团圆媳妇害的病可不是惊风,掉魂,似乎有点药不对症。但也无妨试一试,好在只是二两黄连,半斤猪肉。何况呼兰河这个地方,又常有卖便宜猪肉的。虽说那猪肉怕是瘟猪,有点靠不住。但那是治病,也不是吃,又有什么关系。

"去,买上半斤来,给她治一治。"

（旁边有着赞成的说:

"反正治不好也治不坏。"

（她的婆婆也说:

"反正死马当活马治吧!"

（于是团圆媳妇先吃了半斤猪肉加二两黄连。

（这药是婆婆亲手给她焙的。可是切猪肉是他家的大孙子媳妇给切的。那猪肉虽然是连紫带青的,但中间毕竟有一块是很红的,大孙子媳妇就偷着把这块给留下来了,因为她想,奶奶婆婆不是四五个月没有尝到一点晕腥了吗? 于是她就给奶奶婆婆偷着下了一碗面疙疸汤吃了。

（奶奶婆婆问:

"可那儿来的肉?"

（大孙子媳妇说:

"你老人家吃就吃吧,反正是孙子媳给你做的。"

（那团圆媳妇的婆婆是在灶坑里边搭起瓦来给她焙药。一边焙着,一边说:

"这可是半斤猪肉,一边,一条不缺……"

越焙,那猪肉的味越香,有一匹小猫嗅到了香味而来了,想要在那已经焙好了的肉干上攥一爪,它刚一伸爪,团圆媳妇的婆婆一边用手

打着那猫,一边说:

"这也是你动得爪的吗! 你这馋嘴巴,人家这是治病呵,是半斤
猪肉,你也想要吃一口? 你若吃了这口,人家的病可治不好了。一个
人活活的要死在你身上,你这不知好歹的。这是整整半斤肉,不多
不少。"

(药焙好了,压碎了就冲着水给团圆媳妇吃了。

(一天吃两包,才吃了一天。第二天早晨,药还没有再吃,还有三
包压在灶王爷板上,那些传偏方的人就又来了。

(有的说,黄连可怎么能够吃得? 黄连是大凉药,出虚汗像她这
样的人,一吃黄连就要泄了元气,一个人要泄了元气那还得了吗?

(又一个人说:

"那可吃不得呀! 吃了过不去两天就要一命归阴的。"

(团圆媳妇的婆婆说:

"那可怎么办呢?"

(那个人就慌忙的问:

"吃了没有呢?"

(团圆媳妇的婆婆刚一开口,就被他家的聪明的大孙子媳妇给遮
过去了,说:

"没吃,没吃,还没吃。"

(那个人说,既然没吃就不要紧,真是你老胡家有天福,吉星高
照,你家差点没有摊了人命。

(于是他又给出了个偏方,这偏方,据他说已经不算是偏方了,就
是东二道街上"李永春"药铺的先生也常常用这个方单,是一用就好
的,百试,百灵。无管男、女、老、幼,一吃一个好。也无管什么病,头
痛,脚痛,肚子痛,五脏六腑痛,跌、打、刀、伤,生疮,生疔,生疖子……

（无管什么病，药到病除。

（这究竟是什么药呢？人们越听这药的效力大，就越想知道究竟是怎样的一种药。

（他说：

"年老的人吃了，眼花缭乱，又恢复到了青春。"

"年青的人吃了，力气之大，可以搬动泰山。"

"妇女吃了，不用胭脂粉，就可以面如桃花。"

"小孩子吃了，八岁可以拉弓，九岁可以射箭，十二岁可以考状元。"

开初，老胡家的全家，都为之惊动，到后来怎么越听越远了。本来老胡家一向是赶车栓马的人家，一向没有考过状元。

（大孙子媳妇，就让一些围观的闪开一点，她到梳头匣子里拿出一根画眉的柳条炭来。她说：

"快请把药方开给我们吧，好到药铺去赶早去抓药。"

（这个出药方的人，本是"李永春"药铺的厨子。三年前就离开了"李永春"那里了。三年前他和一个妇人吊膀子，那妇人背弃了他，还带走了他半生所积下的那点钱财，因此一气而成了个半疯。虽然是个半疯了，但他在"李永春"那里所记住的药名字还没有全然忘记。

（他是不会写字的，他就用嘴说：

"车前子二钱，当归二钱，生地二钱，藏红花二钱，川贝母二钱，白术二钱，远志二钱，紫河车二钱……"

（他说着说着似乎就想不起来了，急得头顶一冒汗，张口就说红糖二斤，就算完了。

（说完了，他就和人家讨酒喝。

"有酒没有，给两盅喝喝。"

（这半疯，全呼兰河的人都晓得，只有老胡家不知道。因为老胡家是外来户，所以受了他的骗了。家里没有酒，就给了他两吊钱的酒钱。那个药方是根本不能够用的，是他随意胡说了一阵的结果。）

团圆媳妇的病，一天比一天严重，据他家里的人说，夜里睡觉，她要忽然坐起来的。看了人她会害怕的。她的眼睛里边老是充满了眼泪。这团圆媳妇大概非出马不可了。若不让她出马，大概人要好不了的。

（这种传说，一传出来，东邻西舍的，又都去建了议，都说那能够见死不救呢？

（有的说，让她出马就算了。有的说，还是不出马的好。年轻轻的就出马，这一辈子可得什么才能够到个头。

（她的婆婆则是绝对不赞成出马的，她说：

"大家可不要错猜了，以为我订这媳妇的时候花了几个钱，我不让她出马，好像我舍不得这几个钱似的。我也是那么想，一个小小的人出了马，这一辈子可什么时候才到个头。"

（于是大家就都主张不出马的好，想偏方的，请大神的，各种人才齐聚。东说东的好，西说西的灵。于是来了一个"抽帖儿的"。

（他说他不远千里而来，他是从乡下赶到的。他听城里的老胡家有一个团圆媳妇新接来不久就病了。经过多少名医，经过多少仙家也治不好，他特地赶来看看，万一要用得着，救一个人命也是好的。

（这样一说，十分使人感激。于是让到屋里，坐在奶奶婆婆的炕沿上。给他倒一杯水，给他装一袋烟。

（大孙子媳妇先过来说：

"我家的弟妹，年本十二岁，因为她长得太高，就说她十四岁。又说又笑，百病皆无。自接到我们家里就一天一天的黄瘦。到近来就水

174

不想喝,饭不想吃,睡觉的时候睁着眼睛,一惊一乍的。什么偏方都吃过了,什么香火也都烧过了。就是百般的不好……"

(大孙子媳妇还没有说完,大娘婆婆就接着说:

"她来到我家,我没给她气受,那家的团圆媳妇不受气,一天打八顿,骂三场。可是我也打过她,那是我要给她一个下马威。我只打了她一个多月,虽然说我打得狠了一点,可是不狠那能够规矩出一个好人来。我也是不愿意狠打她的,打得连喊带叫的,我是为她着想,不打得狠一点,她是不能够中用的。有几回,我是把她吊在大梁上,让她叔公用皮鞭子狠狠的抽了她几回,打得是着点狠了,打昏过去了。可是只昏了一袋烟的工夫,就用冷水把她浇过来了。是打狠了一点,全身也都打青了,也还出了点血。可是立刻就打了鸡蛋青子给她擦上了。也没有肿得怎样高,也就是十天半月的就好了。这孩子,嘴也是特别硬,我一打她,她就说她要回家。我就问她:"那儿是你的家?这儿不就是你的家吗?"她可就偏不这样说。她说回她的家。我一听就更生气。人在气头上还管得了这个那个,因此我也用烧红过的烙铁烙过她的脚心。谁知道来,也许是我把她打掉啦魂啦?也许是我把她吓掉了魂啦,她一说她要回家,我不用打她,我就说看你回家,我用索练子把你锁起来。她就吓得直叫。大仙家也看过了,说是她要出马。一个团圆媳妇的花费也不少呢,你看她八岁我订下她的,一订就是八两银子,年年又是头绳钱,鞋面钱的,到如今又用火车把她从辽阳接来,这一路的盘费。到了这儿,就是今天请神,明天看香火,后天吃偏方。若是越吃越好,那还罢了。可是百般的不见好,将来谁知道来……到结果……"

(不远千里而来的这位抽帖儿的,端庄严肃,风尘仆仆,穿的是蓝袍大衫,罩着棉袄。头上戴的是皮耳四喜帽。使人一见了就要尊之为师。

（所以奶奶婆婆也说：

"快给我二孙子媳妇抽一个帖吧，看看她命理如何。"

（那抽帖儿的一看，这家人家真是诚心诚意，于是他就把皮耳帽子从头上摘下来了。

（一摘下帽子来，别人都看得见，这人头顶上梳着发卷，戴着道帽。一看就知道他可不是市井上一般的平凡的人。别人正想要问，还不等开口，他就说他是某山上的道人，他下山来是为的奔向山东的泰山去，谁知路出波折，缺少盘程，就流落在这呼兰河的左右，已经不下半年之久了。

（人家问他，既是道人，为什么不穿道士的衣裳。他回答说：

"你们那里晓得，世间三百六十行，各有各的苦。这地方的警察特别厉害，他一看穿了道人的衣裳，他就说三问四，他们那些叛道的人，无理可讲，说抓就抓，说拿就拿。"

（他还有一个别号，叫云游真人，他说一提云游真人，远近皆知。无管什么病痛或是吉凶，若一抽了他的帖儿，则生死存亡就算定了。他说他的帖法，是张天师所传。

（他的帖儿并不多，只有四个。他从衣裳的口袋里一个一个的往外摸，摸出一帖来是用红纸包着，再一帖还是红纸包着，摸到第四帖也都是红纸包着。

（他说帖上也没有字，也没有影。里边只包着一包药面，一包红，一包绿，一包蓝，一包黄。抽着黄的就是黄金富贵，抽着红的就是红颜不老。抽到绿的就不大好了，绿色的是鬼火。抽到蓝的也不大好，蓝的就是铁脸蓝青，张天师说过，铁脸蓝青，不死也得见阎王。

（那抽帖的人念完了一套，就让病人的亲人伸出手来抽。

（团圆媳妇的婆婆想，这倒也简单，容易，她想赶快抽一帖出来看看，命定是死是活，多半也可以看出来个大概。不曾想，刚一伸出手去，那云游真人就说：

"每帖十吊钱，抽着蓝的，若嫌不好，还可以再抽，每帖十吊……"

（团圆媳妇的婆婆一听，这才恍然大悟，原来这可不是白抽的，十吊钱一张可不是玩的，一吊钱检豆腐可以检二十块。三天检一块豆腐，二十块，二三得六，六十天都有豆腐吃。若是隔十天检一块，一个月检三块，那就半年都不缺豆腐吃了。她又想，三天一块豆腐，那有这么浪费的人家。依着她一个月检一块大家尝尝也就是了，那么办，二十块豆腐，每月一块，可以吃二十个月，这二十个月，就是一年半还多两个月。

（若不是买豆腐，若养一口小肥猪，经心的喂着它，喂得胖胖的，喂到五六个月，那就是多少钱哪！喂到一年，那就是千八百吊了……

（再说就是不买猪，买鸡也好，十吊钱的鸡，就是十来个，一年的鸡，第二年就可以下蛋，一个蛋，多少钱！就说不卖鸡蛋，就说拿鸡蛋换青菜吧，一个鸡蛋换来的青菜，够老少三辈吃一天的了……何况鸡会生蛋，蛋还会生鸡，永远这样循环的生下去，岂不有无数的鸡，无数的蛋了吗？岂不发了财吗？

（但她可并不是这么想，她想够吃也就算了，够穿也就算了。一辈子俭俭朴朴，多多少少积储了一点也就够了。她虽然是爱钱，若说让她发财，她可绝对的不敢。

（那是多么多呀！数也数不过来了。记也记不住了。假若是鸡生了蛋，蛋生了鸡，来回的不断的生，这将成个什么局面，鸡岂不和蚂蚁一样多了吗？看了就要眼花，眼花就要头痛。

（这团圆媳妇的婆婆，从前也养过鸡，就是养了十吊钱的。她也不多养,她也不少养。十吊钱的就是她最理想的。十吊钱买了十二个小鸡子,她想:这就正好了,再多怕丢了,再少又不够十吊钱的。

(在她一买这刚出蛋壳的小鸡子的时候,她就挨着个看,这样的不要那样的不要。黑爪的不要,花膀的不要,脑门上带点的又不要。她说她亲娘就是会看鸡,那真是养了一辈子鸡呀!年年养,可也不多养。可是一辈子针啦,线啦,没有缺过,一年到头靡花过钱,都是拿鸡蛋换的。人家那眼睛真是认货,什么样的鸡短命,什么样的鸡长寿,一看就跑不了她老人家的眼睛的。就说这样的鸡下蛋大,那样的鸡下蛋小,她都一看就在心里了。

(她一边买着鸡,她就一边怨恨着自己没有用,想当年为什么不跟母亲好好学学呢!唉!年青的人那里会虑后事。她一边买着,就一边感叹。她虽然对这小鸡子的选择上边,也下了万分的心思,可以说是选无可选了。那卖鸡子的人一共有二百多小鸡,她通通的选过了,但究竟她所选了的,是否都是顶优秀的,这一点,她自己也始终把握不定。

(她养鸡,是养得很经心的,怕猫吃了,怕耗子咬了。她一看那小鸡子,白天一打盹,她就给驱着苍蝇,怕苍蝇把小鸡咬醒了,她让它多睡一会,她怕小鸡睡眠不足。小鸡的腿上,若让蚊子咬了一块疤,她一发现了,她就立刻泡了艾蒿水来给小鸡来擦。她说若不及早的擦呀,那将来是公鸡,就要长不大,是母鸡就要下小蛋。小鸡蛋一个换两块豆腐,大鸡蛋换三块豆腐。

(这是母鸡。再说公鸡,公鸡是一刀菜,谁家杀鸡不想杀胖的。小公鸡是不好卖的。

(等她的小鸡,略微长大了一点,能够出了屋了,能够在院子里自己去找食吃去的时候,她就把它们给染了六匹红的,六匹绿的。都是在脑门上。

（至于把颜色染在什么地方,那就先得看邻居家的都染在什么地方,而后才能够决定。邻居家的小鸡把色染在膀梢上,那她就染在脑门上。邻居家的若染在了脑门上,那她就要染在肚囊上。大家切不要都染在一个地方,染在一个地方可怎么能够识别呢?你家的跑到我家来,我家的跑到你家去,那么岂不又要混乱了吗?

（小鸡子染了颜色是十分好看的,红脑门的,绿脑门的,好像它们都戴了花帽子。好像不是养的小鸡,好像养的是小孩似的。

（这团圆媳妇的婆婆从前她养鸡的时候就说过:

"养鸡可比养小孩更娇贵,谁家的孩子还不就是扔在旁边他自己长大的,蚊子咬咬,臭虫咬咬,那怕什么的,那那的孩子的身上没有个疤拉疖子的。没有疤拉疖子的孩子都不好养活,都要短命的。"

（据她说,她一辈子的孩子并不多,就是这一个儿子,虽然说是稀少,可是也没有娇养过。到如今那身上的疤也有二十多块。

（她说:

"不信,脱了衣裳给大家伙看看……那孩子那身上的疤拉,真是多大的都有,碗口大的也有一块。真不是说,我对孩子真没有娇养过。除了他自个儿跌的摔的不说,就说我用劈柴桦子打的也落了好几个疤。养活孩子可不是养活鸡鸭的呀!养活小鸡,你不好好养它,它不下蛋。一个蛋,大的换三块豆腐,小的换两块豆腐,是闹着玩的吗?可不是闹着玩的。"

（有一次,她的儿子踏死了一个小鸡子,她打了她儿子三天三夜,她说:

"我为什么不打他呢?一个鸡子就是三块豆腐,鸡子是鸡蛋变的呀!要想变一个鸡子,就非一个鸡蛋不行,半个鸡蛋能行吗?不但半个鸡蛋不行,就是差一点也不行,坏鸡蛋不行,陈鸡蛋不行。一个鸡要一个鸡蛋,那么一个鸡不就是三块豆腐是什么呢?眼睁睁的把三块豆腐放在脚底踩了,这该多大的罪,不打他,那儿能够不打呢?我越想越生气,我想起来就打,无管黑夜白日,我打了他三天。后来打出一场病来,半夜三更的,睡得好好的说哭就哭。可是我也没有当他是一回子事,我就拿饭勺子敲着门框,给他叫了叫魂。没理他也就好了。"

（她这有多少年没养鸡了,自从订了这团圆媳妇,把积存下的那点针头线脑的钱都花上了。这还不说,还得每年头绳钱啦,腿带钱的托人捎去,一年一个空,这几年来就紧得不得了。想养几个鸡,都狠心没有养。

（现在这抽帖的云游真人坐在她的眼前,一帖又是十吊钱。若是先不提钱,先让她把帖抽了,那管抽完了再要钱呢,那也总算是没有花钱就抽了帖的。可是偏偏不先,那抽帖的人,帖还没让抽,就先提到了十吊钱。

（所以那团圆媳妇的婆婆觉得,一伸手,十吊钱。一张口,十吊钱。这不是眼看着钱往外飞吗?

（这不是飞,这是干什么,一点声响也没有,一点影子也看不见。还不比过河,往河里扔钱,往河里扔钱,还听一个响呢,还打起一个水泡呢。这是什么代价也没有的,好比自己发了昏,把钱丢了,好比遇了强盗,活活的把钱抢去了。

（团圆媳妇的婆婆,差一点没因为心内的激愤而流了眼泪。她一想十吊钱一帖,这那里是抽帖,这是抽钱。

（于是她把伸出去的手缩回来了。她赶快跑到脸盆那里去,把手洗了,这可不是闹笑话的,这是十吊钱哪!她洗完了手又跪在灶王爷那里祷告了一翻。祷告完了才能够抽帖的。

（她第一帖就抽了个绿的，绿的不大好，绿的就是鬼火。她再抽一帖，这一帖就更坏了，原来就是那最坏的不死也得见阎王的里边包着蓝色药粉的那张帖。

（团圆媳妇的婆婆一见两帖都坏，本该抱头大哭，但是她没有那么的。自从团圆媳妇病重了，说长的，道短的，说死的，说活的，样样都有。又加上已经左次右番的请胡仙，跳大神，闹神闹鬼，已经使她见过不少的世面了。说活虽然高兴，说去见阎王也不怎样悲哀，似乎一时也总像见不了的样子。

（于是她就问那云游真人，两帖抽的都不好。是否可以想一个方法可以破一破？云游真人就说了：

"拿笔拿墨来。"

（她家本也没有笔，大孙子媳妇就跑到大门洞子旁边那粮米铺去借去了。

（粮米铺的山东女老板，就用山东腔问她：

"你家做啥？"

（大孙子媳妇说：

"给弟妹画病。"

（女老板又说：

"你家的弟妹，这一病就可不浅，到如今好了点没？"

（大孙子媳妇本想端着砚台拿着笔就跑，可是人家关心，怎好不答，于是去了好几袋烟的工夫，还不见回来。

（等她抱了砚台回来的时候，那云游真人，已经把红纸都撕好了。于是拿起笔来，在他撕好的四块红纸上，一块上边写了一个大字，那红纸条也不过半寸宽，一寸长。他写的那字大得都要从红纸的四边飞出来了。

（这四个字，他家本没有识字的人，灶王爷上的对联还是求人写的。一模一样，好像一母所生，也许写的就是一个字。大孙子媳妇看看不认识，奶奶婆婆看看也不认识。虽然不认识，大概这个字一定也坏不了，不然就用这个字怎么能破开一个人不见阎王呢？于是都一齐点头称好。

（那云游真人又命拿浆糊来。她们家终年不用浆糊，浆糊多么贵，白面十多吊钱一斤。都是用黄米饭粒来黏鞋面的。

（大孙子媳妇到锅里去铲了一块黄黏米饭来。云游真人，就用饭粒贴在红纸上了。于是掀开团圆媳妇蒙在头上的破棉袄，让她拿出手来，一个手心上给她贴一张。又让她脱了袜子，一只脚心上给她贴上一张。

（云游真人一见，脚心上有一大片白色的疤痕，他一想就是方才她婆婆所说的用烙铁给她烙的。可是他假装不知，问说：

"这脚心可是生过什么病症吗？"

（团圆媳妇的婆婆连忙就接过来说：

"我方才不是说过吗，是我用烙铁给她烙的。那里会见过的呢？走道像飞似的，打她，她记不住，我就给她烙一烙。好在也没什么，小孩子肉皮活，也就是十天半月的下不来地，过后也就好了。"

（那云游真人想了一想，好像要吓唬她一下，就说这脚心的疤，虽说是贴了红帖，也怕贴不住，阎王爷是什么都看得见的，这疤怕是就给了阎王爷以特殊的记号，有点不大好办。

（云游真人说完了，看一看她们怕不怕，好像是不怎样怕。于是他就说得严重一些：

"这疤不掉，阎王爷在三天之内就能够找到她，一找到她，就要把她活捉了去的。刚才抽的那帖是再准也没有的了，这红帖也绝没有用处。"

（他如此的吓唬着她们，似乎她们从奶奶婆婆到孙子媳妇都不大怕。那云游真人，连想也没有想，于是开口就说：

"阎王爷不但要捉了团圆媳妇去，还要捉了团圆媳妇的婆婆去，现世现报，拿烙铁烙脚心，这不是虐待，这是什么，婆婆虐待媳妇，做婆婆的死了下油锅，老胡家的婆婆虐待媳妇……"

（他就越说越声大，似乎要喊了起来，好像他是专打抱不平的好汉，而变了他原来的态度了。

（一说到这里，老胡家的老少三辈都害怕了，毛骨悚然，以为她家里又是撞进来了什么恶魔。而最害怕的是团圆媳妇的婆婆，吓得乱哆嗦，这是多么骇人听闻的事情，虐待媳妇，世界上能有这样的事情吗？

（于是团圆媳妇的婆婆赶快跪下了，面向着那云游真人，眼泪一对一双的往下落：

"这都是我一辈子没有积德，有孽遭到儿女的身上，我哀告真人，请真人诚心的给我化散化散，借了真人的灵法，让我的媳妇死里逃生吧。"

（那云游真人立刻就不说见阎王了，说她的媳妇一定见不了阎王，因为他还有一个办法一办就好的。说来这法子也简单得很，就是让团圆媳妇把袜子再脱下来，用笔在那疤痕上一画，阎王爷就看不见了。当场就脱下袜子来在脚心上画了。一边画着还嘴里嘟嘟的念着咒语。这一画不知费了多大力气，旁边看着的人倒觉十分的容易，可是那云游真人却冒了满头的汗，他故意的咬牙切齿，皱眉瞪眼。这一画也并不是容易的事情，好像他在上刀山似的。

（画完了，把钱一算，抽了两帖二十吊。写了四个红纸贴在脚心手心上，每帖五吊是半价出售的，一共是四五等于二十吊。外加这一画,这一画本来是十吊钱,现在就给打个对折吧,就算五吊钱一只脚心,一共画了两只脚心,又是十吊。

(二十吊加二十吊,再加十吊。一共是五十吊。

(云游真人拿了这五十吊钱乐乐呵呵的走了。

(团圆媳妇的婆婆,在她刚要抽帖的时候,一听每帖十吊钱,她就心痛得了不得,又要想用这钱养鸡,又要想用这钱养猪。等到现在五十吊钱拿出去了,她反而也不想养鸡了,也不想养猪了。因为她想,事到临头,不给也是不行了。帖也抽了,字也写了,要想不给人家钱也是不可能的了。事到临头,还有什么办法呢?别说五十吊,就是一百吊钱也得算着吗?不给还行吗?

(于是她心安理得的把五十吊钱给了人家了。这五十吊钱,是她秋天出城去在豆田里拾黄豆粒,一共拾了二升豆子卖了几十吊钱。在田上拾黄豆粒也不容易,一片大田,经过主人家的收割,还能够剩下多少豆粒呢?而况穷人聚了那么大的一群,孩子,女人,老太太……你抢我夺的,你争我打的。为了二升豆子就得在田上爬了半月二十天的,爬得腰酸腿疼。唉,为着这点豆子,那团圆媳妇的婆婆还到"李永春"药铺,去买过二两红花的。那就是因为在土上爬豆子的时候,有一棵豆秧刺了她的手指甲一下。她也没有在乎,把刺拔出来也就去他的了。该拾豆子还是拾豆子。就因此那指甲可就不知怎么样,睡了一夜那指甲就肿起来了,肿得和茄子似的。

(这肿一肿又算什么呢?又不是皇上娘娘,说起来可真娇惯了,那有一个人吃天靠天,而不生点天灾的?

(闹了好几天,夜里痛得火喇喇的不能睡觉了。这才去买了二两红花来。

(说起买红花来,是早就该买的。奶奶婆婆劝她买,她不买。大孙子媳妇劝她买,她也不买。她的儿子想用孝顺来征服他的母亲,他强硬的要去给她买,因此还挨了他妈的一烟袋锅子。这一烟袋锅子就把儿子的脑袋给打了鸡蛋大的一个包。

"你这小子,你不是败家吗? 你妈还没死,你就作了主了。小兔仔子,我看着你再说买红花的! 小兔仔子我看着你的。"

(就这一边骂着,一边烟袋锅子就打下来了。

(后来也到底还是买了,大概是惊动了东邻西舍,这家说说,那家讲讲的,若再不买点红花来,也太不好看了,让人家说老胡家的大儿媳妇,一年到头,就能够寻寻觅觅的积钱,钱一到她的手里,就好像掉了地缝了,一个豆也再不用想从她的手里拿出来。假若这样的说开去,也是不太好听,何况这检来的豆子能卖好几十吊呢,花个三吊两吊的就花了吧。一咬牙,去买上二两红花来擦擦。

(想虽然是这样想过了,但到底还没有决定,延持了好几天还没有"一咬牙"。

(最后也毕竟是买了,她选择了一个顶严重的日子,就是她的手,不但一个指头,而是整个的手都肿起来了。那原来肿得像茄子的指头,现在更大了,已经和一个小冬瓜似的了,而且连手掌也无限度的胖了起来,胖得和张小簸箕似的。她多少年来,就嫌自己太瘦,她总说,太瘦的人没有福分。尤其是瘦手瘦脚的,一看就不带福相。尤其是精瘦的两只手,一伸出来和鸡爪似的,真是轻薄的样子。

(现在她的手是胖了,但这样胖法,是不大舒服的。同时她也发了点热,她觉得眼睛和嘴都干,脸也发烧,身上也时冷时热。她就说:

"这手是要闹点事吗? 这手……"

(一清早起,她就这样的念了好几遍。那胖得和小簸箕似的手,是一动也不能动了,好像一匹大猫或者一个小孩的头似的,她把它放在枕头上和她一齐的躺着。

"这手是要闹点事的吧!"

(当她的儿子来到她旁边的时候,她就这样说。

(她的儿子一听他母亲的口气,就有些了解了。大概这回她是要买红花的了。

(于是她的儿子跑到奶奶的面前,去商量着要给他母亲去买红花,她们家住的是南北对面的炕,那商量的话声,虽然不甚大,但是他的母亲是听到的了。听到了,也假装没有听到,好表示这买红花可到底不是她的意思,可并不是她的主使,她可没有让他们去买红花。

(在北炕上,祖孙二人商量了一会,孙子说向他妈去要钱去。祖母说:

"拿你奶奶的钱先去买吧,你妈好了再还我。"

(祖母故意把这句说得声音大一点,似乎故意让她的大儿媳妇听见。

(大儿媳妇是不但这句话,就是全部的话也都了然在心了,不过装着不动就是了。

(红花买回来了,儿子坐到母亲的旁边,儿子说:

"妈,你把红花酒擦上吧。"

(母亲从枕头上转过脸儿来,似乎买红花这件事情她事先一点也不晓得,说:

"哟!这小鬼羔子,到底买了红花来……"

(这回可并没有用烟袋锅子打,倒是安安静静的把手伸出来,让那浸了红花的酒,把一只胖手完全染上了。

(这红花到底是二吊钱的,还是三吊钱的,若是二吊钱的倒给的不算少,若是三吊钱的,那可贵了一点。若是让她自己去买,她可绝对的不能买这么多,也不就是红花吗！红花就是红的就是了,治病不治病,谁晓得？也不过就是解解心疑就是了。

(她想着想着,因为手上涂了酒觉得凉爽,就要睡一觉,又加上烧酒的气味香扑扑的,红花的气味药忽忽的。她觉得实在是舒服了不少。于是她一闭眼睛就做了一个梦。

(这梦做的是她买了两块豆腐,这豆腐又白又大。是用什么钱买的呢？就是用买红花剩来的钱买的。因为在梦里边她梦见是她自己去买的红花。她自己也不买三吊钱的,也不买两吊钱的,是买了一吊钱的。在梦里边她还算着,不但今天有两块豆腐吃,那天一高兴还有两块吃的！三吊钱才买了一吊钱的红花呀！

(现在她一遭就拿了五十吊钱给了云游真人。若照她的想法来想,这五十吊钱可该买多少豆腐了呢？

(但是她没有想,一方面因为团圆媳妇的病也实在病得缠绵,在她身上花钱也花得大手大脚的了。另一方面就是那云游真人的来势也过于猛了点,竟打起抱不平来,说她虐待团圆媳妇。还是赶快的给了他钱,让他滚蛋吧。

(真是家里有病人是什么气都受得呵。团圆媳妇的婆婆左思右想,越想越是自己遭了无枉之灾,满心的冤曲,想骂又没有对象,想哭又哭不出来,想打也无处下手了。

(那小团圆媳妇再打也就受不住了。

(若是那小团圆媳妇刚来的时候,那就非先抓过她来打一顿再说。做婆婆的打了一只饭碗,也抓过来把小团圆媳妇打一顿。她丢了一根针也抓过来把小团圆媳妇打一顿。她跌了一个筋斗,把单裤膝盖的地方跌了一个洞,她也抓过来把小团圆媳妇打一顿。总之,她一不顺心,她就觉得她的手就想要打人。她打谁呢！谁能够让她打呢？于是就轮到小团圆媳妇了。

（有娘的，她不能够打。她自己的儿子也舍不得打。打猫，她怕把猫打丢了。打狗，她怕把狗打跑了。打猪，怕猪掉了斤两。打鸡，怕鸡不下蛋。

（唯独打这小团圆媳妇是一点毛病没有，她又不能跑掉，她又不能丢了，她又不会下蛋。反正也不是猪，打掉了一些斤两也不要紧，反正也不过秤。

（可是这小团圆媳妇，一打也就吃不下饭去。吃不下饭去不要紧，多喝一点饭米汤好啦，反正饭米汤剩下也是要喂猪的。

（可是这都成了已往的她的光荣的日子了，那种自由的日子恐怕一时不会再来了。现在她不用说打，就连骂也不大骂她了。

（现在她别的都不怕，她就怕她死，她心里总有一个阴影，她的小团圆媳妇可不要死了呵。

（于是她碰到了多少的困难，她都克服了下去，她咬着牙根，她忍住眼泪，她要骂不能骂，她要打不能打。她要哭，她又止住了。无限的伤心，无限的悲哀，常常一齐会来到她的心中的。她想，也许是前生没有做了好事，此生找到她了。不然为什么连一个团圆媳妇的命都没有。她想一想，她一生没有做过恶事，面软，心慈，凡事都是自己吃亏，让着别人。虽然没有吃斋念佛，但是初一十五的素口也自幼就吃着。虽然不怎样拜庙烧香，但四月十八的庙会，也没有拉下过。娘娘庙前一把香，老爷庙前三个头。那一年也都是烧香磕头的没有拉过"过场"。虽然是自小没有读过诗文，不认识字，但是"金刚经""灶王经"也会念上两套。虽然说不曾做过舍善的事情，没有补过路，没有修过桥，但是逢年过节，对那些讨饭的人，也常常给过他们剩汤剩饭的。虽然过日子不怎样俭省，但也没有多吃过一块豆腐。拍拍良心对天对得起,对地也对得住。那为什么老天爷明明白白的却把祸根种在她身上?

（她越想,她越心烦意乱。

"都是前生没有做了好事,今生才找到了。"

（她一想到这里,她也就不再想了,反正事到临头,瞎想一阵又能怎样呢? 于是她自己劝着自己就又忍着眼泪,咬着牙根,把她那兢兢业业的,养猪喂狗所积下来的那点钱,又一吊一吊的,一五一十的,往外拿着。

（东家说,看个香火,西家说吃个偏方。偏方,野药,大神,赶鬼,看香,扶乩,样样都已经试过。钱也不知花了多少,但是都不怎样见效。

（那小团圆媳妇夜里说梦话,白天发烧。一说起梦话来,总是说她要回家。

（"回家"这两个字,她的婆婆觉得最不祥,就怕她是阴间的花姐,阎王奶奶要把她叫了回去。于是就请了一个圆梦的。那圆梦的一圆,果然不错,"回家"就是回阴间地狱的意思。

（所以那小团圆媳妇,做梦的时候,一梦到她的婆婆打她,或者是用梢子绳把她吊在房梁上了,或是梦见婆婆用烙铁烙她的脚心,或是梦见婆婆用针刺她的手指尖。一梦到这些,她就大哭大叫,而且嚷着她要"回家"。

（婆婆一听她嚷回家,就伸出手去在大腿上拧着她。日子久了,拧来,拧去,那小团圆媳妇的大腿被拧得像一个梅花鹿似的青一块,紫一块的了。

（她是一份善心,怕是真的她回了阴间地狱,赶快的把她叫醒来。

（可是小团圆媳妇睡得朦里朦胧的,她以为她的婆婆可又真的在打她了,于是她大叫着,从炕上翻身起来,就跳下地去,拉也拉不住她,按也按不住她。

(她的力气大得惊人,她的声音喊得怕人。她的婆婆于是觉得更是见鬼了,着魔了。

(不但她的婆婆,全家的人也都相信这孩子的身上一定有鬼。

(谁听了能够不相信呢?半夜三更的喊着回家,一招呼醒了,她就跳下地去,瞪着眼睛,张着嘴,连哭带叫的,那力气比牛还大,那声音好像杀猪似的。

(谁能够不相信呢?又加上她婆婆的渲染,说她眼珠子是绿的,好像两棵鬼火似的,说她的喊声,是直声拉气的,不是人声。

(所以一传出去,东邻西舍的,没有不相信的。

(于是一些善人们,就觉得这小女孩子也实在让鬼给捉弄得可怜了。那个孩儿是没有娘的,那个人不是肉生肉长的。谁家不都是养老育小,……于是大动恻忍之心。东家二姨,西家三姑,她说她有奇方,她说她有妙法。

(于是就又跳神赶鬼,看香,扶乩,老胡家闹得非常热闹。传为一时之盛。若有不去看跳神赶鬼的,竟被指为落伍。

(因为老胡家跳神跳得花样翻新,是自古也没有这样跳的,打破了跳神的纪录了,给跳神开了一个新纪元。若不去看看,耳目因此是会闭塞了的。

(当地没有报纸,不能记录这桩盛事。若是患了半身不随的人,患了瘫病的人,或是大病卧床不起的人,那真是一生的不幸,大家也都为他惋惜,怕是他此生也要寡陋孤闻,因为这样的隆重的盛举,他究竟不能够参加。

(呼兰河这地方,到底是太闭塞,文化是不大有的。虽然当地的

官、绅,认为已经满意了,而且请了一位满清的翰林,作了一首歌,歌曰:

溯呼兰天然森林,自古多奇材。

5 5 5 3 | 5 5 ⅰ ⅰ | 2 ⅰ 2 3 ⅰ

(这首歌还配上了从东洋流来的乐谱,使当地的小学都唱着。这歌不止这两句这么短,不过只唱这两句就已经够好的了。所好的是使人听了能够引起一种自负的感情来,犹其当清明植树节的时候,几个小学堂的学生都排起队来在大街上游行,并唱着这首歌。使老百姓听了,也觉得呼兰河是个了不起的地方,一开口说话就"我们呼兰河",那在街道上检粪蛋的孩子,手里提着粪耙子,他还说"我们呼兰河!"可不知道呼兰河给了他什么好处。也许那粪耙子就是呼兰河给了他的。

(呼兰河这地方,尽管奇才很多,但到底太闭塞,竟不会办一张报纸。以至于把当地的奇闻妙事都没有记载,任其风散了。

(老胡家跳大神,就实在跳得出奇。用大缸给团圆媳妇洗澡,而且是当众就洗的。

(这种奇闻盛举一经传了出来,大家都想去开开眼界,就是那些患了半身不随的,患了瘫病的人,人们觉得他们瘫了倒没有什么,只是不能够前来看老胡家团圆媳妇大规模的洗澡,真是一生的不幸。)

## 五

天一黄昏,老胡家就打起鼓来了。大缸,开水,公鸡,都预备好了。

公鸡抓来了,开水烧滚了,大缸摆好了。

看热闹的人,络绎不绝的来看。我和祖父也来了。

小团圆媳妇躺在炕上,黑忽忽的,笑呵呵的。我给她一个玻璃球,又给她一片碗碴，她说这碗碴很好看，她拿在眼睛前照一照。她说这玻璃球也很好玩，她用手指甲弹着。她看一看她的婆婆不在旁边，她就起来了，她想要坐起来在炕上弹这玻璃球。

还没有弹，她的婆婆就来了，就说：

"小不知好歹的，你又起来风什么？"

说着走近来，就用破棉袄把她蒙起来了，蒙得没头没脑的，连脸也露不出来。

我问祖父她为什么不让她玩？

祖父说：

"她有病。"

我说：

"她没有病，她好好的。"

我伸手去就把棉袄给她掀开了。

掀开一看，她的眼睛早就睁着。她问我，她的婆婆走了没有，我说走了，于是她又起来了。

她一起来，她的婆婆又来了。又把她给蒙了起来说：

"也不怕人家笑话，病得跳神赶鬼的，那有的事情，说起来，就起来。"

这是她婆婆向她小声说的，等婆婆回过头去向着众人，就又那么说：

"她是一点也着不得凉的，一着凉就犯病。"

屋里屋外，越张罗越热闹了，小团圆媳妇跟我说：

"等一会你看吧，就要洗澡了。"

她说着的时候，好像说着别人的一样。

果然，不一会工夫就洗起澡来了，洗得吱哇乱叫。

大神打着鼓,命令她当众脱了衣裳。衣裳她是不肯脱的,她的婆婆抱住了她,还请了几个帮忙的人,就一齐上来,把她的衣裳撕掉了。

她本来是十二岁,却长得十五六岁那么高,所以一时看热闹的姑娘媳妇们,看了她。都难为情起来。

很快的小团圆媳妇就被抬进大缸里去。大缸里满是热水,是滚热的热水。

她在大缸里边,叫着,跳着,好像她要逃命似的狂喊。她的旁边站着三四个人从缸里搅起热水来往她的头上浇。不一会,浇得满脸通红,她再也不能够挣扎了,她安稳的在大缸里边站着,她再不往外边跳了,大概她觉得跳也跳不出来了。那大缸是很大的,她站在里边仅仅的露着一个头。

我看了半天,到后来她连动也不动,哭也不哭,笑也不笑。满脸的汗珠,满脸通红,红得像一张红纸。

我跟祖父说:

"小团圆媳妇不叫了。"

我再往大缸里一看,小团圆媳妇没有了。她昏倒在大缸里了。

这时候,看热闹的人们,一声狂喊,都以为小团圆媳妇死了,大家都跑过去拯救她,竟有心慈的人,流下眼泪来。

(小团圆媳妇还活着的时候,她像要逃命似的。前一刻她还求救于人的时候,并没有一个人上前去帮忙她,把她从热水里解救出来。)

(现在她是什么也不知道了,什么也不要求了。可是一些人,偏要去救她。)

(把她从大缸里抬出来,给她浇一点冷水。这小团圆媳妇一昏过去,可把那些看热闹的人可怜得不得了,就是前一刻她还主张着"用热水浇哇!用热水浇哇"的人,现在也心痛起来。怎能够不心痛呢,活蹦乱跳的孩子，一会工夫就死了。）

小团圆媳妇摆在炕上，浑身像火炭那般热，东家的婶子，伸出一只手来，到她身上去摸一摸，西家大娘也伸出手来到她身上去摸一摸。

都说：

"哟哟，热得和火炭似的。"

有的说，水太热了一点。有的说，不应该往头上浇，大热的水，一浇那有不昏的。

大家正在谈说之间，她的婆婆过来，赶快拉了一张破棉袄给她盖上了，说：

"赤身裸体的羞不羞！"

（小团圆媳妇怕羞不肯脱下衣裳来，她婆婆喊着号令给她撕下来了。现在她什么也不知道了，她没有感觉了，婆婆反而替她着想了。）

（大神打了几阵鼓，二神向大神对了几阵话。看热闹的人，你望望他，他望望你。虽然不知道下文如何，这小团圆媳妇到底是死是活。但却没有白看一场热闹，到底是开了眼界，见了世面，总算是不无所得的。）

有的竟觉得困了，问着别人，三星是否打了横梁，说他要回家睡觉去了。

（大神一看这场面不大好，怕是看热闹的人都要走了，就卖一点力气叫一叫座。于是痛打了一阵鼓，喷了几口酒在团圆媳妇的脸上。从腰里拿出银针来，刺着小团圆媳妇的手指尖。）

不一会，小团圆媳妇就活转来了。

大神说，洗澡必得连洗三次，还有两次要洗的。

（于是人心大为振奋，困的也不困了，要回家睡觉的也精神了。这来看热闹的，不下三十人，个个眼睛发亮，人人精神百倍。看吧，洗一次就昏过去了,洗两次又该怎样呢?洗上三次,那可就不堪想像了。所以看热闹的人的心里,都满着秘密)。

(果然的,小团圆媳妇一被抬到大缸里去,被热水一烫,就又大声的怪叫了起来,一边叫着一边还伸出手来把着缸沿想要跳出来。这时候,浇水的浇水,按头的按头,总算让大家压服又把她昏倒在缸底里了。)

这次她被抬出来的时候,她的嘴里还往外吐着水。

(于是一些善心的人,是没有不可怜这小女孩子的。)东家的二姨,西家的三婶,就都一齐围拢过去,都去设法施救去了。

她们围拢过去,看看有气没有?(若还有气,那就不用救。若是死了,那就赶快浇凉水。)

(若是有气,她自己就会活转来的。若是断了气,那就赶快施救,不然怕她真的死了。)

## 六

小团圆媳妇当晚被热水烫了三次,烫一次昏一次。

(闹到三更天才散了场。大神回家去睡觉去了。看热闹的人也都回家去睡觉去了。

(星星月亮,出满了一天,冰天雪地正是个冬天。雪扫着墙根,风刮着窗棂。鸡在架里边睡觉,狗在窝里边睡觉,猪在栏里边睡觉,全呼兰河都睡着了。

(只有远远的狗叫,那或许是从白旗屯传来的,或者是从呼兰河的南岸那柳条林子里的野狗的叫唤。总之,那声音是来得很远,那已经是呼兰河城以外的事情了。而呼兰河全城,就都一齐睡着了。

(前半夜那跳神打鼓的事情一点也没有留下痕迹。那连哭带叫的小团圆媳妇,好像在这世界上她也并未曾哭过叫过,因为一点痕迹也并未留下。家家户户都是黑洞洞的,家家户户都睡得沉实实的。

(团圆媳妇的婆婆也睡得打哼了。

(因为三更已经过了,就要来到四更天了。)

# 七

(第二天小团圆媳妇昏昏沉沉的睡了一天,第三天,第四天,也都是昏昏沉沉的睡着,眼睛似睁非睁的,留着一条小缝,从小缝里边露着白眼珠。

(家里的人,看了她那样子,都说,这孩子经过一番操持,怕是真魂就要附体了,真魂一附了体,病就好了。不但她的家里人这样说,就是邻人也都这样说。所以对于她这种不饮不食,似睡非睡的状态,不但不引以为忧,反而觉得应该庆幸。她昏睡了四五天,她家的人就快乐了四五天,她睡了六七天,她家的人就快乐了六七天。在这期间,绝对的没有使用偏方,也绝对的没有采用野药。

(但是过了六七天,她还是不饮不食的昏睡,要好起来的现象一点也没有。

(于是又找了大神来,大神这次不给她治了,说这团圆媳妇非出马当大神不可。

(于是又采用了正式的赶鬼的方法,到扎彩铺去,扎了一个纸人,而后给纸人缝起布裳来穿上,——穿布衣裳为的是绝对的像真人——擦胭抹粉,手里提着花手巾,很是好看。穿了满身花洋布的衣裳,打扮成一个十七八岁的大姑娘。用人抬着,抬到南河沿旁边那大土坑去烧了。

(这叫做烧"替身",据说把这"替身"一烧了,她可以替代真人,真人就可以不死。

（烧"替身"的那天，团圆媳妇的婆婆为着表示虔诚，她还特意的请了几个吹鼓手，前边用人举着那扎彩人，后边跟着几个吹鼓手，呜呜当，呜呜当的向着南大土坑走去了。

（那景况说热闹也很热闹，喇叭曲子吹的是句句双。说凄凉也很凄凉。前边一个扎彩人，后边三五个吹鼓手，出丧不像出丧，报庙不像报庙。

（跑到大街上来看这热闹的人也不很多，因为天太冷了，探头探脑的跑出来的人一看，觉得没有什么可看的，就关上大门回去了。

（所以就孤孤单单的，凄凄凉凉在大土坑那里把那扎彩人烧了。

（团圆媳妇的婆婆一边烧着还一边后悔，若早知道没有什么看热闹的人，那又何必给这扎彩人穿上真衣裳。她想要从火堆中把衣裳抢出来，但又来不及了，就眼看着让它烧去了。这一套衣裳，一共花了一百多吊钱。于是她看着那衣裳的烧去，就像眼看着烧去了一百多吊钱。

（她心里是又悔又恨，她简直忘了这是她的团圆媳妇烧替身，她本来打算念一套祷神告鬼的词句。她回来的时候，走在路上才想起来。但想起来也晚了，于是她自己感到大概要白白的烧了个替身，灵不灵谁晓得呢!)

## 八

后来又听说那团圆媳妇的大辫子，睡了一夜觉就掉下来了。

就掉在枕头旁边，这可不知是怎么回事。

她的婆婆说这团圆媳妇一定是妖怪。

把那掉下来的辫子留着，谁来给谁看。

看那样子一定是什么人用剪刀给她剪下来的。但是她的婆婆偏说不是,就说,睡了一夜觉就自己掉下来了。

(于是这奇闻又远近的传开去了。不但她的家人不愿意和妖怪在一起,就是同院住的人也都觉得太不好。)

(夜里关门关窗户的,一边关着于是就都说:

"老胡家那小团圆媳妇一定是个小妖怪。")

我家的老厨夫是个多嘴的人,他和祖父讲老胡家的团圆媳妇又怎样怎样了。又出了新花头,辫子也掉了。

我说:

"不是的,是用剪刀剪的。"

老厨夫看我小,他欺侮我,他用手指住了我的嘴。他说:

"你知道什么,那小团圆媳妇是个妖怪呀!"

我说:

"她不是妖怪,我偷着问她,她头发是怎么掉了的,她还跟我笑呢! 她说她不知道。"

祖父说:"好好的孩子快让他们捉弄死了。"

过了些日子,老厨子又说:

"老胡家要'休妻'了,要'休'了那小妖怪。"

祖父以为老胡家那人家不大好。

祖父说:"二月让他搬家。把人家的孩子快捉弄死了,又不要了。"

# 九

还没有到二月,那黑忽忽的,笑呵呵的小团圆媳妇就死了。是一个大清早,老胡家的大儿子,那个黄脸大眼睛的车老板子就来了。一见了祖父,他就双手举在胸前作了一个揖。

祖父问他什么事?

他说：

"请老太爷施舍一块地方,好把小团圆媳妇埋上……"

祖父问他：

"什么时候死的?"

他说：

"我赶着车,亮天才到家。听说半夜就死了。"

祖父答应了他,让他埋在城外的地边上。并且招呼有二伯来,让有二伯领着他们去。

有二伯临走的时候,老厨子也跟去了。

我说,我也要去,我也跟去看看,祖父百般的不肯。祖父说：

"咱们在家下压拍子打小雀吃……"

我于是就没有去。虽然没有去,但心里边总惦着有一回事。等有二伯也不回来,等那老厨子也不回来。等他们回来,我好听一听那情形到底怎样?

十点多钟,他们两个在人家喝了酒,吃了饭才回来的。前边走着老厨子,后边走着有二伯。好像两个胖鸭子似的,走也走不动了,又慢又得意。

走在前边的老厨子,眼珠通红,嘴唇发光。走在后边的有二伯,面红耳热,一直红到他脖子下边的那条大筋。

进到祖父屋来,一个说：

"酒菜真不错……"

一个说：

"……鸡蛋汤打得也热虎。"

关于埋葬团圆媳妇的经过,却先一字未提。好像他们两个是过年回来的,充满了欢天喜地的气象。

我问有二伯,那小团圆媳妇怎么死的,埋葬的情形如何。

有二伯说:

"你问这个干什么,人死还不如一只鸡……一伸腿就算完事……"

我问:

"有二伯,你多暂死呢?"

他说:

"你二伯死不了的……那家有万贯的,那活着享福的,越想长寿,就越活不长……上庙烧香,上山拜佛的也活不长。像你有二伯这条穷命,越老越结实。好比个石头疙疸似的,那儿死啦! 俗语说得好,'有钱三尺寿,穷命活不够'。你二伯就是这穷命,穷命鬼阎王爷也看不上眼儿来的。"

到晚饭,老胡家又把有二伯他们二位请去了。又在那里喝的酒。因为他们帮了人家的忙,人家要酬谢他们。

## 十

老胡家的团圆媳妇死了不久,他家的大孙子媳妇就跟人跑了。

奶奶婆婆后来也死了。

他家的两个儿媳妇,一个为着那团圆媳妇瞎了一只眼睛。因为她天天哭,哭她那花在团圆媳妇身上的倾家荡产的五千多吊钱。

另外的一个因为她的儿媳妇跟着人家跑了,要把她羞辱死了,一天到晚的,不梳头,不洗脸的坐在锅台上抽着烟袋,有人从她旁边过去,她高兴的时候,她向人说:

"你家里的孩子,大人都好哇?"

她不高兴的时候,她就向着人脸,吐一口痰。

"她变成一个半疯了。"

老胡家从此不大被人记得了。

# 十一

我家的背后有一个龙王庙,庙的东角上有一座大桥。人们管这桥叫"东大桥"。

那桥下有些冤魂枉鬼,每当阴天下雨,从那桥上经过的人,往往听到鬼哭的声音。

据说,那团圆媳妇的鬼魂,也来到了东大桥下。说她变了一只很大的白兔,隔三差五的就到桥下来哭。

有人问她哭什么?

她说她要回家。

那人若说:

"明天,我送你回去……"

那白兔子一听,拉过自己的大耳朵来,擦擦眼泪,就不见了。

若没有人理她,她就一哭,哭到鸡叫天明。

# 第六章

## 一

我家的有二伯,性情很古怪。

有东西,你若不给他吃,他就骂。若给他送上去,他就说:

"你二伯不吃这个,你们拿去吃吧!"

家里买了落花生、冻梨之类,若不给他,除了让他看不见,若让他找着了一点影子,他就没有不骂的:

"他妈的……王八蛋……兔羔子,有猫狗吃的,有蟑螂、耗子吃的,他妈的就是没有人吃的……兔羔子,兔羔子……"

若给他送上去,他就说:

"你二伯不吃这个,你们拿去吃吧。"

## 二

有二伯的性情真古怪,他很喜欢和天空的雀子说话,他很喜欢和大黄狗谈天。他一和人在一起,他就一句话没有了,就是有话也是很古怪的,使人听了常常不得要领。

夏天晚饭后大家坐在院子里乘凉的时候,大家都是嘴里不停的讲些个闲话,讲得很热闹,就连蚊子也嗡嗡的,就连远处的蛤蟆也呱呱的叫着。只是有二伯一声不响的坐着。他手里拿着蝇甩子,东甩一下,西甩一下。

若有人问他的蝇甩子是马鬃的还是马尾的?他就说:

"啥人玩啥鸟,武大郎玩鸭子……马鬃,那是贵东西,那是穿绸穿缎的人拿着,腕上戴着藤萝镯,指上戴着大攀指。什么人玩什么物。穷人,野鬼,不要自不量力,让人家笑话。……"

传说天上的那颗大卯星,就是灶王爷骑着毛驴上西天的时候,他手里打着的那个灯笼,因为毛驴跑得太快,一不加小心灯笼就掉在天空了。我就常常把这个话题来问祖父,说那灯笼为什么被掉在天空,就永久长在那里了,为什么不落在地上来?

这话题,我看祖父也回答不出的,但是因为我的非问不可,祖父也就非答不可了。他说,天空里有一个灯笼杆子,那才高呢,大卯星就挑在那灯笼杆子上。并且那灯笼杆子,人的眼睛是看不见的。

我说:

"不对,我不相信……"

我说:

"没有灯笼杆子,若是有为什么我看不见?"

于是祖父又说:

"天上有一根线,大卯星就被那线系着。"

我说:

"我不信,天上没有线的,有为什么我看不见?"

祖父说:

"线是细的么,你那能看见,就是谁也看不见的。"

我就问祖父:

"谁也看不见,你怎么看见啦?"

乘凉的人都笑了,都说我真厉害。

于是祖父被逼得东说西说,说也说不上来了。眼看祖父是被我逼得胡诌起来,我也知道他是说不清楚的了。不过我越看他胡诌我就越逼他。

到后来连大卯星是龙王爷的灯笼这回事,我也推翻了。我问祖父大卯星到底是个什么?

别人看我纠缠不清了,就有出主意的让我问有二伯去。

我跑到了有二伯坐着的地方,我还没有问,我刚一碰了他的蝇甩子,他就把我吓了一跳。他把蝇甩子一抖,嘀唠一声:

"你这孩子,远点去吧……"

使我不得不站得远一点,我说:

"有二伯,你说那天上的大卯星到底是个什么?"

他没有立刻回答我,他似乎想了一想,才说:

"穷人不观天象。狗咬耗子,猫看家,多管闲事。"

我又问，我以为他没有听准：

"大卯星是龙王爷的灯笼吗？"

他说：

"你二伯虽然也长了眼睛，但是一辈子没有看见什么。你二伯虽然也长了耳朵，但是一辈子也没有听见什么。你二伯是又聋又瞎，这话可怎么说呢？比方那亮亮堂堂的大瓦房吧，你二伯也有看见了的，可是看见了怎么样，是人家的，看见了也是白看。听也是一样，听见了，又怎样，与你不相干……你二伯活着是个不相干……星星，月亮，刮风，下雨，那是天老爷的事情，你二伯不知道……"

有二伯真古怪，他走路的时候，他的脚踢到了一块砖头，那砖头把他的脚碰痛了。他就很小心的弯下腰去把砖头拾起来，他细细的端相着那砖头，看看那砖头长得是否瘦胖合适，是否顺眼，看完了，他才和那砖头开始讲话：

"你这小子，我看你也是没有眼睛，也是跟我一样，也是瞎模糊眼的。不然你为啥往我脚上撞，若有胆子撞，就撞那个耀武扬威的，脚上穿着靴子鞋的……你撞我还不是个白撞，撞不出一大二小来，臭泥坑子滚石头，越滚越臭……"

他和那砖头把话谈完了，他才顺手把它抛开去，临抛开的时候，他还最后嘱咐了它一句：

"下回你往那穿鞋穿袜的脚上去碰呵。"

他这话说完了，那砖头也就拍搭的落到了地上。原来他没有抛得多远，那砖头又落到原来的地方。

有二伯走在院子里，天空飞着的麻雀或是燕子若落了一点粪在他的身上，他就停下脚来，站在那里不走了。他扬着头，他骂着那早已飞过去了的雀子，大意是：那雀子怎样怎样不该把粪落在他身上，应该落在那穿绸穿缎的人的身上。不外骂那雀子糊涂瞎眼之类。

可是那雀子很敏捷的落了粪之后，早已飞得无影无踪了，于是他就骂着他头顶上那块蓝瓦瓦的天空。

## 三

有二伯说话的时候，把"这个"说成"介个"。

"那个人好。"

"介个人坏。"

"介个人狼心狗肺。"

"介个物，不是物。"

"家雀也往身上落粪，介个年头是啥年头。"

## 四

还有，

有二伯不吃羊肉。

## 五

祖父说，有二伯在三十年前他就来到了我们家里，那时候他才三十多岁。

而今有二伯六十多岁了。

他的乳名叫"有子"，他已经六十多岁了，还叫着乳名。祖父叫他"有子做这个。""有子做那个。"

我们叫他"有二伯"。

老厨子叫他"有二爷"。

他到房户，地户那里去，人家叫他"有二东家"。

他到北街头的烧锅去,人家叫他"有二掌柜的"。

他到油房去抬油,人家也叫他"有二掌柜的"。

他到肉铺子上去买肉,人家也叫他"有二掌柜的"。

一听人家叫他"二掌柜的",他就笑逐颜开。叫他"有二爷"叫他"有二东家"叫他"有二伯"也都是一样的笑逐颜开。

有二伯最忌讳人家叫他的乳名,比方街上的孩子们,那些讨厌的,就常常在他的背后抛一颗石子,掘一捧灰土,嘴里边喊着"有二子""大有子""小有子"。

有二伯一遇到这机会,就没有不立刻打了过去的,他手里若是拿着蝇甩子,他就用蝇甩子把去打。他手里若是拿着烟袋,他就用烟袋锅子去打。

把他气的像老母鸡似的,把眼睛都气红了。

那些玩皮的孩子们一看他打了来,就立刻说:"有二爷,有二东家,有二掌柜的,有二伯。"并且举起手来作着揖,向他朝拜着。

有二伯一看他们这样子,立刻就笑逐颜开,也不打他们了,就走自己的路去了。

可是他走不了多远,那些孩子们就在后边又吵起来了,什么:

"有二爷,兔儿爷。"

"有二伯,打桨杆。"

"有二东家,捉大王八。"

他在前边走,孩子们就在他背后的远处喊。一边喊着一边扬着街道上的灰土,灰土高飞着一会工夫,街上闹成个小旋风似的了。

有二伯不知道听见了这个与否,但孩子们以为他是听见了的。

有二伯却很庄严的,连头也不回的一步一步的沉着的向前走去了。

"有二爷,"老厨子总是一开口"有二爷"一闭口"有二爷"的叫着。

"有二爷的蝇甩子……"

"有二爷的烟袋锅子……"

"有二爷的烟合包……"

"有二爷的烟合包疙疸……"

"有二爷吃饭啦……"

"有二爷,天下雨啦……"

"有二爷快看吧,院子里的狗打仗啦……"

"有二爷,猫上墙头啦……"

"有二爷,你的蝇甩子掉了毛啦。"

"有二爷,你的草帽顶落了家雀粪啦。"

老厨子一向是叫他"有二爷"的。唯独他们两个一吵起来的时候,老厨子就说:

"我看你这个'二爷'一丢了,就只剩下个'有'字了。"

"有字"和"有子"差不多,有二伯一听正好是他的乳名。

于是他和老厨子骂了起来,他骂他一句,他骂他两句。越骂声音越大。有时他们两个也就打了起来。

但是过了不久,他们两个又照旧的好了起来。又是:

"有二爷这个。"

"有二爷那个。"

老厨子一高起兴来,就说:

"有二爷,我看你的头上去了个'有'字,不就只剩了'二爷'吗?"

有二伯于是又笑逐颜开了。

祖父叫他"有子",他不生气,他说:

"向皇上说话,还称自己是奴才呢!总也得有个大小。宰相大不大?可是他见了皇上也得跪下,在万人之上,在一人之下。"

有二伯的胆子是很大的,他什么也不怕。我问他怕狼不怕?

他说:

"狼有什么怕的,在山上,你二伯小的时候上山放猪去,那山上就有狼。"

我问他敢走黑路不敢?

他说:

"走黑路怕啥的,没有愧心事,不怕鬼叫门。"

我问他夜里一个人,敢过那东大桥吗?

他说:

"有啥不敢的,你二伯就是愧心事不敢做,别的都敢。"

有二伯常常说,跑毛子的时候(日俄战时)他怎样怎样的胆大,全城都跑空了,我们家也跑空了。那毛子拿着大马刀在街上跑来跑去,骑在马身上。那真是杀人无数。见了关着大门的就敲,敲开了,抓着人就杀。有二伯说:

"毛子在街上跑来跑去,那大马蹄子跑得呱呱的响,我正自己煮面条吃呢,毛子就来敲大门来了,在外边喊着'里边有人没有?'若有人快点把门打开,不打开毛子就要拿刀把门劈开的,劈开门进来,那就没有好,非杀不可……"

我就问:

"有二伯你可怕?"

他说:

"你二伯烧着一锅开水,正在下着面条。那毛子在外边敲,你二伯还在屋里吃面呢……"

208

我还是问他：

"你可怕？"

他说：

"怕什么？"

我说：

"那毛子进来，他不拿马刀杀你？"

他说：

"杀又怎么样！不就是一条命吗？"

可是每当他和祖父算起账来的时候，他就不这么说了。他说：

"人是肉长的呀！人是爹娘养的呀！谁没有五脏六腑。不怕，怎么能不怕！也是吓得抖抖乱颤，……眼看着那是大马刀，一刀上来，一条命就完了。"

我一问他：

"你不是说过，你不怕吗？"

这种时候，他就骂我：

"没心肝的，远的去着罢！不怕，是人还有不怕的……"

不知怎么的，他一和祖父提起跑毛子来，他就胆小了，他自己越说越怕。有的时候他还哭了起来。说那大马刀闪光湛亮，说那毛子骑在马上乱杀乱砍。

# 六

有二伯的行李，是零零碎碎的，一掀动他的被子就从被角往外流着棉花，一掀动他的褥子，那所铺着的毡片，就一片一片的好像活动地图似的一省一省的割据开了。

有二伯的枕头，里边装的是荞麦壳，每当他一抡动的时候，那枕头就在角上或是在肚上漏了馅了,花花的往外流着荞麦壳。

有二伯是爱护他这一套行李的,没有事的时候,他就拿起针来缝它们。缝缝枕头,缝缝毡片,缝缝被子。

不知他的东西,怎那样的不结实,有二伯三天两天的就要动手缝一次。

有二伯的手是很粗的,因此他拿着一棵很大的大针,他说太小的针他拿不住的。他的针是太大了点,迎着太阳,好像一棵女人头上的银簪子似的。

他往针鼻里穿线的时候,那才好看呢,他把针线举得高高的,睁着一个眼睛,闭着一个眼睛,好像是在瞄准,好像他在半天空里看见了一样东西,他想要快快的拿它,又怕拿不准跑了,想要研究一会再去拿,又怕过一会就没有了。于是他的手一着急就哆嗦起来,那才好看呢。

有二伯的行李,睡觉起来,就卷起来的。卷起来之后,用绳子捆着。好像他每天要去旅行的样子。

有二伯没有一定的住处,今天住在那唬唬响着房架子的粉房里,明天住在养猪的那家的小猪官的炕梢上,后天也许就和那磨房里的冯歪嘴子一条炕睡上了。反正他是什么地方有空他就在什么地方睡。

他的行李他自己背着。老厨子一看他背起行李来,就大嚷大叫的说:

"有二爷,又赶集去了……"

有二伯也就远远的回答着他:

"老王,我去赶集,你有啥捎的没有呵?"

于是有二伯又自己走自己的路,到房户的家里的方便地方去投宿去了。

# 七

有二伯的草帽没有边沿,只有一个帽顶,他的脸焦焦黑,他的头顶雪雪白。黑白分明的地方,就正是那草帽扣下去被切得溜齐的脑盖的地方。他每一摘下帽子来,是上一半白,下一半黑。就好像后园里的矮瓜,晒着太阳的那半是绿的,背着阴的那半是白的一样。

不过他一戴起草帽来也就看不见了。他戴帽的尺度是很准确的,一戴就把帽边很准确的切在了黑白分明的那条线上。不高不低,就正正的在那条线上。偶尔也戴得略微高了一点,但是这种时候很少,不大被人注意。那就是草帽与脑盖之间,好像镶了一膛窄窄的白边似的,有那么一膛白线。

# 八

有二伯穿的是大半截子的衣裳,不是长衫,也不是短衫,而是齐到膝头那么长的衣裳,那衣裳是鱼蓝色竹布的,带着四方的大尖托领,宽衣大袖,怀前带着大麻铜钮子。

这衣裳本是前清的旧货,压在祖父的箱底里,祖母一死了,就陆续的穿在有二伯的身上了。

所以有二伯一走在街上,都不知他是那个朝代的人。

老厨子常说:

"有二爷,你宽衣大袖的,和尚看了像和尚,道人看了像道人。"

有二伯是喜欢卷着裤脚的,所以耕田种地的庄稼人看了,又以为他是一个庄稼人,一定是插秧了刚刚回来。

# 九

有二伯的鞋子,不是前边掉了底,就是后边缺了跟。

他自己前边掌掌，后边钉钉，似乎钉也钉不好，掌也掌不好，过了几天又是掉底缺跟仍然照旧。

走路的时候拖拖的，再不然就搭搭的。前边掉了底，那鞋就张着嘴，他的脚好像舌头似的，每一迈步，就在那大嘴里边活动着。后边缺了跟，每一走动，就踢踢踏踏的脚跟打着鞋底发响。

有二伯的脚，永远离不开地面，母亲说他的脚下了千斤闸。

老厨子说有二伯的脚上了绊马锁。

有二伯自己则说：

"你二伯挂了绊脚丝了。"

绊脚丝是人临死的时候挂在两只脚上的绳子。有二伯就这样的说着自己。

## 十

有二伯虽然作弄成一个耍猴不像耍猴的，讨饭不像讨饭的，可是他一走起路来，却是端庄，沉静，两个脚跟非常有力，打得地面冬冬的响，而且是慢吞吞的前进，好像一位大将军似的。

有二伯一进了祖父的屋子，那摆在琴桌上的那口黑色的座钟，钟里边的钟摆，就常常格夌夌格夌夌的响了一阵就停下来了。

原来有二伯的脚步过于沉重了点，好像大石头似的打着地板，使地板上所有的东西，一时都起了跳动。

## 十一

有二伯偷东西被我撞见了。

秋末，后园里的大榆树也落了叶子，园里荒凉了，没有什么好玩的了。

长在前院的蒿草,也都败坏了而倒了下来,房后菜园上的各种秧棵完全挂满了白霜,老榆树全身的叶子已经没有多少了,可是秋风还在摇动着它。天空是发灰的,云彩也失了形状,好像被洗过砚台的水盆,有深有浅,混洞洞的。这样的云彩,有的带来了雨点,有时带来了细雪。

这样的天气,我为着外边没有好玩的,我就在藏乱东西的后房里玩着。我爬上了装旧东西的屋顶去。

我是登着箱子上去的,我摸到了一个小琉璃罐,那里边装的完全是墨枣。

等我抱着这罐子要下来的时候,可就下不来了。方才上来的时候,我登着的那箱子,有二伯站在那里正在开着它。

他不是用锁匙开,他是用铁丝在开。

我看着他开了很多时候,他用牙齿咬着他手里的那块小东西……他歪着头,咬得格格拉拉的发响。咬了之后又放在手里扭着它,而后又把它触到箱子上去试一试。

他显然不知道我在棚顶上看着他,他既打开了箱子,他就把没有边沿的草帽脱下来,把那块咬了半天的小东西就压在帽顶里面。

他把箱子翻了好几次,红色的椅垫,蓝色粗布的绣花围裙,女人的绣花鞋子……还有一团滚乱的花色的丝线,在箱子底上还躺着一只湛黄的铜酒壶。

有二伯用他满都是脉络的粗手把绣花鞋子,乱丝线,抓到一边去,只把铜酒壶从那一堆之中抓出来了。

太师椅上的红垫子,他把它放在地上,用腰带捆了起来。铜酒壶放在箱子盖上,而后把箱子锁了。

看样子好像他要带着这些东西出去,不知为什么,他没有带东西,他自己出去了。

我一看他出去，我赶快的登着箱子就下来了。

我一下来，有二伯就又回来了，这一下子可把我吓了一跳，因为我是在偷墨枣，若让母亲晓得了，母亲非打我不可。平常我偷着把鸡蛋馒头之类，拿出去和邻居家的孩子一块去吃，有二伯一看见就没有不告诉母亲的，母亲一晓得就打我。

他先提起门旁的椅垫子，而后又来拿箱子盖上的铜酒壶。等他掀起衣襟把铜酒壶压在肚子上边，他才看到墙角上站着的是我。

他的肚子前压着铜酒壶，我的肚子前抱着一罐墨枣。他偷，我也偷，所以两边害怕。

有二伯一看见我，立刻头盖上就冒着很大的汗珠。他说：

"你不说么？"

"说什么……"

"不说，好孩子……"他拍着我的头顶。

"那么，你让我把这琉璃拿出去。"

他说："拿罢。"

他一点没有阻挡我。我看他不阻挡我，我还在门旁的筐子里抓了四五个大馒头，就跑了。

有二伯还在粮食仓子里边偷米，用小口袋背着，背到大桥东边那粮米铺去卖了。

有二伯还偷各种东西，锡火锅，大铜钱，烟袋嘴……反正家里边一丢了东西，就说有二伯偷去了。有的东西是老厨子偷去的，也就赖上了有二伯。有的东西是我偷着拿出去玩了，也赖上了有二伯。还有比方一个镰刀头，根本没有丢，只不过放忘了地方，等用的时候一找不到就说有二伯偷去了。

有二伯带着我上公园的时候,他什么也不买给我吃。公园里边卖什么的都有,油炸糕,香油掀饼,豆腐脑,碗碴,他一点也不买给我吃。

我若是稍稍在那卖东西吃的旁边一站,他就说:

"快走罢,快往前走。"

逛公园就好像赶路似的,他一步也不让我停。

公园里变把戏的,耍熊瞎子的都有,敲锣打鼓,非常热闹。而他不让我看。我若是稍稍的在那变把戏的前边停了一停,他就说:

"快走罢! 快往前走。"

不知为什么他时时在追着我。

等走到一个卖冰水的白布篷前边,我看见那玻璃瓶子里边泡着两个焦黄的大佛手,这东西我没有见过,我就问有二伯那是什么?

他说:

"快走罢,快往前走。"

好像我若再多看一会工夫,人家就要来打我了似的。

等来到了跑马戏的近前,那里边连喊带唱的,实在热闹,我就非要进去看不可。有二伯则一定不进去,他说:

"没有什么好看的……"

他说:

"你二伯不看介个……"

他又说:

"家里边吃饭了。"

他义说:

"你再闹,我打你。"

到了后来,他才说:

"你二伯也是愿意看,好看的有谁不愿意看。你二伯没有钱,没有钱买票人家不让咱进去。"

在公园里边,当场我就拉住了有二伯的口袋,给他施以检查,检查出几个铜板来,买票是不够的。有二伯又说:

"你二伯没有钱……"

我一急就说:

"没有钱你不会偷?"

有二伯听了我这话,脸色雪白,可是一转眼之间又变成通红的了。他通红的脸上,他的小眼睛故意的笑着,他的嘴唇颤抖着,好像他又要照着他的习惯,一串一串的说一大套的话。但是他没有说。

"回家罢!"

他想了一想之后,他这样的招呼着我。

我还看见过有二伯偷过一个大澡盆。

我家院子里本来一天到晚是静的,祖父常常睡觉,父亲不在家里,母亲也只是在屋子里边忙着,外边的事情,她不大看见。

尤其是到了夏天睡午觉的时候,全家都睡了,连老厨子也睡了。连大黄狗也睡在有荫凉的地方了。所以前院,后园,静悄悄的一个人也没有,一点声音也没有。

就在这样的一个白天,一个大澡盆被一个人掮着在后园里边走起来了。

那大澡盆是白洋铁的,在太阳下边闪光湛亮。大澡盆有一人多长,一边走着还一边咣郎咣郎的响着。看起来,很害怕,好像瞎话上的白色的大蛇。

那大澡盆太大了,扣在有二伯的头上,一时看不见有二伯,只看见了大澡盆。好像那大澡盆自己走动了起来似的。

再一细看,才知道是有二伯顶着它。

有二伯走路,好像是没有眼睛似的,东倒一倒,西斜一斜,两边歪着。我怕他撞到了我,我就靠在了墙根上。

那大澡盆是很深的,从有二伯头上扣下来,一直扣到他的腰间。所以他看不见路了,他摸着往前走。

有二伯偷了这澡盆之后,就像他偷了那铜酒壶之后的一样。一被发现了之后,老厨子就天天戏弄他,用各种的话戏弄着有二伯。

有二伯偷了铜酒壶之后,每当他一拿着酒壶喝酒的时候,老厨子就问他:

"有二爷,喝酒还是铜酒壶好呀,还是锡酒壶好?"

有二伯说:

"什么的还不是一样,反正喝的是酒。"

老厨子说:

"不见得吧,大概还是铜的好呢……"

有二伯说:

"铜的有啥好!"

老厨子说:

"对了,有二爷。咱们就是不要铜酒壶,铜酒壶拿去卖了也不值钱。"

旁边的人听到这里都笑了,可是有二伯还不自觉。

老厨子问有二伯:

"一个铜酒壶卖多少钱?"

有二伯说:

"没卖过,不知道。"

到后来老厨子又说五十吊,又说七十吊。

有二伯说：

"那有那么贵的价钱，好大一个铜酒壶还卖不上三十吊呢。"

于是把大家都笑坏了。

自从有二伯偷了澡盆之后，那老厨子就不提酒壶，而常常问有二伯洗澡不洗澡，问他一年洗几次澡，问有二伯一辈子洗几次澡。他还问人死了到阴间也洗澡的吗？

有二伯说：

"到阴间，阴间阳间一样，活着是个穷人，死了是条穷鬼。穷鬼阎王爷也不爱惜，不下地狱就是好的，还洗澡呢！别玷污了那洗澡水。"

老厨子于是说：

"有二爷，照你说的穷人是用不着澡盆的啰！"

有二伯有点听出来了，就说：

"阴间没去过，用不用不知道。"

"不知道？"

"不知道。"

"我看你是明明知道，我看你是昧着良心说瞎话……"老厨子说。

于是两个人打起来了。

有二伯逼着问老厨子，他那儿昧过良心。有二伯说：

"一辈子没昧过良心。走的正，行的端，一步两脚窝……"

老厨子说：

"两脚窝，看不透……"

有二伯正颜立色的说：

"你有什么看不透的？"

老厨子说：

"说出来怕你羞死!"

有二伯说:

"死,死不了,你别看我穷,穷人还有个穷活头。"

老厨子说:

"我看你也是死不了。"

有二伯说:

"死不了。"

老厨子说:

"死不了,老不死,我看你也是个老不死的。"

有的时候,他们两个能接续着骂了一两天,每次到后来,都是有二伯打了败仗。老厨子骂他是个老"绝后"。

有二伯每一听到这两个字,就甚于一切别的字,比"见阎王"更坏。于是他哭了起来,他说:

"可不是么!死了连个添坟上土的人也没有。人活一辈子是个白活,到了归终是一场空……无家无业,死了连个打灵头幡的人也没有。"

于是他们两个又和和平平的,笑笑嬉嬉的照旧的过着和平的日子。

## 十二

后来我家在五间正房的旁边,造了三间东厢房。

这新房子一造起来,有二伯就搬回家里来住了。

我家是静的,尤其是夜里,连鸡鸭都上了架,房头的鸽子,檐前的麻雀也都各自回到自己的窝里去睡觉了。

这时候就常常听到厢房里的哭声。

有一回父亲打了有二伯，父亲三十多岁，有二伯快六十岁了。他站起来就被父亲打倒下去，他再站起来，又被父亲打倒下去，最后他起不来了，他躺在院子里边了，而他的鼻子也许是嘴还流了一些血。

院子里一些看热闹的人都站得远远的，大黄狗也吓跑了，鸡也吓跑了。老厨子该收柴收柴，该担水担水，假装没有看见。

有二伯孤冷冷的躺在院心，他的没有边的草帽，也被打掉了，所以看得见有二伯的头部的上一半是白的，下一半是黑的，而且黑白分明的那条线就在他的前额上，好像西瓜的"阴阳面"。

有二伯就这样自己躺着，躺了许多时候，才有两个鸭子来啄食撒在有二伯身边的那些血。

那两个鸭子，一个是花脖，一个是绿头顶。

有二伯要上吊，就是这个夜里，他先是骂着，后是哭着，到后来也不哭也不骂了。又过了一会，老厨子一声喊起，几乎是发现了什么怪物似的大叫：

"有二爷上吊啦！有二爷上吊啦！"

祖父穿起衣裳来，带着我。等我们跑到厢房去一看，有二伯不在了。

老厨子在房子外边招呼着我们。我们一看南房梢上挂了绳子，是黑夜，本来看不见，是老厨子打着灯笼我们才看到的。

南房梢上有一根两丈来高的横杆，绳子在那横杆上托托落落的垂着。

有二伯在那里呢？等我们拿灯笼一照，才看见他在房墙的根边，好好的坐着。他也没有哭，他也没有骂。

等我再拿灯笼向他脸上一照，我看他用哭红了的小眼睛瞪了我一下。

过了不久,有二伯又跳井了。

是在同院住的挑水的来报的信,又敲窗户又打门。我们跑到井边上一看,有二伯并没有在井里边,而是坐在井外边,而是离开井口五十步之外的安安稳稳的柴堆上。他在那柴堆上安安稳稳的坐着。

我们打着灯笼一照,他还在那里拿着小烟袋抽烟呢。

老厨子,挑水的,粉房里的漏粉的都来了,惊动了不少的邻居。

他开初是一动不动。后来他看人们来全了,他站起来就往井边上跑,于是许多人就把他抓住了,那许多人,那里会眼看着他去跳井的。

有二伯去跳井,他的烟合包,小烟袋都带着,人们推劝着他回家的时候,那柴堆上还有一枝小洋蜡,他说:

"把那洋蜡给我带着。"

后来有二伯"跳井""上吊"这些事,都成了笑话,街上的孩子都给编成了一套歌在唱着:"有二爷跳井,没那么回事。""有二伯上吊,白吓唬人。"

老厨子说他贪生怕死,别人也都说他死不了。

以后有二伯再"跳井""上吊"也都没有人看他了。

有二伯还是活着。

十三

我家的院子是荒凉的,冬天一片白雪,夏天则满院蒿草。风来了,蒿草发着声响,雨来了,蒿草梢上冒烟了。

没有风,没有雨,则关着人门静静的过着日子。

狗有狗窝,鸡有鸡架,鸟有鸟笼,一切各得其所。唯独有二伯夜夜不好好的睡觉。在那厢房里边,他自己半夜三更的就讲起话来。

"说我怕'死',我也不是吹,叫过三个两个来看!问问他们见过'死'没有!那俄国毛子的大马刀闪光湛亮,说杀就杀,说砍就砍。那些胆大的,不怕死的,一听说俄国毛了来了,只顾逃命,连家业也不要了。那时候,若不是这胆小的给他守着,怕是跑毛子回来连条裤子都没有穿的。到了如今,吃得饱,穿得暖,前因后果连想也不想,早就忘到九霄云外去了。良心长到肋条上,黑心荔,铁面人,……"

　　"……说我怕死,我也不是吹,兵马刀枪我见过,劈雷,黄风我见过。就说那俄国毛子的大马刀罢,见人就砍,可是我也没有怕过,说我怕死……介年头是啥年头,……"

　　那东厢房里,有二伯一套套的讲着,又是河沟涨水了,水涨得多么大,别人没有敢过的,有二伯说他敢过。又是什么时候有一次着大火,别人都逃了,有二伯上去抢了不少的东西。又是他的小时候,上山去打柴,遇见了狼,那狼是多么凶狠,他说:

　　"狼心狗肺,介个年头的人狼心狗肺的,吃香的喝辣的。好人在介个年头,是个王八蛋,兔羔子……"

　　"兔羔子,兔羔子……"

　　有二伯夜里不睡,有的时候就来在院子里没头没尾的"兔羔子,兔羔子"自己说着话。

　　半夜三更的,鸡、鸭、猫、狗都睡了。唯独有二伯不睡。

　　祖父的窗子上了帘子,看不见天上的星星月亮,看不见大卯星落了没有,看不见三星是否打了横梁。只见白萨萨的窗帘子被星光月光照得发白通亮。

　　等我睡醒了,我听见有二伯"兔羔子,兔羔子"的自己在说话,我要起来掀起窗帘来往院子里看一看他。祖父不让我起来,祖父说:

　　"好好睡罢,明天早晨早早起来,咱们烧苞米吃。"

祖父怕我起来,就用好话安慰着我。

等再睡觉了,就在梦中听到了呼兰河的南岸,或是呼兰河城外远处的狗咬。

于是我做了一个梦,梦见了一个大白兔,那兔子的耳朵,和那磨房里的小驴的耳朵一般大。我听见有二伯说"兔羔子",我想到一个大白兔,我听到了磨房的梆子声,我想到了磨房里的小毛驴,于是梦见了白兔子长了毛驴那么大的耳朵。

我抱着那大白兔,我越看越喜欢,我一笑笑醒了。

醒来一听,有二伯仍旧"兔羔子,兔羔子"的坐在院子里。后边那磨房里的梆子也还打得很响。

我梦见的这大白兔,我问祖父是不是就是有二伯所说的"兔羔子"?

祖父说:

"快睡觉吧,半夜三更不好讲话的。"

说完了,祖父也笑了,他又说:

"快睡吧,夜里不好多讲话的。"

我和祖父还都没有睡着,我们听到那远处的狗咬,慢慢的由远而近,近处的狗也有的叫了起来。大墙之外,已经稀疏疏的有车马经过了,原来天已经快亮了。可是有二伯还在骂"兔羔子",后边磨房里的磨官还在打着梆子。

## 十四

第二天早晨一起来,我就跑去问有二伯,"兔羔子"是不是就是大白兔?

有二伯一听就生气了:

"你们家里没好东西,尽是些耗子,从上到下,都是良心长在肋条上,大人是大耗子,小孩是小耗子……"

我不知道他说的是什么,我听了一会,没有听懂。

# 第七章

## 一

磨房里边住着冯歪嘴子。

冯歪嘴子打着梆子,半夜半夜的打,一夜一夜的打。冬天还稍微好一点,夏天就更打得厉害。

那磨房的窗子临着我家的后园。我家的后园四周的墙根上,都种着矮瓜,西葫芦或是黄瓜等类会爬蔓子的植物。矮瓜爬上墙头了,在墙头上开起花来了,有的竟越过了高墙爬到街上去,向着大街开了一朵大黄的黄花。

因此那磨房的窗子上也就爬满了那顶会爬蔓子的黄瓜了。黄瓜的小细蔓,细得像银丝似的,太阳一来了的时候,那小细蔓闪眼湛亮,那蔓梢干净得好像用黄蜡抽成的丝子,一棵黄瓜秧上伸出来无数的这样的丝子。丝蔓的尖顶每棵都是掉转头来向回卷曲着,好像是说它们虽然勇敢,大树,野草,墙头,窗棂,到处的乱爬,但到底它们也怀着恐惧的心理。

太阳一出来了,那些在夜里冷清清的丝蔓,一变而为温暖了。于是它们向前发展的速率更快了,好像眼看着那丝蔓就长了,就向前跑去了。因为种在磨房窗根下的黄瓜秧,一天爬上了窗台,两天爬上了窗棂,等到第三天就在窗棂上开起花来了。

再过几天，一不留心，那黄瓜梗经过了磨房的窗子，爬上房顶去了。

后来那黄瓜秧就像它们彼此招呼着似的，成群结队的就都一齐把那磨房的窗给瞒住了。

从此那磨房里边的磨官就见不着天日了。磨房就有一张窗子，而今被黄瓜掩遮得风雨不透。从此那磨房里黑沉沉的，园里，园外，分成两个世界了。冯歪嘴子就被分到花园以外去了。

但是从外边看起来，那窗子实在好看，开花的开花，结果的结果。满窗是黄瓜了。

还有一棵矮瓜秧，也顺着磨房的窗子爬到房顶去了，就在房檐上结了一个大矮瓜。那矮瓜不像是从秧子上长出来的，好像是由人搬着坐在那屋瓦上晒太阳似的。实在好看。

夏天，我在后园里玩的时候，冯歪嘴子就喊我，他向我要黄瓜。

我就摘了黄瓜，从窗子递进去。那窗子被黄瓜秧封闭得严密得很，冯歪嘴子用手扒开那满窗的叶子，从一条小缝中伸出手来把黄瓜拿进去。

有时候，他停止了打他的梆子，他问我，黄瓜长了多大了？西红柿红了没有？他与这后园只隔了一张窗子，就像离着多远似的。

祖父在园子里的时候，他和祖父谈话。他说拉着磨的小驴，驴蹄子坏了，一走一瘸。祖父说请个兽医给它看看。冯歪嘴子说，看过了，也不见好。祖父问那驴吃的什么药？冯歪嘴子说是吃的黄瓜子拌高粱醋。

冯歪嘴子在窗里，祖父在窗外，祖父看不见冯歪嘴子，冯歪嘴子看不见祖父。

有的时候，祖父走远了，回屋去了，只剩下我一个人在磨房的墙根

下边坐着玩,我听到了冯歪嘴子还说:

"老太爷今年没下乡去看看哪!"

有的时候,我听了这话,我故意的不出声,听听他往下还说什么。

有的时候,我心里觉得可笑,忍也不能忍住,我就跳了起来了,用手敲打着窗子,笑得我把窗上挂着的黄瓜都敲打掉了。而后我一溜烟的跑进屋去,把这情形告诉了祖父。祖父也一样和我似的,笑得不能停了,眼睛笑出眼泪来。但是总是说,不要笑啦,不要笑啦,看他听见。有的时候祖父竟把后门关起来再笑。祖父怕冯歪嘴子听见了不好意思。

但是老厨子就不然了。有的时候,他和冯歪嘴子谈天,故意谈到一半他就溜掉了。因为冯歪嘴子隔着爬满了黄瓜秧的窗子,看不见他走了,就自己独自说了一大篇话,而后让他故意得不到反响。

老厨子提着筐子到后园去摘茄子,一边摘着一边就跟冯歪嘴子谈话,正谈到半路,老厨子蹑手蹑足的,提着筐子就溜了,回到屋里去烧饭去了。

这时冯歪嘴子还在磨房里大声的说:

"西公园来了跑马戏的,我还没得空去看,你去看过了吗?老王。"

其实后花园里一个人也没有了,蜻蜓、蝴蝶随意的飞着,冯歪嘴子的话声,空空的落到花园里来,又空空的消失了。

烟消火灭了。

等他发现了老王早已不在花园里,他这才又打起梆子来,看着小驴拉磨。

有二伯一和冯歪嘴子谈话,可从来没有偷着溜掉过,他问下雨天,磨房的房顶漏得厉害不厉害?磨房里的耗子多不多?

冯歪嘴子同时也问着有二伯,今年后园里雨水大吗?茄子,云豆都快罢园了吧?

他们两个彼此说完了话,有二伯让冯歪嘴子到后园里来走走,冯歪嘴子让有二伯到磨房去坐坐。

"有空到园子里来走走。"

"有空到磨房里来坐坐。"

有二伯于是也就告别走出园子来。冯歪嘴子也就照旧打他的梆子。

秋天,大榆树的叶子黄了,墙头上的狗尾草干倒了,园里一天一天的荒凉起来了。

这时候冯歪嘴子的窗子也露出来了。因为那些纠纠缠缠的黄瓜秧也都蔫败了,舍弃了窗棂而脱落下来了。

于是站在后园里就可看到冯歪嘴子,扒着窗子就可以看到在拉磨的小驴。那小驴竖着耳朵,戴着眼罩。走了三五步就响一次鼻子,每一抬脚那只后腿就有点瘤,每一停下来,小驴就用三条腿站着。

冯歪嘴子说小驴的一条腿坏了。

这窗子上的黄瓜秧一干掉了,磨房里的冯歪嘴子就天天可以看到的。

冯歪嘴子喝酒了,冯歪嘴子睡觉了,冯歪嘴子打梆子了,冯歪嘴子拉胡琴了,冯歪嘴子唱唱本了,冯歪嘴子摇风车了。只要一扒着那窗台,就什么都可以看见的。

一到了秋天,新鲜黏米一下来的时候,冯歪嘴子就三天一拉磨,两天一卖黏糕。黄米黏糕,撒上大云豆。一层黄,一层红,黄的金黄,红的通红。三个铜板一条,两个铜板一片的用刀切着卖。愿意加红糖的有红糖,愿意加白糖的有白糖。又甜又香,加了糖不另要钱。

冯歪嘴子推着单轮车在街上一走,小孩子们就在后边跟了一大帮,有的花钱买,有的围着看。

祖父最喜欢吃这黏糕,母亲也喜欢,而我更喜欢。母亲有时让老厨子去买,有的时候让我去买。

不过买了来是有数的,一人只能吃手掌那么大的一片,不准多吃,吃多了怕不能消化。

祖父一边吃着,一边说够了够了,意思是怕我多吃。母亲吃完了也说够了,意思也是怕我还要去买。其实我真的觉得不够,觉得再吃两块也还不多呢!不过经别人这样一说,我也就没有什么办法了,也就不好意思喊着再去买。但是实在话是没有吃够的。

当我在大门外玩的时候,推着单轮车的冯歪嘴子总是在那块大黏糕上切下一片来送给我吃,于是我就接受了。

当我在院子里玩的时候,冯歪嘴子一喊着"黏糕""黏糕"的从大墙外经过,我就爬上墙头去了。

因为西南角上的那段土墙,因为年久了出了一个豁,我就扒着那墙豁往外看着。果然冯歪嘴子载着黏糕的单轮车由远而近了。来到我的旁边,就问着:

"要吃一片吗?"

而我也不说吃,也不说不吃。但我也不从墙头上下来,还是若无其事的呆在那里。

冯歪嘴子把车子一停,于是切好一片黏糕送上来了。

一到了冬天,冯歪嘴子差不多天天出去卖一锅黏糕的。

这黏糕在做的时候,需要很大的一口锅,里边烧着开水,锅口上坐着竹帘子。把碾碎了的黄米粉就撒在这竹帘子上,撒一层粉,撒一层豆。冯歪嘴子就在磨房里撒的,弄得满屋热气蒸蒸。进去买黏糕的时候,刚一开门,只听屋里火柴烧得批巴的响,竟看不见人了。

我去买黏糕的时候,我总是去得早一点,我在那边等着,等着刚一出锅,好买热的。

那屋里的蒸气实在大,是看不见人的。每次我一开门,我就说:

"我来了。"

冯歪嘴子一听我的声音就说:

"这边来,这边来。"

## 二

有一次母亲让我去买黏糕,我略微的去得晚了一点,黏糕已经出锅了。我慌慌忙忙的买了就回来了。回到家里一看,不对了。母亲让我买的是加白糖的,而我买回来的是加红糖的。当时我没有留心,回到家里一看,才知道错了。

错了,我又跑回去换。冯歪嘴子又另外切了几片,撒上白糖。

接过黏糕来,我正想拿着走的时候,一回头,看见了冯歪嘴子的那张小炕上挂一张布帘。

我想这是做什么,我跑过去看一看。

我伸手就掀开布帘了,往里边一看,呀!里边还有一个小孩呢!

我转身就往家跑,跑到家里就跟祖父讲,说那冯歪嘴子的炕上不知谁家的女人睡在那里,女人的被窝里边还有一个小孩,那小孩还露着小头顶呢,那小孩头还是通红的呢!

祖父听了一会觉得纳闷,就说让我快吃黏糕罢,一会冷了,不好吃了。

可是我那里吃得下去。觉得这事情真好玩,那磨房里边,不单有一个小驴,还有一个小孩呢。

这一天早晨闹得黏糕我也没有吃,又戴起皮帽子来,跑去看了一次。

这一次,冯歪嘴子不在屋里,不知他到那里去了,黏糕大概也没有去卖,推黏糕的车子还在磨盘的旁边扔着。

我一开门进去,风就把那挂着的白布帘吹开了,那女人仍旧躺着不动,那小孩也一声不哭。我往屋子的四边观查一下,屋子的别处没有什么变动,只是磨盘上放着一个黄铜盆,铜盆里泡着一块破布,盆里的水已经结冰了,其余的没有什么变动。

小驴一到冬天就住在磨房的屋里,那小驴还是照旧的站在那里,并且还是安安敦敦的和每天一样的抹搭着眼睛。其余的磨房里的风车子,罗柜,磨盘,都是照旧的在那里呆着。就是墙根下的那些耗子也出来和往日一样的乱跑,耗子一边跑着还一边吱吱喳喳的叫着。

我看了一会,看不出所以然来,觉得十分无趣。正想转身出来的时候,被我发现了一个瓦盆,就在炕沿上已经像小冰山似的冻得鼓鼓的了。于是我想起这屋的冷来了,立刻觉得要打寒颤,冷得不能站脚了。我一细看那扇通到后园去的窗子也通着大洞,瓦房的房盖也透着青天。

我开门就跑了,一跑到家里,家里的火炉正烧得通红,一进门就热气扑脸。

我正想要问祖父,那磨房里是谁家的小孩。这时冯歪嘴子从外边来了。

戴着他的四耳帽子,他未曾说话先笑的样子,一看就是冯歪嘴子。

他进了屋来,他坐在祖父旁边的太师椅上,那太师椅垫着红毛哔叽的厚垫子。

冯歪嘴子坐在那里,似乎有话说不出来,右手不住的摸擦着椅垫子,左手不住的拉着他的左耳朵。他未曾说话先笑的样子,笑了好几阵也没说出话来。

我们家里的火炉太热,把他的脸烤得通红的了。他说:

"老太爷,我摊了点事。……"

祖父就问他摊了什么事呢?

冯歪嘴子坐在太师椅上扭扭曲曲的,摘下他那狗皮帽子来,手里玩弄着那皮帽子。未曾说话他先笑了,笑了好一阵工夫,他才说出一句话来:

"我成了家啦。"

说着冯歪嘴子的眼睛就流出眼泪来,他说:

"请老太爷帮帮忙,现下她们就在磨房里呢!她们没有地方住。"

我听到了这里,就赶快抢住了向祖父说:

"爷爷,那磨房里冷呵!炕沿上的瓦盆都冻裂了。"

祖父往一边推着我,似乎他在思索的样子。我又说:

"那炕上还睡着一个小孩呢!"

祖父答应了让他搬到磨房南头那个装草的房子里去暂住。

冯歪嘴子一听,连忙就站起来了,说:

"道谢,道谢。"

一边说着,他的眼睛又一边来了眼泪。而后戴起狗皮帽子来,眼泪汪汪的就走了。

冯歪嘴子刚一走出屋去,祖父回头就跟我说:

"你这孩子当人面不好多说话的。"

我那时也不过六·七岁,不懂这是什么意思,我问着祖父:

"为什么不准说,为什么不准说?"

祖父说:

"你没看冯歪嘴子的眼泪都要掉下来了吗？冯歪嘴子难为情了。"

我想可有什么难为情的,我不明白。

## 三

晌午,冯歪嘴子那磨房里就吵起来了。

冯歪嘴子一声不响的站在磨盘的旁边,他的掌柜的拿着烟袋在他的眼前骂着,掌柜的太太一边骂着一边拍着风车子,她说:

"破了风水了,我这碾磨房岂是你那不干不净的野老婆住的地方!"

"青龙白虎也是女人可以冲的吗!"

"冯歪嘴子,从此我不发财,我就跟你算账,你是什么东西,你还算个人吗?你没有脸,你若有脸你还能把个野老婆弄到大面上来,弄到人的眼皮下边来……你赶快给我滚蛋……"

冯歪嘴子说:

"我就要叫她们搬的,就搬……"

掌柜的太太说:

"叫她们搬,她们是什么东西,我不知道。我是叫你滚蛋的,你可把人糟踏苦了……"

说着她往炕上一看:

"唉呀!面口袋也是你那野老婆盖得的!赶快给我拿下来。我说冯歪嘴子,你可把我糟踏苦了。你可把我糟踏苦了。"

那个刚生下来的小孩是盖着盛面口袋在睡觉的,一齐盖着四五张,厚敦敦的压着小脸。

掌柜的太太在旁边喊着:

"给我拿下来,快给我拿下来!"

冯歪嘴子过去把面口袋拿下来了,立刻就露出孩子通红的小手来,而且那小手还伸伸缩缩的摇动着,摇动了几下就哭起来了。

那孩子一哭从孩子的嘴里冒着雪白的白气。

那掌柜的太太把面口袋接到手里说:

"可冻死我了,你赶快搬罢,我可没工夫跟你吵了……"

说着开了门缩着肩膀就跑回上屋去了。

王四掌柜的,就是冯歪嘴子的东家,他请祖父到上屋去喝茶。

我们坐在上屋的炕上,一边烤着炭火盆,一边听到磨房里的那小孩的哭声。

祖父问我的手烤暖了没有?我说还没烤暖,祖父说:

"烤暖了,回家罢。"

从王四掌柜的家里出来,我还说要到磨房里去看看。祖父说,没有什么的,要看回家暖过来再看。

磨房里没有寒暑表,我家里是有的。我问祖父:

"爷爷,你说磨房的温度在多少度上?"

祖父说在零度以下。

我问:

"在零度以下多少?"

祖父说:

"没有寒暑表,那儿知道呵!"

我说:

"到底在零度以下多少?"

祖父看一看天色就说:

"在零下七八度。"

我高兴起来了,我说:

"哎呀,好冷呵!"那不和室外寒度一样了吗?

我抬脚就往家里跑,井台,井台旁边的水槽子,井台旁边的大石头碾子,房户老周家的大玻璃窗子,我家的大高烟筒,在我一溜烟的跑起来的时候,我看它们都移移动动的了,它们都像往后退着。我越跑越快,好像不是我在跑,而像房子和大烟筒在跑似的。

我自己煊惑得我跑得和风一般快。

我想那磨房的温度在零度以下,岂不是等于露天地了吗?这真笑话,房子和露天地一样。我越想越可笑,也就越高兴。

于是连喊带叫的也就跑到家了。

## 四

下半天冯歪嘴子就把小孩搬到磨房南头那草棚子里去了。

那小孩哭的声音很大,好像他并不是刚一出生,好像他已经长大了的样子。

那草房里吵得不得了,我又想去看看。

这回那女人坐起来了,身上披着被子,很长的大辫子垂在背后,面朝里,坐在一堆草上不知在干什么,她一听门响,她一回头。我看出来了,她就是我们同院住着的老王家的大姑娘,我们都叫她王大姐的。

这可奇怪,怎么就是她呢?她一回头几乎是把我吓了一跳。

我转身就想往家里跑。跑到家里好赶快的告诉祖父,这到底是怎么回事?

她看是我,她就先向我一笑,她长的是很大的脸孔,很尖的鼻子,每笑的时候,她的鼻梁上就皱了一堆的褶。今天她的笑法还是和从前的一样,鼻梁处堆满了皱褶。

平常我们后园里的菜吃不了的时候,她就提着筐到我们后园来摘

些茄子,黄瓜之类回家去。她是很能说能笑的人,她是很响亮的人,她和别人相见之下,她问别人:

"你吃饭了吗?"

那声音才大呢,好像房顶上落了鹊雀似的。

她的父亲是赶车的,她牵着马到井上去饮水,她打起水来,比她父亲打的更快,三绕两绕就是一桶。别人看了都说:

"这姑娘将来兴家立业好手!"

她在我家后园里摘菜,摘完临走的时候,常常就折一朵马蛇菜花戴在头上。

她那辫子梳得才光呢,红辫根,绿辫梢,干干净净,又加上一朵马蛇菜花戴在鬓角上,非常好看。她提着筐子前边走了,后边的人就都指指划划的说她的好处。

老厨子说她大鼻子大眼睛长得怪好的。

有二伯说她膀大腰圆的带点福相。

母亲说她:

"我没有这么大的儿子,有儿子我娶她,这姑娘真响亮。"

同院住的老周家三奶奶则说:

"哟哟,这姑娘真是一棵大葵花,又高又大,你今年十几啦?"

周三奶奶一看到王大姐就问她十几岁?已经问了不知几遍了,好像一看见就必得这问,若不问就好像没有话说似的。

每逢一问,王大姐也总是说:

"二十了。"

"二十了,可得给说一个媒了。"再不然就是,"看谁家有这么大的福气,看吧,将来看吧。"

隔院的杨家的老太太,扒着墙头一看见王大姐就说:

"这姑娘的脸红得像一盆火似的。"

现在王大姐一笑还是一皱鼻子,不过她的脸有一点清瘦,颜色发白了许多。

她怀里抱着小孩。我看一看她,她也不好意思了,我也不好意思了。我的不好意思是因为好久不见的缘故,我想她也许是和我一样吧。我想要走,又不好意思立刻就走开。想要多呆一会又没有什么话好说的。

我就站在那里静静的站了一会,我看她用草把小孩盖了起来,把小孩放到炕上去。其实也看不见什么是炕,乌七沼沼的都是草,地上是草,炕上也是草,草捆子堆得房梁上去了。那小炕本来不大,又都叫草捆子给占满了。那小孩也就在草中偎了个草窝,铺着草盖着草的就睡着了。

我越看越觉得好玩,好像小孩睡在鹊雀窝里了似的。

到了晚上,我又把全套我所见的告诉了祖父。

祖父什么也不说。但我看出来祖父晓得的比我晓得的多的样子。我说:

"那小孩还盖着草呢!"

祖父说:

"嗯!"

我说:

"那不是王大姐吗?"

祖父说:

"嗯。"

祖父是什么也不问,什么也不听的样子。

等到了晚上在煤油灯的下边,我家全体的人都聚集了的时候,那才热闹呢!连说带讲的。这个说,王大姑娘这么的。那个说王大姑娘那么着……说来说去,说得不成样子了。

说王大姑娘这样坏,那样坏,一看就知道不是好东西。

说她说话的声音那么大,一定不是好东西。那有姑娘家家的,大说大讲的。

有二伯说:

"好好的一个姑娘,看上了一个磨房的磨官,介个年头是啥年头!"

老厨子说:

"男子要长个粗壮,女子要长个秀气。没见过一个姑娘长得和一个抗大个的(抗工)似的。"

有二伯也就接着说:

"对呀!老爷像老爷,娘娘像娘娘,你没四月十八去逛过庙吗?那老爷庙上的老爷,威风八面,娘娘庙上的娘娘温柔典雅。"

老厨子又说:

"那有的勾当,姑娘家家的,打起水来,比个男子大丈夫还有力气。没见过,姑娘家家的那么大的力气。"

有二伯说:

"那算完,长的是一身穷骨头穷肉,那穿绸穿缎的她不去看,她看上了个灰秃秃的磨官。真是武大郎玩鸭子,啥人玩啥鸟。"

第二天,左邻右居的都晓得王大姑娘生了小孩了。

周三奶奶跑到我家来探听了一番,母亲说就在那草棚子里,让她去看。她说:

"哟哟!我可没那么大的工夫去看的,什么好勾当。"

西院的杨老太太听了风也来了。穿了一身浆得闪光发亮的鱼蓝大布衫,头上扣着银扁方,手上戴着白铜的戒指。

一进屋母亲就告诉她冯歪嘴子得了儿子了。杨老太太连忙就说:

"我可不是来探听他们那些猫三狗四的,我是来问问那广和银号的利息到底是大加一呢,还是八成?因为昨天西荒上的二小子打信来说他老丈人要给一个亲戚抬几万吊钱。"

说完了,她庄庄严严的坐在那里。

我家的屋子太热,杨老太太一进屋来就把脸热的通红。母亲连忙打开了北边的那通气窗。

通气窗一开,那草篷子里的小孩的哭声就听见了,那哭声特别吵闹。

"听听啦。"母亲说,"这就是冯歪嘴子的儿子。"

"怎么的啦?那王大姑娘我看就不是个好东西,我就说,那姑娘将来好不了。"杨老太太说,"前些日子那姑娘忽然不见了,我就问她妈,'你们大姑娘那儿去啦?'她妈说,'上她姥姥家去了。'一去去了这么久没回来,我就有点觉景。"

母亲说:

"王大姑娘夏天的时候常常哭,把眼圈都哭红了,她妈说她脾气大,跟她妈吵架气的。"

杨老太太把肩膀一抱说:

"气的,好大的气性,到今天都丢了人啦怎么没气死呢。那姑娘不是好东西,你看她那俩眼睛,多么大!我早就说过,这姑娘好不了。"

而后在母亲的耳朵上曲曲喳喳了一阵,又说又笑的走了。

把她那原来到我家里来的原意,大概也忘了。她来是为了广和银号利息的问题,可是一直到走也没有再提起那广和银号来。

杨老太太,周三奶奶,还有同院住的那些粉房里的人,没有一个不说王大姑娘坏的。

说王大姑娘的眼睛长得不好,说王大姑娘的力气太大,说王大姑娘的辫子长得也太大。

## 五

（这事情一发,全院子的人给王大姑娘做论的做论,做传的做传,还有给她做日记的。

（做传的说,她从小就在外祖母家里养着,一天尽和男孩子在一块,没男没女。有一天她竟拿着烧火的叉子把她的表弟给打伤了。又是一天刮大风,她把外祖母的二十多个鸭蛋一次给偷着吃光了。又是一天她在河沟子里边采菱角,她自己采的少,她就把别人的菱角倒在她的筐里了,就说是她采的。说她强横得不得了,没有人敢去和她分辩,一分辩,她开口就骂,举手就打。

（那给她做传的人,说着就好像她看见过似的,她说腊月二十三,过小年的那天,王大姑娘因为外祖母少给了她一块肉吃,她就跟外祖母打了一仗,就跑回家里来了。

"你看看吧,她的嘴该多馋。"

（于是四边听着的人,没有不笑的。

（那给王大姑娘做传的人,材料的确搜集得不少。

（自从团圆媳妇死了,院子里似乎寂寞了很长的一个时期,现在虽然不能说十分热闹,但大家都总要尽力的鼓吹一番。虽然不跳神打鼓,但也总应该给大家多少开一开心。

（于是吹风的,把眼的,跑线的,绝对的不辞辛苦,在飘着白白的大雪的夜里,也就戴着皮帽子,穿着大毡靴,站在冯歪嘴子的窗户外边,在那里守候着,为的是偷听一点什么消息。若能听到一点点,那怕针孔那么大一点,也总没有白挨冻,好做为第二天宣传的材料。

（所以冯歪嘴子那门下在开初的几天,竟站着不少的探访员。

（这些探访员往往没有受过教育,他们最喜欢造谣生事。

（比方我家的老厨子出去探访了一阵,回家报告说:

"那草棚子才冷呢!五风楼似的,那小孩一声不响了,大概是冻死了,快去看热闹吧!"

（老厨子举手舞脚的,他高兴得不得了。

（不一会他又戴上了狗皮帽子,他又去探访了一阵,这一回他报告说:

"他妈的,没有死,那小孩还没冻死呢!还在娘怀里吃奶呢。"

（这新闻发生的地点,离我家也不过五十步远,可是一经探访员们这一探访,事情本来的面目可就大大的两样了。

（有的看了冯歪嘴子的炕上有一段绳头,于是就传说着冯歪嘴子要上吊。

（这"上吊"的刺激,给人们的力量真是不小。女的戴上风帽,男的穿上毡靴,要来这里参观的,或是准备着来参观的人不知有多少。

（西院老杨家就有三十多口人,小孩不算在内,若算在内也有四十口了。就单说这三十多人若都来看上吊的冯歪嘴子,岂不把我家的那小草棚挤翻了吗!就说他家那些人中有的老的病的,不能够来,就说最低限度来上十个人吧。那么西院老杨家来十个,同院的老周家来三个——周三奶奶,周四婶子,周老婶子——外加周四婶子怀抱着一个孩子,周老婶子手里牵着个孩子——她们是有这样的习惯的——那么一共周家老少三辈总算五口了。

（还有粉房里的漏粉匠,烧火的,跑街送货的等等,一时也数不清

240

是几多人，总之这全院好看热闹的人也不下二三十。还有前后街上的，一听了消息也少不了来了不少的。

（"上吊"！为啥一个好好人，活着不愿意活，而愿意"上吊"呢？大家快去看看吧，其中必是趣味无穷，大家快去看看吧。

（再说开开眼也是好的，反正也不是去看跑马戏的，又要花钱，又要买票。

（所以呼兰河城里凡是一有跳井投河的，或是上吊的，那看热闹的人就特别多，我不知道中国别的地方是否这样，但在我的家乡确是这样的。

（投了河的女人，被打捞上来了，也不赶快的埋，也不赶快的葬，摆在那里一两天，让大家围着观看。

（跳了井的女人，从井里捞出来，也不赶快的埋，也不赶快的葬，好像国货展览会似的，热闹得车水马龙了。

（其实那没有什么好看的，假若冯歪嘴子上了吊，那岂不是看了很害怕吗！

（有一些胆小的女人，看了投河的，跳井的，三天五夜的不能睡觉。但是下次，一有这样的冤魂，她仍旧是去看的，看了回来就觉得那恶劣的印象就在眼前，于是又是睡觉不安，吃饭也不香。但是不去看，是不行的，第三次仍旧去看，那怕去看了之后，心里觉得恐怖，而后再买一匹黄钱纸，一扎线香到十字路口上去烧了，向着那东西南北的大道磕上三个头，同时嘴里说：

"邪魔野鬼可不要上我的身哪，我这里香纸的也都打发过你们了。"

（有的谁家的姑娘，为了去看上吊的，回来吓死了。听说不但看上吊的，就是看跳井的，也有被吓死的。吓出一场病来，千医百治的治不好,后来死了。

(但是人们还是愿意看,男人也许特别胆子大,不害怕。女人却都是胆小的多,都是振着胆子看。

(还有小孩,女人也把他们带来看,他们还没有长成为一个人,母亲就提早把他们带来了,也许在这热闹的世界里,还是提早的演习着一点的好,免得将来对于跳井上吊太外行了。

(有的探访员晓得了冯歪嘴子从街上买来了一把家常用的切菜的刀,于是就大放冯歪嘴子要自刎的空气。)

# 六

冯歪嘴子,没有上吊,没有自刎,还是好好的活着。过了一年,他的孩子长大了。

过年我家杀猪的时候,冯歪嘴子还到我家里来帮忙的,帮着刮猪毛。到了晚上他吃了饭,喝了酒之后,临回去的时候,祖父说,让他带了几个大馒头回去。他把馒头挟在腰里就走了。

人们都取笑着冯歪嘴子,说:

"冯歪嘴子有了大少爷了。"

冯歪嘴子平常给我家做一点小事,磨半斗豆子做小豆腐,或是推二斗上好的红黏谷,撒黏糕吃,祖父都是招呼他到我家里来吃饭的。就在饭桌上,当着众人,老厨子就说:

"冯歪嘴子少吃两个馒吧,留着馒头带给大少爷去吧……"

冯歪嘴子听了也并不难为情,也不觉得这是嘲笑他的话,他很庄严的说:

"他在家里有吃的,他在家里有吃的。"

等吃完了,祖父说:

"还是带上几个吧!"

冯歪嘴子拿起几个馒头来,往那儿放呢? 放在腰里,馒头太热,放在袖筒里怕掉了。

于是老厨子说:

"你放在帽兜子里呵!"

于是冯歪嘴子用帽兜着馒头回家去了。

东邻西舍谁家若是办了红白喜事,冯歪嘴子若也在席上的话,肉丸子一上来,别人就说:

"冯歪嘴子,这肉丸子你不能吃,你家里有大少爷的是不是?"

于是人们说着,就把冯歪嘴子应得的那一份的两个肉丸子,用筷子夹出来,放在冯歪嘴子旁边的小碟里。来了红烧肉,也是这么照办,来了干果碟也是这么照办。

冯歪嘴子一点也不感到羞耻,等席散之后,用手巾包着,带回家来,给他的儿子吃了。

## 七

(他的儿子也和普通的小孩一样,七个月出牙,八个月会爬,一年会走,两年会跑了。)

夏天,那孩子浑身不穿衣裳,只带着一个花兜肚,在门前的水坑里捉小蛤蟆。他的母亲坐在门前给他绣着花兜肚嘴。他的父亲在磨房打着梆子,看管着小驴拉着磨。

## 八

又过了两三年,冯歪嘴子的第二个孩子又要出生了。冯歪嘴子欢喜得不得了,嘴都闭不上了。

在外边，有人问他：

"冯歪嘴子又要得儿子了？"

他呵呵呵。他故意的平静着自己。

他在家里边，他一看见他的女人端一个大盆，他就说：

"你这是干什么，你让我来拿不好么！"

他看见他的女人抱一捆柴火，他也这样阻止着她：

"你让我来拿不好么！"

可是那王大姐，却一天比一天瘦，一天比一天苍白，她的眼睛更大了，她的鼻子也更尖了似的。冯歪嘴子说，过后多吃几个鸡蛋，好好养养身子就好起来了。

他家是快乐的，冯歪嘴子把窗子上挂了一张窗帘。这张白布是新从铺子里买来的。冯歪嘴子的窗子，三五年也没有挂过帘子，这是第一次。

冯歪嘴子买了二斤新棉花，买了好几尺花洋布，买了二三十个上好的鸡蛋。

冯歪嘴子还是照旧的拉磨，王大姐就剪裁着花洋布做成小小的衣裳。

二三十个鸡蛋，用小筐装着，挂在二梁上。每一开门开窗的，那小筐就在高处游荡着。

门口一来担挑卖鸡蛋的，冯歪嘴子就说：

"你身子不好，我看还应该多吃几个鸡蛋。"

冯歪嘴子每次都想再买一些，但都被孩子的母亲阻止了。冯歪嘴子说：

"你从生了这小子以来，身子就一直没养过来。多吃几个鸡蛋算什么呢！我多卖几斤黏糕就有了。"

祖父一到他家里去串门,冯歪嘴子就把这一套话告诉了祖父。他说:

"那个人才俭省呢,过日子连一根柴草也不肯多烧。要生小孩了,多吃一个鸡蛋也不肯。看着吧,将来会发家的……"

冯歪嘴子说完了,是很得意的。

## 九

七月一过去,八月乌鸦就来了。

其实乌鸦七月里已经来了。不过没有八月那样多就是了。

七月的晚霞,红得像火似的,奇奇怪怪的,老虎,大狮子,马头,狗群。这一些云彩,一到了八月,就都没有。那满天红洞洞的,那满天金黄的,满天绛紫的,满天朱砂色的云彩,一齐都没有了,无论早晨或黄昏,天空就再也没有它们了,就再也看不见它们了。

八月的天空是静悄悄的,一丝不挂。六月的黑云,七月的红云,都没有了。一进了八月雨也没有了,风也没有了。白天就是黄金的太阳,夜里就是雪白的月亮。

天气有些寒了,人们都穿起夹衣来。

晚饭之后,乘凉的人没有了。院子里显得冷清寂寞了许多。

鸡鸭都上架去了,猪也进了猪栏,狗也进了狗窝。院子里的蒿草,因为没有风,就都一动不动的站着,因为没有云,大卯星一出来就亮得和一盏小灯似的了。

在这样的一个夜里,冯歪嘴子的女人死了。第二天早晨,正过着乌鸦的时候,就给冯歪嘴子的女人送殡了。

乌鸦是黄昏的时候,或黎明的时候才飞过。不知道这乌鸦从什么地方来,飞到什么地方去,但这一大群遮天蔽瓦的,吵着叫着,好像一大片黑云似的从远处来了，来到头上，不一会又过去了。终究过到什么地方去，也许大人知道，孩子们是不知道的，我也不知道。

听说那些乌鸦就过到呼兰河南岸那柳条林里去的，过到那柳条林里去做什么，所以我不大相信。不过那柳条林，乌烟瘴气的，不知那里有些什么，或者是过了那柳条林，柳条林的那边更是些个什么。站在呼兰河的这边，只见那乌烟瘴气的，有好几里路远的柳条林上，飞着白白的大鸟，除了那白白的大鸟之外，究竟还有什么，那就不得而知了。

据说乌鸦就往那边过，乌鸦过到那边又怎样，又从那边究竟飞到什么地方去，这个人们不大知道了。

冯歪嘴子的女人是产后死的，传说上这样的女人死了，大庙不收，小庙不留，是将要成为游魂的。

我要到草棚子去看，祖父不让我去看。

我在大门口里等着。

我看见了冯歪嘴子的儿子，打着灵头幡送他的母亲。

灵头幡在前，棺材在后，冯歪嘴子在最前边，他在最前边领着路向东大桥那边走去了。

那灵头幡是用白纸剪的，剪成络络网，剪成葫椒眼，剪成不少的轻飘飘的穗子，用一根杆子挑着，抗在那孩子的肩上。

那孩子也不哭，也不表示什么，只好像他抗不动那灵头幡，使他抗得非常吃力似的。

他往东边越走越远了。我在大门外看着，一直看着他走过了东大桥。几乎是看不见了，我还在那里看着。

乌鸦在头上呱呱的叫着。

过了一群，又一群，等我们回到了家里，那乌鸦还在天空里叫着。

# 十

（冯歪嘴子的女人一死，大家觉得这回冯歪嘴子算完了。扔下了两个孩子，一个四五岁，一个刚生下来。）

看吧，看他可怎样办！

老厨子说：

"看热闹吧，冯歪嘴子又该喝酒了，又该坐在磨盘上哭了。"

（东家西舍的也都说冯歪嘴子这回可非完不可了。那些好看热闹的人，都在准备着看冯歪嘴子的热闹。

（可是冯歪嘴子自己，并不像旁观者眼中的那样的绝望，好像他活着还很有把握的样子似的，他不但没有感到绝望已经洞穿了他。因为他看见了他的两个孩子，他反而镇定下来。他觉得在这世界上，他一定要生根的。要长得牢牢的。他不管他自己有这份能力没有，他看看别人也都是这样做的，他觉得他也应该这样做。

（于是他照常的活在世界上，他照常的负着他那份责任。

（于是他自己动手喂他那刚出生的孩子，他用筷子喂他，他不吃，他用调匙喂他。

（喂着小的，带着大的，他该担水，担水，该拉磨，拉磨。

（早晨一起来，一开门，看见邻人到井口去打水的时候，他总说一声：

"去挑水吗！"

（若遇见了卖豆腐的，他也说一声：

"豆腐这么早出锅啦！"

他在这世界上他不知道人们都用悲观绝望的眼光来看他，他不知道他已经处在了怎样的一种艰难的境地。他不知道他自己已经完了。

他没有想过。

他虽然也有悲哀，他虽然也常常满满含着眼泪，但是他一看见他的大儿子会拉着小驴饮水了，他就立刻把那含着眼泪的眼睛笑了起来。

他说：

"慢慢的就中用了。"

他的小儿子，一天一天的喂着，越喂眼睛越大，胳臂，腿，越来越瘦。

（在别人的眼里，这孩子非死不可。这孩子一直不死，大家都觉得惊奇。

（到后来大家简直都莫名其妙了，对于冯歪嘴子的这孩子的不死，别人都起了恐惧的心理，觉得，这是可能的吗？这是世界上应该有的？）

但是冯歪嘴子，一休息下来就抱着他的孩子。天太冷了，他就烘了一堆火给他烤着。那孩子刚一咧嘴笑，那笑得才难看呢，因为又像笑，又像哭。其实又不像笑，又不像哭，而是介乎两者之间的那么一咧嘴。

但是冯歪嘴子却喜欢得不得了了。

他说：

"这小东西会哄人了。"

或是：

"这小东西懂人事了。"

（那孩子到了七八个月才会拍一拍掌，其实别人家的孩子到七八个月，都会爬了，会坐着了，要学着说话了。冯歪嘴子的孩子都不会，只会拍一拍掌，别的都不会。）

冯歪嘴子一看见他的孩子拍掌,他就眉开眼笑的。

他说:

"这孩子眼看着就大了。"

(那孩子在别人的眼睛里看来,并没有大,似乎一天更比一天小似的。因为越瘦那孩子的眼睛就越大,只见眼睛大,不见身子大,看起来好像那孩子始终也没有长一般地。那孩子好像是泥做的,而不是孩子了。两个月之后,和两个月之前,完全一样。两个月之前看见过那孩子,两个月之后再看见,也绝不会使人惊讶,时间是快的,大人虽不见老,孩子却一天一天的不同。

(看了冯歪嘴子的孩子,绝不会给人以时间上的观感。大人总喜欢在孩子的身上去触到时间。但是冯歪嘴子的儿子是不能给人这个满足的。因为两个月前看见过他那么大,两个月后看见他还是那么大。还不如去看后花园里的黄花,那黄瓜三月里下种,四月里爬蔓,五月里开花,五月末就吃大黄瓜。

(但是冯歪嘴子却不这样的看法,他看他的孩子是一天比一天大。

(大的孩子会拉着小驴到井边上去饮水了。小的会笑了,会拍手了,会摇头了。给他东西吃,他会伸手来拿。而且小牙也长出来了。

(微微的一咧嘴笑,那小白牙就露出来了。)

# 尾　声

呼兰河这小城里边,以前住着我的祖父,现在埋着我的祖父。

我生的时候,祖父已经六十多岁了,我长到四五岁,祖父就快七十了。我还没有长到二十岁,祖父就八十岁了。祖父一过了八十,祖父就死了。

从前那后花园的主人,而今不见了。老主人死了,小主人逃荒去了。

那园里的蝴蝶,蚂蚱,蜻蜓,也许还是年年仍旧,也许现在完全荒凉了。

小黄瓜,大矮瓜,也许还是年年的种着,也许现在根本没有了。

那早晨的露珠是不是还落在花盆架上。那午间的太阳是不是还照着那大向日葵。那黄昏时候的红霞是不是还会一会工夫会变出来一匹马来,一会工夫会变出来一匹狗来,那么变着。

这一些不能想像了。

听说有二伯死了。

老厨子就是活着年纪也不小了。

东邻西舍也都不知怎样了。

至于那磨房里的磨官,至今究竟如何,则完全不晓得了。

以上我所写的并没有什么幽美的故事,只因他们充满我幼年的记忆,忘却不了,难以忘却。就记在这里了。

一九四〇年十二月廿日　香港完稿

附 录

XIAOHONG
QUANJI

# 《呼兰河传》序①

茅 盾

## 一

今年四月,第三次到香港,我是带着几分感伤的心情的。从我在重庆决定了要绕这么一个圈子回上海的时候起,我的心怀总有点儿矛盾和抑悒,——我决定了这么走,可又怕这么走,我怕香港会引起我的一些回忆,而这些回忆我是愿意忘却的,不过,在忘却之前,我又极愿意再温习一遍。

在广州先住了一个月,生活相当忙乱;因为忙乱,倒也压住了怀旧之感,然而,想要温习一遍然后忘却的意念却也始终不曾抛开。我打算到九龙太子道看一看我第一次寓居香港的房子,看一看我的女孩子

① 本文为茅盾一九四六年八月为《呼兰河传》写的一篇评论,原题为《论萧红的〈呼兰河传〉》,初刊于一九四六年十二月号《文艺生活》。《东北民报》一九四六年十二月六日以《萧红的小说·呼兰河传》为题刊发此文。一九四七年六月,上海寰星书店新版《呼兰河传》时,收该评论为《序》。

那时喜欢约了女伴们去游玩的蝴蝶谷,找一找我的男孩子那时专心致意收集来的一些美国出版的连环图画,也想看一看香港坚尼地道我第二次寓居香港时的房子,一二·八香港战争爆发后我们"避难"的那家"跳舞学校(在轩尼诗道)",而特别想看一看的,是萧红的坟墓——在浅水湾。

我把这些愿望放在心里,略有空闲,这些心愿就来困扰我了,然而我始终提不起这份勇气,还这些未了的心愿。直到离开香港,九龙是没有去,浅水湾也没有去;我实在常常违反本心似的规避着,常常自己找些藉口来拖延,虽然我没有说过我有这样的打算,也没有人催促我快还这些心愿。

二十多年来,我也颇经历了一些人生的甜酸苦辣。如果有使我愤怒也不是,悲痛也不是,沉甸甸地老压在心上,因而愿意忘却,但又不忍轻易忘却的,莫过于太早的死和寂寞的死。为了追求真理而牺牲了童年的欢乐,为了要把自己造成一个对民族对社会有用的人而甘愿苦苦地学习,可是正当学习完成的时候却忽然死了,像一颗未出膛的枪弹,这比在战斗中倒下,给人以不知如何的感慨,似乎不是单纯的悲痛或惋惜所可形容的。这种太早的死,曾经成为我的感情上的一种沉重的负担,我愿意忘却,但又不能且不忍轻易忘却,因此我这次第三回到了香港想去再看一看蝴蝶谷这意念,也是无聊的;可资怀念的地方岂止这一处,即使去了,未必就能在那边埋葬了悲哀。

对于生活曾经寄以美好的希望,但又屡次"幻灭"了的人,是寂寞的;对于自己的能力有自信,对于自己的工作也有远大的计划,但是生活的苦酒却又使她颇为悒悒不能振作,而又因此感到苦闷焦躁的人,当然会加倍的寂寞;这样精神上寂寞的人一旦发觉了自己的生命之灯快将熄灭,因而一切都无从"补救"的时候,那她的寂寞的悲哀恐怕不是语言可以形容的。而这样的寂寞的死,也成为我的感情上的一种沉重的负担,我愿意忘却,而又不能且不忍轻易忘却,因此我想去浅水湾看看而终于违反本心地屡次规避掉了。

二

萧红的坟墓寂寞地孤立在香港的浅水湾。

在游泳的季节,年年的浅水湾该不少红男绿女罢,然而躺在那里的萧红是寂寞的。

在一九四〇年十二月——那正是萧红逝世的前年,那是她的健康还不怎样成问题的时候,她写成了她的最后著作——小说《呼兰河传》,然而即使在那时,萧红的心境已经是寂寞的了。

而且从《呼兰河传》,我们又看到了萧红的幼年也是何等的寂寞!读一下这部书的寥寥数语的"尾声",就想得见萧红在回忆她那寂寞的幼年时,她的心境是怎样寂寞的:

"呼兰河这小城里边,以前住着我的祖父,现在埋着我的祖父。

"我生的时候,祖父已经六十多岁了,我长到四五岁,祖父就快七十岁了,我还没有长到二十岁,祖父就八十岁了,祖父一过了八十,祖父就死了。

"从前那后花园的主人,而今不见了,老主人死了,小主人逃荒去了。

"那园里的蝴蝶,蚂蚱,蜻蜓,也许还是年年仍旧,也许现在完全荒凉了。

"小黄瓜,大矮瓜,也许这是年年的种着,也许现在根本没有了。

"那早晨的露珠是不是还落在花盆架上。那午间的太阳是不是还照着那大向日葵,那黄昏时候的红霞是不是还能一会儿工夫变出来一匹马来,一会儿工夫变出来一匹狗来,那么变着。

　　"这一些不能想像了。

　　"听说有二伯死了。

　　"老厨子就是活着年纪也不小了。

　　"东邻西舍也都不知怎样了。

　　"至于那磨坊里的磨官,至今究竟如何,则完全不晓得了。

　　"以上我所写的并没有什么幽美的故事,只因他们充满我幼年的记忆,忘却不了,难以忘却。就记在这里了。"

　　《呼兰河传》脱稿以后,翌年之四月,因为史沫特莱女士之劝说,萧红想到星加坡去,(史沫特莱自己正要回美国,路过香港,小住一月。萧红以太平洋局势问她,她说:日本人必然要攻香港及南洋,香港至多能守一月,而星加坡则坚不可破,即使破了,在星加坡也比香港办法多些)。萧红又鼓动我们夫妇俩也去,那时我因为工作关系不能也不想离开香港,我以为萧红怕陷落在香港(万一发生战争的话),我还多方为之解释,可是我不知道她之所以想离开香港,因为她在香港生活是寂寞的,心境是寂寞的,她是希望由于离开香港而解脱那可怕的寂寞,并且我也想不到她那时的心境会这样寂寞。那时正在皖南事变以后,国内文化人大批跑到香港,造成了香港文化界空前的活跃,在这样的环境中,而萧红会感到寂寞是难以索解的。等到我知道了而且也理解了这一切的时候,萧红埋在浅水湾已经快满一年了。

　　星加坡终于没有去成,萧红不久就病了,她进了玛丽医院。在医院里她自然更加寂寞了。然而她求生的意志非常强烈。她希望病好,她忍着寂寞住在医院。她的病相当复杂,而大夫也荒唐透顶,等到诊断明白是肺病的时候就宣告已经无可救药。可是萧红自信能活,甚至在香港战争爆发以后,夹在死于炮火和死于病二者之间的她,还是更怕前者。不过,心境的寂寞,仍然是对于她的最大的威胁。

经过了最后一次的手术,她终于不治,这时香港已经沦陷。她咽最后一口气时,许多朋友都不在她面前,她就这样带着寂寞离开了这人间。

三

《呼兰河传》给我们看萧红的童年是寂寞的。

一位解事颇早的小女孩子每天的生活多么单调呵!年年种着小黄瓜,大矮瓜,年年春秋佳日有些蝴蝶,蚂蚱,蜻蜓的后花园堆满了破旧东西,黑暗而尘封的后房,是她消遣的地方;慈祥而犹有童心的老祖父是她唯一的伴侣;清早在床上学舌似的念老祖父口授的唐诗,白天嬲着老祖父讲那些实在已经听厌了的故事,或者看看那左邻右舍的千年如一日的刻板生活,——如果这样死水似的生活中有什么突然冒起来的浪花,那也无非是老胡家的小团圆媳妇病了,老胡家又在跳神了,小团圆媳妇终于死了;那也无非是磨官冯歪嘴忽然有了老婆,有了孩子,而后来,老婆又忽然死了,剩下刚出世的第二个孩子。

呼兰河这小城的生活也是刻板单调的。

一年之中,他们很有规律地过着活;一年之中,必定有跳大神,唱秧歌,放河灯,野台子戏,四月十八日娘娘庙大会……这些热闹隆重的节日,而这些节日也和他们的日常生活一样多么单调而又呆板。

呼兰河这小城的生活可又不是没有音响和色彩。

大街小巷,每一茅舍内,每一篱笆后边,充满了唠叨,争吵,哭笑,乃至梦呓。一年四季,依着那些走马灯似的挨次到来的隆重热闹的节日,在灰黯的日常生活的背景前,呈现了粗线条的大红大绿的带有原始性的色彩。

呼兰河的人民当然多是良善的。

他们照着几千年传下来的习惯，而思索，而生活，他们有时也许显得麻木，但实在他们也颇敏感而琐细，芝麻大的事情他们会议论或者争吵三天三夜而不休。他们有时也许显得愚昧而蛮横，但实在他们并没有害人或自害的意思。他们是按照他们认为最合理的方法，"该怎么办就怎么办"。

我们对于老胡家的小团圆媳妇的不幸的遭遇，当然很同情，我们怜惜她，我们为她叫屈，同时我们也憎恨，——但憎恨的对象不是这小团圆媳妇的婆婆，我们只觉得这婆婆也可怜，她同样是"照着几千年传下来的习惯而思索而生活"的一个牺牲者，她的"立场"，她的叫人觉得可恨而又可怜的地方，在她"心安理得地花了五十吊"请那骗子——云游道人给小团圆媳妇治病的时候，就由她自己申说得明明白白的：

"她来到我家，我没给她气受，那家的团圆媳妇不受气，一天打八顿，骂三场。可是我也打过她，那是我给她一个下马威。我只打了她一个多月，虽然说我打得狠了一点，可是不狠那能够规矩出一个好人来。我也是不愿意狠打她的，打得连喊带叫的，我是为她着想，不打得狠一点，她是不能够中用的……"

这老胡家的婆婆为什么坚信她的小团圆媳妇必得狠狠地"管教"呢？小团圆媳妇有些什么地方叫她老人家看着不顺眼呢？因为那小团圆媳妇第一天来到老胡家就由街坊公论判定她是"太大方了"，"一点也不知道羞，头一天来到婆家，吃饭就吃三碗"，而且"十四岁就长得那么高"也是不合规律，——因为街坊公论说这小团圆媳妇不像个小团圆媳妇，所以更使她的婆婆坚信非严加管教不可，而且更因为"只想给她一个下马威"的时候，这"太大方"的小团圆媳妇居然不服管教——带哭连喊，说要回"家"去，——所以不得不狠狠地打了她一个月。

街坊们当然也都是和那小团圆媳妇无怨无仇,都是为了要她好,——要她像一个团圆媳妇。所以,当这小团圆媳妇被"管教"成病的时候,不但她的婆婆肯舍大把的钱为她治病(跳神,各种偏方),而众街坊也热心地给她出主意。

而结果呢?结果是把一个"黑忽忽的,笑呵呵的"名为十四岁其实不过十二,可实在长得比普通十四岁的女孩子又高大又结实的小团圆媳妇活生生"送回老家去"!

呼兰河这小城的生活是充满了各种各样的声响和色彩的,可又是刻板单调。

呼兰河小城的生活是寂寞的。

萧红的童年生活就是在这种样的寂寞环境中过去的。这在她心灵上留的烙印有多么深,自然不言而喻。

无意识地违背了"几千年传下来的习惯而思索而生活"的老胡家的小团圆媳妇终于死了,有意识地反抗着几千年传下来的习惯而思索而生活的萧红则以含泪的微笑回忆这寂寞的小城,怀着寂寞的心情,在悲壮的斗争的大时代。

四

也许有人会觉得《呼兰河传》不是一部小说。

他们也许会这样说,没有贯串全书的线索,故事和人物都是零零碎碎,都是片段的,不是整个的有机体。

也许又有人觉得《呼兰河传》好像是自传,却又不完全像自传。

但是我却觉得正因其不完全像自传,所以更好,更有意义。

而且我们不也可以说,要点不在《呼兰河传》不像是一部严格意义的小说,而在它于这"不像"之外,还有些别的东西———一些比"像"一部小说更为"诱人"些的东西:它是一篇叙事诗,一幅多彩的风土画,一串凄婉的歌谣。

有讽刺,也有幽默,开始读时有轻松之感,然而愈读下去心头就会一点一点沉重起来。可是,仍然有美,即使这美有点病态,也仍然不能不使你炫惑。

也许你要说《呼兰河传》没有一个人物是积极性的。都是些甘愿做传统思想的奴隶而又自怨自艾的可怜虫,而作者对于他们的态度也不是单纯的。她不留情地鞭笞他们,可是她又同情他们:她给我们看,这些屈服于传统的人多么愚蠢而顽固!有时甚至于残忍,然而他们的本质是良善的,他们不欺诈,不虚伪,他们也不好吃懒做,他们极容易满足。有二伯,老厨子,老胡家的一家子,漏粉的那一群,都是这样的人物。他们都像最下等的植物似的,只要极少的水分,土壤,阳光———甚至没有阳光,就能够生存了,磨官冯歪嘴子是他们中间生命力最强的一个———强的使人不禁想赞美他。然而在冯歪嘴子身上也找不出什么特别的东西,除了生命力特别顽强,而这是原始性的顽强。

如果让我们在《呼兰河传》找作者思想的弱点,那么,问题恐怕不在于作者所写的人物都缺乏积极性,而在于作者写这些人物的梦魇似的生活时给人们以这样一个印象:除了因为愚昧保守而自食其果,这些人物的生活原也悠然自得其乐,在这里,我们看不见封建的剥削和压迫,也看不见日本帝国主义那种血腥的侵略。而这两重的铁枷,在呼兰河人民生活的比重上,该也不会轻于他们自身的愚昧保守罢?

五

萧红写《呼兰河传》的时候,心境是寂寞的。

她那时在香港几乎可以说是"蛰居"的生活。在一九四〇年前后这样的大时代中,像萧红这样对于人生有理想,对于黑势力作过斗争的人,而会悄然"蛰居",多少有点不可解。她的一位女友曾经分析她的"消极"和苦闷的根因,以为"感情"上的一再受伤,使得这位感情富于理智的女诗人,被自己的狭小的私生活的圈子(而这圈子尽管是她咒诅的,却又拘于惰性,不能毅然决然自拔),把广阔的进行着生死博斗的大天地完全给掩隔起来了,这结果是,一方面陈义太高,不满于她这阶层的知识分子们的各种活动,觉得那全是扯淡,是无聊,另一方面却又不能投身到农工劳苦大众的群中,把生活彻底改变一下。这又如何能不感到苦闷而寂寞?而这一心情投射在《呼兰河传》上的暗影不但见之于全书的情调,也见之于思想部分,这是可以惋惜的,正像我们对于萧红的早死深致其惋惜一样。

　　　　　　　　　　　　　　　　一九四六年八月,于上海

# 《呼兰河传》后记①

骆宾基②

萧红是中国三十年代出现的中国左翼著名东北女作家。

萧红本名张廼莹,一九一一年初夏生于黑龙江省的呼兰县县城内,父亲是当地有名的官僚地主。一九四二年一月病逝于太平洋战斗之后——刚刚为日本军国主义侵略部队占领的香港,终年三十二岁。

一九三二年冬末,萧红在萧军、舒群等哈尔滨左翼文艺界朋友们鼓动之下,应当地著名的左倾的《国际协报》文艺副刊征文之约,写出了第一篇作品《王阿嫂之死》,一九三三年在哈尔滨出版了以悄吟为笔名与三郎(萧军)合著的短篇小说集《跋涉》,开始了自己的文学创作生活;继之于一九三四年与萧军两人出亡青岛,不久又带着中篇小说《生死场》手稿到了上海,见到鲁迅先生;《生死场》作为奴隶丛书之一出版以后,又陆续在上海发表了著名的短篇小说《手》《牛车上》《商

---

① 　本文为黑龙江人民出版社一九七九年十二月版《呼兰河传》的《后记》。
② 　骆宾基(1917—1994):原名张璞君,吉林珲春人,中国现代小说家,东北作家群代表作家之一。代表作品有长篇小说《边陲线上》《幼年》,传记《萧红小传》等。

市街》等；一九四一年在香港完成了《呼兰河传》最后一章，出版了长篇小说《马伯乐》的上卷，完成了下卷（原稿已毁掉），并发表了最后的短篇小说《小城三月》；一九四二年初病倒。萧红在短短的小足十年的文学生涯中，却为我们留下了这么多的属于三四十年代之间的左翼文艺运动的王冠上的闪闪发光的珍珠，有的短篇小说已为美国著名的左翼女作家史沫特莱当时译为英文。可以说，萧红的短促的十年文学创作生涯，是闪闪发光的十年，自然也是历尽生活颠沛的艰苦而持笔如矛、勤奋战斗的十年；矛头所向自然是旧中国的半殖民地半封建的统治势力和旧的传统风习。她始终遥遥与革命主力驻在地的西北圣地延安的大旗所指相呼应，与中国人民有着共同命运和呼吸的。

萧红在十年的勤奋不息颠沛跋涉于人生的旅途当中，又可以分为前六年与后四年两个时期。前六年是偕同她的亲密的战友——《八月的乡村》的作者萧军并肩战斗的，但作为一个男人的从属式的人物，萧红有着作为由女性的"独特的自尊心和高傲"带来的屈辱感，而当对方的爱情一度离开家庭的轨道的时候，那么她就如战士受了致命的重伤，这精神上的裂口，长久地滴着血，爱情的伤口是很难弥合如初的。虽说在民族危难中，又相偕走上征途，但在西安丁玲所率领的西北战地服务团里，两萧最后一次会晤中，终于明确地分了手；此后萧红又走上了距离死亡仅仅四年的孤苦而寂寞的征途。

她想起了自己早已逝去的童年，想起了为旧的封建势力所迫害致死的"小团圆媳妇"，还有磨官冯歪嘴子，正如一九五四年笔者在《呼兰河传》再版的"内容提要"里所说的：

最后作者给我们留下了这样一个人物，他不像旁观者眼中那样的绝望，因为他看见他的两个孩子，反而镇定下来，他觉得他在这世界上一定要生根，一定要把他的两个孩子抚养成人，于是他照常活在这世界上，喂着小的，带着大的，该担水就担水，该拉磨就拉磨，以至周围都惊奇,觉得意外,而有些恐惧了,这就是作者在童年记忆里所热爱的一个人物,这就是惨然死去的王大姑娘的爱人——磨官冯歪嘴子。

萧红在磨官冯歪嘴子身上寄予了民族期望,因为在他身上闪耀着战斗的韧性,这种战斗的韧性是为鲁迅先生所赞颂过的,而萧红自己也是依持着它而走完自己最后的四年的。

《呼兰河传》文笔优美,情感的顿挫抑扬犹如小提琴名手演奏的小夜曲,茅盾先生在序中已经作了评价,就不需笔者再在这里分析了!

最后再介绍一下它的出版经过:

一九四一年《呼兰河传》是在桂林“上海杂志图书公司”初版发行的,一九四二年以后由桂林河山出版社再版,解放后“上海新文艺”是第三版出书了,现在由黑龙江人民出版社重印,实际是第四版了。很多二十岁的青年,有的只知萧红之名而未见过萧红的著作,有的甚至连萧红的名字也不知道。因之,黑龙江人民出版社这次重印此书,不但能使这些青年从中了解三十年代的中国东北一个小县城的风土生活,和萧红的对于旧的封建传统势力的控诉,对磨官冯歪嘴子一类人物的坚持求生的韧性战斗性能赞美,而且还是能使他们认识和体味作者独特的艺术风格。这对我们未来的文学艺术也必将产生有意义的影响。

一九七八年七月二十日

# 《呼兰河传》的文学汉语及其意义

文贵良[①]

萧红的《呼兰河传》,一九三七年冬天在武汉动笔,一九四〇年冬天在香港完成。《呼兰河传》对呼兰河城的散落追忆,植根于萧红在寂寞中道出的言说。这种言说,塑造了属于萧红个人的"新方言"。我的问题是《呼兰河传》的文学汉语是如何生成了那种透骨的孤独的,并由此确定《呼兰河传》的文学汉语在何种意义上挪移了"五四"以来文学汉语的想象边界,为文学汉语的现代实践提供了新的方式。

—

鲁迅用"越轨的笔致"褒扬《生死场》的汉语,"越轨"也许暗含着超出平常和越出正常两个相异的纬度。鲁迅以长者的身份自然更多

---

①　文贵良(1968—　　):上海华东师范大学教授、中文系主任。

是对青年人的鼓励。而年轻的胡风对《生死场》汉语的批评来得直接有力:"语法句法太特别了,有的是由于作者所要表现的新鲜的意境,有的是由于被采用的方言,但多数却只是因为对于修辞的锤炼不够。"比如,写小孩罗圈腿:"这个孩子的名字十分象征着他。"写中午太阳的毒辣:"午间的太阳权威着一切了!"写妇人们的惊恐:"妇人们被惶惑着了。"罗圈腿名如其人,用"象征着"确实很特别;"权威"一般用作名词,但是萧红用作带宾语的及物动词;"惶惑"一般是主动态,萧红用作被动态。这些词语放置在规范的现代白话文中就显得十分生硬,在《生死场》汉语生硬的背后,潜藏着萧红汉语诗学的艰难实践。

《生死场》的基本语词和基本句式都属于现代白话。《生死场》汉语的重心不在叙事,而在摹状。萧红用现代白话呈现生死场上人与物的状态时,因状态的多面性与丰富性而显得力不从心,于是只能向另外的空间来铸造语词:啮嚼、倒折、吹啸、裸现、沉埋、扰烦、消融、贮藏、哭抽、悸动、残败、忧郁、撩走、睡倒、拔秃、埋蔽、遮蒙,这类词语在《生死场》的语句中比比皆是,它们往往是两个单音节的词合并而成,这种组合方式恰恰是古代汉语的组合方式,词语双音节化是汉语自身发展的内在规律之一。萧红的语词铸造无意中显露了现代白话向古代汉语回望的艰难实践。萧红铸造的这些语词在现代白话中格格不入,但是这些语词正显示一种汉语的意向性展现。这些语词呈现意象的状态,意象的多面性与丰富性杂糅其中,信息的密集使语词获得了重量,从而使《生死场》的文学汉语获得了刚硬。

《生死场》的文学汉语在句子组合上体现了散点透视的特色,所谓散点透视,是指打破人的主体视角,把人的视角与物的视角并列,人的视角不具有优先性。萧红在写作《生死场》之前,已经写了若干短篇小说和散文,如一九三三年写的《弃儿》的开头就不同凡响:

水就像远天一样，没有边际的漂漾着，一片片的日光，在水面上浮动着的大人、小孩和包裹都呈青蓝颜色。安静的不慌忙的小船朝向同一的方向走去，一个接着一个……

一个肚子圆得馒头般的女人，独自地在窗口望着。她的眼睛就如块黑炭，不能发光，又暗淡，又无光，嘴张着，胳膊横在窗沿上，没有目的地望着。

这是萧红刚刚开始写作时的汉语，干净洗练。"漂漾"写洪水漫无边际的荡漾；"一片片"写日光的状态，"浮动"写日光随着水的漂漾而晃动；"青绿"形容大人、小孩和包裹的颜色。眼睛暗淡无光、嘴张着、胳膊横着，寥寥几笔把一个孤立无援的被抛弃的孕妇写活了，孕妇的呆滞、绝望跃然纸上。洪水、日光、大人、小孩、小船这忙碌着的一切，与孕妇似乎没有任何关联，与孕妇并列而出现，他们不是孕妇的眼中之景，没有成为孕妇这个主词的宾语。

这样一种对等而出的语义呈现在文学汉语的句子组合上体现为散点透视。这一特色在《生死场》中仍然保留下来。如写成业的婶婶在知道成业和金枝的事情后，感到他们与自己夫妻的命运一样，而她年轻时候的喜欢与浪漫，完全被女人对男人的惧怕代替了，甚至当她丈夫叙说从前他们的趣事的时候，她想笑一下都不敢："她完全无力，完全灰色下去。场院前，蜻蜓们闹着向日葵的花。"写成业在金枝有病的时候，还提出本能的要求，金枝"打撕着一般"拒绝，这时"母亲的咳嗽声，轻轻的从薄墙透出来。墙外青牛的角上挂着秋空的游丝"。二里半的老婆生小孩后，王婆回来时，"窗外墙根下，不知谁家的猪也正在生小猪"。如果这些人和物的同等表达还有某种用物烘托人的嫌疑，那么到了写王婆赶老马进屠宰场一段，人和物的共存独立就彻底实现了:"老马,老人,配着一张老的叶子,他们走在进城的大道。"
老马、老人在语意价值上是同等的,"在乡村,人和动物一起忙着生,
忙着死……"乡村就是生死场,忙着生和死的是人和动物,人之生和
死,与动物之生和死,在生存的状态上同归于"忙"。人作为灵长的优
越性荡然无存。有学者认为,《生死场》最富光彩的地方是"将人推到
非人的境地来考虑其生命活动的同时,也从'死'的境地逼视中国人
'生'的抉择"。"将人推到非人的境地"是通过语句的散点透视、人物
对等而出得以实现的。

二

《生死场》之后,《手》和《牛车上》的文学汉语开始走向成熟。
《呼兰河传》放弃了向古典汉语来铸造现代文学汉语的努力,《生死
场》中那种汉语的硬性消失了,整部作品更加温婉有情,流畅别致。
《呼兰河传》的汉语表达可以说是萧红最成熟、最本真的言说方式。

《呼兰河传》保持了《生死场》中那种散点透视、人物对等而出的
汉语特征,但有了新的发展。雅各布逊说:"在言语的各个层次,诗的
人为手法的本质就是周期性的反复。"雅各布逊尽管说的是诗的人为
手法,但是在《呼兰河传》的文学汉语中,"周期性的反复"却是一个非
常明显的特征。在用语上,萧红似乎非常吝啬自己的语词,不惜让语
词自身反复,自我同一。这点在《生死场》中初露端倪,如写西红柿:
"菜圃上寂寞的大红的西红柿,红着了。小姑娘们摘取柿子,大红
大红的柿子,盛满他们的筐篮。""大红""红着了""大红大红"三次写
西红柿,都是突出"红"。到了《呼兰河传》中,萧红不仅没有收敛,而
且张扬了这一点。如:

就连房根底下的牵牛花，也一朵没有开的。含苞的含苞，卷缩的卷缩。含苞的准备着欢迎那早晨又要来的太阳，那卷缩的，因为它已经在昨天欢迎过了，它要落去了。

花园里边明皇皇的，红的红，绿的绿，新鲜漂亮。

秋雨之后这花园就开始凋零了，黄的黄，败的败，好像很快似的一切花朵都灭了。

语词自身的反复不仅使得阅读有向回缩的后望，而且表达这样一种语义：含苞的自含苞，卷缩的自卷缩，红的自红，绿的自绿，黄的自黄，败的自败。花草呈现的状态完全是自身的，对于周围其他的花草不存在照面的意味。花草的红、绿、黄、败，含苞和卷缩，所有的意向都是向内回收的，不具有意向性的展示。语词的自我反复，对内而言，省略了过程，割去了历史；对外而言，失去了关联，掐断了意向。

《呼兰河传》还有一种语句，也属于语词反复的类型：

没有什么显眼耀目的装饰，没有用人工设置过的一点痕迹，什么都是任其自然，愿意东，就东，愿意西，就西。

喂着小的，带着大的，他该担水，担水，该拉磨，拉磨。

前一句写后花园景物的自在状态，把事物只能在那儿的状态，转化成意志的自愿。而后一句把冯歪嘴子的日常生活拉进担水、拉磨的交替中。

上述两种反复在下面这段文字中最为明显：

花开了，就像花睡醒了似的。鸟飞了，就像鸟上天了似的。虫子叫了，就像虫子在说话似的。一切都活了。都有无限的本领,要做什么,就做什么。要怎么样,就怎么样。都是自由的。矮瓜愿意爬上架就爬上架,愿意爬上房就爬上房。黄瓜愿意开一个谎花,就开一个谎花,愿意结一个黄瓜就结一个黄瓜。若都不愿意,就是一个黄瓜也不结,一朵花也不开,也没有人问它似的。玉米愿意长多高就长多高,他若愿意长上天去,也没有人管。蝴蝶随意的飞,一会从墙头上飞来一对黄蝴蝶,一会又从墙头上飞走了一个白蝴蝶。它们是从谁家来的,又飞到谁家去?太阳也不知道这个。

只是天空蓝悠悠的,又高又远。

可是白云一来了的时候,那大团的白云,好像翻了花的白银似的,从祖父的头上经过,好像要压到了祖父的草帽那么低。

我玩累了,就在房檐底下找个荫凉的地方睡着了。不用枕头,不用席子,就把草帽扣在脸上就睡了。

在这里,语词自身的反复展示的是语词向自身的回望。语句没有那种向外的扩张。花开,鸟飞,虫叫,一切都是健康的,活跃的,都有无限的本领。"要做什么,就做什么。要怎么样,就怎么样。""要……,就……"和"愿意……,就……"的句式好像表达了它们无限的可能性,它们的意志随时可以得到实现,但是正是这种上帝式的句式抹杀了无限的丰富性,因为语句本身自己把自己錾断了。矮瓜、黄瓜、蝴蝶似乎愿意怎样,就可以怎样,但整个语句的意思却是告诉读者,它们都只有在自身的范围内才有那种可能性。蓝天悠悠,白云悠悠,"我"在荫凉的地方用草帽盖着脸睡觉了。天、地上的物、人似乎是和谐共处,那是没有外向性的共存。所有的意向性展示,都是回望各自的内心。回望内心的语义指归,使得人和物分别为自己的存在而获得存在的价值，由此实现了物为自身的取向，物不是作为人的场景、陪衬等出现，它只是为自己而出现，于是，人的优先性、主体性在这样的语句中与其说是被压抑，还不如说是被扩展。

德里达①把书写对言语的束缚和强制称之为"呼吸的焦虑"，他说："呼吸自行中断以便回到自身，以便换气和回到它的第一源头。因为说话是要知道思想的自我离异以便得以说出和呈现。因而它要自我回收以便献出自己。这就是为什么从那些坚持最大限度地接近写作行为之源的真正作家的语言背后，能感觉到后撤以重新进入中断的言语的姿态。"呼吸的焦虑，也就是书写的焦虑，同时也是言语的焦虑。言语中断、后撤、回归、重新出发，形成了完整的序列。按照德里达的说法，萧红可能是最接近写作行为之源的作家了，言语的焦虑在《呼兰河传》中表现得十分明显。围绕大泥坑的言说，是一次次言语的焦虑的展现，晴天时，车马陷进大泥坑，便抬车救马；涨水时，人走过大泥坑，胆大胆小都得过；救起校长儿子后，议论拆院墙，种树木；呼兰河人吃淹猪肉，借口大泥坑淹死的，其实是瘟猪肉。言语总是在中断后回到大泥坑这个出发点，然后重新出发。第三章写"我"幼时的生活，总共九个小节，除了第三、第九两个小节外，其余七小节都是以祖父或者祖母开头，中断以前的言语，继续新的言说。第四章写"我"家，共五小节，除第一小节外，其余四小节的开头分别是：我家是荒凉的/我家的院子是荒凉的/我家的院子是荒凉的/我家是荒凉的。每个小节就是一个完整的言说序列，也就是呼吸一次。第六章写有二伯，前面十一小节都是以"有二伯"怎样怎样开头。给人的感觉是，萧红每写完一节，就换一口气，然后继续写。继续的起点不是像德里达所说的中断处，而是上一次的出发点。于是言

---

① 德里达(1930—2004)：是西方解构主义的代表人物，法国著名的哲学家。

说的每个小序列，是完整而独立的，这些小序列不会在逻辑上和时间上构成更大的序列，从而使得《呼兰河传》的文学汉语在最大限度上拉住了时间的流动。

语词的重复和言语的焦虑，都是生命呼吸的气息。生命呼吸的匀称使得《呼兰河传》的文学汉语形成了一种对称的美学特征。汉语是对称性的语言。中国古代的赋、诗、词、曲等文学样式，淋漓尽致地展现了汉语的对称性。这种对称性主要表现为字数相等、平仄相对、语义相对或者相类等等。而《呼兰河传》是现代白话小说，它的汉语不可能追求赋、诗、词、曲等文学样式中的对称性。但它有一种对称性的节奏，最典型的莫过于"满天星光"一段，如果稍作调整，排列成如下形式，对称性更加明显：

满天星光，满屋月亮，
人生何似，为什么这么悲凉。
过了十天半月的，又是跳神的鼓，当当的响。
于是人们又都招了慌，爬墙的爬墙，登门的登门，
看看这一家的大神，显的是什么本领，穿的是什么衣裳。
听听她唱的是什么腔调，看看她的衣裳漂亮不漂亮。
跳到了夜静时分，又是送神回山。
送神回山的鼓，个个都打得漂亮。
若赶上一个下雨的夜，就特别凄凉，
寡妇可以落泪，鳏夫就要起来彷徨。
那鼓声就好像故意招惹那般不幸的人，打得有急有慢，
好像一个迷路的人在夜里诉说着他的迷惘，又好像不幸的老人在回想着他幸福的短短的幼年。
又好像慈爱的母亲送着她的儿子远行。又好像是生离

死别，万分的难舍。

人生为了什么，才有这样凄凉的夜。

这段话如果加上《跳神之夜》之类的题目，就成了优秀的现代白话诗，语言的委婉有致与情感的凄凉浑然一体。排列的十四个句子，每句有两个小句（也有三个的），两个小句的字数基本相等，这两个小句表达一个相对完整的语意，构成了《呼兰河传》的基本句式，从而形成了不规则对称的白话美学特征。这种不规则对称在《呼兰河传》的叙述语言中随处可见，如写扎彩铺："虽然这么说，羡慕这座宅子的人还是不知多少。／因为的确这座宅子是好，清悠，闲静，鸦雀无声，一切规整，绝不紊乱。／丫鬟，使女，照着阳间的一样，／鸡犬猪马，也都和阳间一样，／阳间有什么，到了阴间也有，／阳间吃面条，到了阴间也吃面条，／阳间有车子坐，到了阴间也一样的有车子坐，／阴间是完全和阳间一样，一模一样的。"不仅仅在叙述语言中是这样，在人物语言中也体现了这一美学特征，有二伯的语言和众人对蘑菇房上蘑菇的赞美都是很典型的例子，在这里不多说，这里举出的是小团圆媳妇的婆婆的说话："她来到我家，我没给她气受，／那家的团圆媳妇不受气，一天打八顿，骂三场。／可是我也打过她，那是我要给她一个下马威。／我只打了她一个多月，虽然说我打得狠了一点，可是不狠那能够规矩出一个好人来。／我也是不愿意狠打她的，打得连喊带叫的，／我是为她着想，不打得狠一点，她是不能够中用的。／有几回，我是把她吊在大梁上，让她叔公公用皮鞭子狠狠的抽了她几回，／打得是有点狠了，打昏过去了。／可是只昏了一袋烟的工夫，就用冷水把她浇过来了。／是打狠了一点，全身也都打青了，也还出了点血。／可是立刻就打了鸡蛋青子给她擦上了。／也没有肿得怎样高，也就是十天半月的就好了。……"

在现代小说的汉语中，没有哪个作家的文学汉语具有这样的对称性。《呼兰河传》文学汉语的这种不规则对称性,不是来自民初《玉梨魂》中的那种四六体,而是来自萧红生命的呼吸。

三

陈思和在解读《生死场》时指出,梵高与萧红的创作,"都不是预设一个艺术形式,他们的创作完全是为了给自己的感情世界寻找一个表达存在的方式"。《呼兰河传》中语词的同一和语义的回缩、言语的焦虑、言语的不规则对称共同构成了其文学汉语的特质,从而形成了其表达存在的独特形式。

语词的同一和语义的回缩,显示了《呼兰河传》意义生成的方式。维特根斯坦说:"想象一种语言就意味着想象一种生活形式。"沃尔科特说:"改变你的语言,必须改变你的生活。"他们的话表达了相同的意思:语言展现的是生活形式。而这种生活形式在《呼兰河传》的解读中转化为对萧红生存形式的描述,也就是意义生成的探讨。语词的同一和语义的回缩,展示的是萧红回归的意向。回归暗示了某个原点的存在。《呼兰河传》的文学汉语,表达的是离开原点与回归原点的反复。如此看来,原点有两种互相排斥的力量:一种力量使得离开原点成为可能;另一种力量又使得回归原点成为可能,两者不断较量,总是不分胜负。但是《呼兰河传》中的原点绝对不是以往论者所说的萧红所描写的故土、萧红所追忆的童年,而是另外一种根本与它们异质的东西。

《呼兰河传》的开头深深打动了我:"严冬一封锁了大地的时候,则大地满地裂着口。从南到北,从东到西,几尺长的,一丈长的,还有好几丈长的,它们毫无方向地,更随时随地,只要严冬一到,大地就裂开口了。"在"毫无方向地,更随时随地"的两个"地"后面似乎还应该有后续的结构。如果没有了,"毫无方向"和"随时随地"本身就成为大地上那些裂口的状态,一切后续的动词或者形容词可能在萧红的叙事中都是多余。大地上的裂口!没有方向,没有规则。裂口是对大地的无序撕扯,成为阳光照不到的阴暗之所。但裂口又成为大地的见证,成为平整的见证。裂口是一种伤痕,是一种撕扯,又是一种封闭。萧红在一九三七年的冬天开始写作《呼兰河传》的时候,她从武汉的冬天追忆呼兰河的冬天,大地的裂口、大地满地裂着口,成为追忆呼兰河的起点。裂口的撕扯见证了大地的坚强。

第一章写呼兰河城里的药铺、火磨房、学校、小胡同,还有傍晚的火烧云,这些是多么平常啊,如果仅仅是这些,呼兰河城就不会留给萧红那么深深的记忆了。城市本来是平整的,整齐的,清洁的,有序的,规则的。可是小说的叙事焦点放在城市的裂口上,这个裂口就是大泥坑。大泥坑是呼兰河城的裂口。呼兰河城因为有了大泥坑的存在,才好像显得有了底蕴。

第二章写跳大神、放河灯、野台子戏、四月十八娘娘庙大会,是人的裂口。跳大神名为人治病,实际是弄鬼;唱大戏是唱给龙王爷看的;七月十五的放河灯,是把灯放给鬼,让他顶着个灯去脱生;四月十八也是烧香磕头地祭鬼。鬼是人的裂口。人在世上是痛苦的,恐惧的,不安全的;人也是没有价值的,在小团圆媳妇的婆婆眼睛中,人不如鸡鸭,不如猪狗,不如杂物,不如植物。人总会长的,在大人看来,小孩只是在消耗。物质匮乏导致了对物质的极端渴望,消耗物质的弱者,就没有价值可言。于是人瞧不起自己,也无法拯救自己,人在人的身上找不到安全,找不到保障,于是人只有打开人的规则,裂口显露出来,鬼的世界被创造出来。人在惧怕中寻找安慰,在寻找中又会制造新的痛苦。

第三章和第四章写大花园是家的裂口。"我"和爷爷在大花园中有很多快乐。但仔细一想：春天到夏天，繁花似锦，红花绿叶，那是充满活力的，生机勃勃的场面，但是一个小孩与一个老人在里面，就很不协调，《红楼梦》中大观园那才是人与园相得益彰。其中，一个老人戴着大草帽，一个小人戴着小草帽，栽花、拔草、下种，说快乐也有快乐，对于一个小孩来讲，那是一种寂寞的快乐，逃避的快乐。与第四章写家一对照，这点就十分清楚。后花园的寂寞的快乐是荒凉的家的裂口。

后三章中，小团圆媳妇是童养媳，尽管童养媳是有家的，但是娘家没有权力管她，婆家又不把她当人看，童养媳以她的未成年人的幼小，并没有获得人的权益。有二伯是长工，无家无室；冯歪嘴子是磨官，寄住他人家。在中国传统社会中，家族是社会的基本结构，家与家成为族，族与族成为社会。小团圆媳妇、有二伯和冯歪嘴子，是在家族之外的，他们都是属于无家的人，都是属于萧红所说的"偏僻的人生"。他们都处在家与家的缝隙之间。"偏僻的人生"是社会的裂口。

大花园是家的裂口，对家的躲避与遮蔽；家是社会的细胞，社会在自身的结构之间产生了缝隙，童养媳、长工和磨官这些人正是在这些缝隙中的人，这些"偏僻的人生"恰好成了社会的裂口。社会的基础是人，人在现世是痛苦的、不安全的，人给自己打开了一个裂口：鬼。鬼是人的对立世界，但人要敬仰鬼。人生活在城里，这就是呼兰河城，城本来是整齐的，可是大泥坑成了城的裂口。最后，呼兰河城是大地的裂口。

原点就是这一系列裂口，裂口是对家庭、社会、人世、大地的撕扯，这种撕扯见证了偏僻的人生的存在；同时裂口在撕扯中产生的痛苦又使得逃离裂口成为可能。《呼兰河传》的写作，可以说是萧红在裂口上的行走。在裂口上行走，成为萧红写作《呼兰河传》的生存方式，同时也是萧红对人生的深切体验。"我总是一个人走路，以前在东北，到了上海后去日本,现在的到重庆,都是我自己一个人走路。我好像命定要一个人走路似的……"这种方式在香港还是在继续,与萧军、与端木蕻良的共同生活,总是抹不去萧红内心的孤独,尤其是当这两个男性都瞧不起萧红写作的时候。走这样的路,萧红为反抗包办婚姻,当年冬天一个人在哈尔滨街头行走时有一种体验:"孤独并且无所凭据。"在哈尔滨街头最直接的威胁,是寒冷与饥饿的威胁,是生存的威胁。面对生存的威胁而无所凭据,这种置于绝地的孤独同时也产生了强大的勇气。正是有了这种强大的勇气,使得萧红不断在裂口上行走有了可能:"走吧!还是走,/若生了流水一般的命运,/为何又希求着安息!""从异乡又奔向异乡,/这愿望多么渺茫!/而况送我的是海上的波浪,/迎接着我的是异乡的风霜。"萧红从东北家乡流亡到上海,在抗战中从上海流亡到武汉、重庆等地,最后暂时栖身香港,潜心创作《呼兰河传》,此时在战争中,她并没有受到寒冷与饥饿的威胁,她仍处于"孤独并且无所凭据"的绝地吗?其实创作《呼兰河传》的萧红,精神在裂口上行走,此时的孤独是裂口上的孤独,没有历史的孤独,无法植根的孤独。由此在精神的谱系上萧红真正与鲁迅的精神贯通了,萧红的孤独上接的是鲁迅彷徨于无地的彷徨。鲁迅在新文学的热潮退后,在新文苑与旧战场之间,"荷戟独彷徨",鲁迅此时的彷徨,还是有所凭据,至少"两间"为鲁迅提供了彷徨的场域。到了《影的告别》中,影子不愿被黑暗吞没,又不愿光明把它消失,在黑暗与光明之外是无地,影子只能于无地彷徨,这种彷徨才是置于绝地的彷徨。无地彷徨对鲁迅来说是一种伴随终生的体验,其实并没有因为《野草》的完成而结束;萧红的裂口上的孤独也是她一生的体验,不是因为她进入香港才有的。

# 四

　　《呼兰河传》的文学汉语在何种意义上继承了新文学白话的传统，在何种意义上开创了自己的个性？新文学白话的传统之一是主张言说方式的自由，按照现代人的说话方式说自己的话，强调的是对现代经验的表达，对个体言说方式的认定。所以，鲁迅的小说和杂感，郭沫若的新诗，周作人和胡适的散文，都是显示个人独特言说方式的形式。这背后是对个人权利的肯认，也就是人的发现。言说方式的发现和人的发现是同步的，又是同质的。《呼兰河传》可以说很好地体现了这一点，但是问题的关键在于《呼兰河传》的文学汉语为现代文学汉语的生长提供了什么。

　　萧红的文学汉语在拒绝现代时间性的同时也拒绝了主体的优先性。郭沫若的《女神》之所以被认为是"五四精神"的体现者，重要的一点是极大地放大了主体的自我。《天狗》中作为天狗的"我"，可以吞没日月星球和宇宙，可以拥有全宇宙的能量，可以咀嚼自己的皮肉血和心肝；《晨安》中的"我"可以穿越时空，对所有东西呼唤；《女神》中的"我"宣告人作为主体可以超越万物宇宙，可以凌驾时间历史。到了三十年代，沈从文的《边城》改写了作为主体的人与万物的关系：

　　　　翠翠在风日里长养着，把皮肤变得黑黑的，触目为青山绿水，一对眸子清明如水晶。自然既长养她且教育她，为人天真活泼，处处俨然如一只小兽物。人又那么乖，如山头黄麂一样，从不想到残忍事情，从不发愁，从不动气。平时在渡船上遇陌生人对她有所注意时，便把光光的眼睛瞅着那陌生人，作成随时皆可举步逃入深山的神气，但明白了人无机心后,就又从从容容的在水边玩耍了。

　　"长养"这个词语用得很好,既指翠翠的身体发育,又指翠翠与风与日的和谐相处,并且自然对她的影响向着健康美丽的方向发展,不然,就不叫"养",如"养病"之"养"朝着健康发展,"养颜"之"养"朝着美丽发展。"翠翠在风日里长养着","长养"描写的是翠翠发育生长的健康状态,"而自然既长养她且教育她"中的"长养"描写的是自然对翠翠作用的状态,自然对翠翠要作用的状态(后一个长养),就是翠翠从自然中获得的状态(前一个长养),于是自然与人之间的对抗消失了,在自然与人之间真正成了和谐共生的状态。翠翠的生长与自然的赋予、翠翠的美丽与自然的美丽趋向同一。

　　而萧红的文学汉语不是这样,景物自成景物,人物自成人物。《呼兰河传》中,严寒来了,大地的裂口,与手背上的裂口,处于平等的意向中,景物不是作为人的陪衬出现,它是它自身。大地的裂口只对大地有意义,手背上的裂口只对人有意义。大地的裂口和手背上的裂口并呈。《女神》开创的是人对物的超越,《边城》开创的是人与物的交融,而《呼兰河传》开创的是人与物分别在回归自身时显示了同等而独立的语意价值。

# 落红萧萧为哪般

迟子建①

　　萧红出生时,呼兰河水是清的。月亮喜欢把垂下的长发,轻轻浸在河里,洗濯它一路走来惹上的尘埃。于是我们在萧红的作品中,看到了呼兰河上摇曳的月光。那样的月光即使沉重,也带着股芬芳之气。萧红在香港辞世时,呼兰河水仍是清的。由于被日军占领,香港市面上骨灰盒紧缺,端木蕻良不得不去一家古玩店,买了一对素雅的花瓶,替代骨灰盒。这个无奈之举,在我看来,是冥冥之中萧红的暗中诉求。因为萧红是一朵盛开了半世的玫瑰,她的灵骨是花泥,回归花瓶,适得其所。

　　香港沦陷,为安全计,端木蕻良将萧红的骨灰分装在两只花瓶中,

① 迟子建(1964— ):当代女作家,中国作家协会副主席、黑龙江省作家协会主席、黑龙江省政协副主席。著有小说《雾月牛栏》《清水洗尘》《世界上所有的夜晚》《白雪乌鸦》《群山之巅》《伪满洲国》《额尔古纳河右岸》《烟火满卷》等。

一只埋在浅水湾，如戴望舒所言，卧听着"海涛闲话"；另一只埋在战时临时医院，也就是如今的圣士提反女子中学的一棵树下，仰看着花开花落。

我三月来到香港大学做驻校作家时，北国还是一片苍茫。看惯了白雪，陡然间满目绿色，还有点不适应。我用晚饭后漫长的散步，来融入异乡的春天。

从我暂住的寓所，向南行五六分钟吧，可看到一个小山坡。来港后的次日黄昏，我无意中散步到此，见到围栏上悬挂的金字匾额是"圣士提反女子中学"时，心下一惊，难道这就是萧红另一半骨灰的埋葬地？难道不期然间，我已与她相逢？

我没有猜错，萧红就在那里。

萧红一九一一年出生在呼兰河畔，旧中国的苦难和她个人情感生活的波折，让她饱尝艰辛，一生颠沛流离，可她的笔却始终饱蘸深情，气贯长虹。萧红留下了两部传世之作《生死场》和《呼兰河传》，前者由鲁迅作序，后者则是茅盾作序。而《生死场》的原名叫《麦场》，标题亦是胡风为其改的。可以说，萧红踏上文坛，与这些泰斗级人物的提携和激赏是分不开的。不过，萧红本来就是一片广袤而葳蕤的原野，只需那么一点点光，一点点清风，就可以把她照亮，就可以把她满腹的清香吹拂出来。

萧红在情感生活上既幸运又不幸。幸运的是爱慕她的人很多，她也曾有过欢欣和愉悦；不幸的是真正疼她的人很少。她两度生产，第一个因无力奉养，生下后就送了人；而在重庆生下第二个孩子时，萧红身边，却没有相伴的爱人，孩子出生不久即夭折。婚姻和生育，于别人是甜蜜和幸福，可对萧红来说，却总是痛苦和悲凉！难怪她的作品，总有一缕摆不脱的忧伤。

萧红与萧军在东北相恋，在西安分手。萧军移情别恋，使萧红心灰意冷,她东渡日本。那期间,她的作品并不多,有影响的,应该是短篇小说《牛车上》。赴日期间,鲁迅病逝,这使内心灰暗的她,更失却了一分光明。萧红才情的爆发,恰恰是她在香港的时候,那也是她生命中的最后岁月。《呼兰河传》无疑是萧红的绝唱,茅盾称它为"一幅多彩的风景画,一串凄婉的歌谣",可谓一语中的。她用这部小说,把故园中春时的花朵和蝴蝶,夏时的火烧云和虫鸣,秋天的月光和寒霜,冬天的飞雪和麻雀,连同那些苦难辛酸而又不乏优美清丽的人间故事,用一根精巧的绣花针,疏朗有致地绣在一起,为中国现代文学打造了一个独一无二的"后花园",生机盎然,经久不衰。

萧军、端木蕻良和骆宾基,这几个与萧红的情感生活紧密相连的男人,在萧红故去后,彼此责备。萧红身处绝境,一盏灯即将耗掉灯油之际,竟天真地幻想着尚武的萧军,能够天外来客一样飞到香港,让她脱离苦海。萧红临终前写下的"半生尽遭白眼冷遇……身先死,不甘,不甘!"可以说是她对自己凄凉遭遇的血泪控诉!事实是,萧红去了,但她的作品留下来了,她用作品获得了永恒的青春!

我想起了多年以前,追逐着萧红足迹的美国著名汉学家葛浩文,对我讲起他当面指责端木蕻良辜负了萧红时,端木突然痛哭失声。我想无论是葛浩文还是我们这些萧红的读者,听到这样的哭声,都会报之以同情和理解。毕竟,那一代人的情感纠葛,爱与痛,欢欣与悲苦,只有他们自己最清楚。端木蕻良能够在风烛残年写作《曹雪芹》,也许与萧红的那句遗言不无关系:"我将与蓝天碧水永处,留下那半部《红楼》,给别人写了。"而且,按照端木蕻良的遗嘱,他的另一半骨灰,由夫人钟耀群带到了香港,埋葬在圣士提反女校的树丛中,默默地陪伴着萧红。只是岁月沧桑,萧红那一抔灵骨的确切埋葬地,没人说得清了。只知道她还在那个园子里,在花间树下,在落潮声里。

萧红在浅水湾的墓,已经迁移到广州银河公墓,而她在呼兰河畔的墓,埋的不过是端木蕻良珍存下来的她的一缕青丝而已。一个人的青丝,若附着在人体之上,岁月的霜雪和枯竭的心血,会将它逐渐染白;而脱离了人体的青丝,不管经历怎样的凄风苦雨,依然会像婴孩的眼睛一样,乌黑闪亮。

圣士提反女子中学规模不大,但历史悠久,据说范徐丽泰和吴君如就毕业自这里。它管理极严,平素总是大门紧锁。有一天放学时分,趁学生们出来的一瞬,我混进门里。然而一进去,就被眼尖的门房发现,将我拦住。我向她申明来意,她和善地告诉我,萧红的灵骨确实在园内,只是具体方位他们也不知道。如果我想进园凭吊,需要与校方沟通。她取来一张便条,把联系人的电话给了我。我怅惘地出园的一瞬,忽闻一阵琴声。循声而望,那座古朴的米黄色小楼的二层,正有一位梳短发的女孩,倾着身子,动情地拉着小提琴。窗里的琴声和窗外的鸟鸣呼应着,让我分不清鸟鸣是因琴声而起呢,还是琴声因鸟鸣才如泣如诉。

我没有拨那个电话。在我想来,既然萧红就在园内,我可以在与她一栏之隔的城西公园与她默然相望。圣士提反,是首位为基督教殉难的教徒,他是被异教徒用石块砸死的。以他的名字命名的女校,有一股说不出的悲壮,更有一股说不出的圣洁。其实萧红也是一个虔诚的教徒,只不过她信奉的教是文学,并且也是为它而殉难。她在文学史上的光华,与圣士提反在基督教历史上的光华一样,永远不会泯灭。

清明节的那天,香港烟雨蒙蒙。黄昏时分,我启开一瓶红酒,提着它去圣士提反女子中学,祭奠萧红。我本想带一束鲜花的,可萧红在园内四季有鲜花可赏,那红的扶桑和石榴、紫色的三角梅和白色的百合,都在如火如荼地盛开着。萧红是黑龙江人,那里的严寒和长夜,使她跟当地人一样,喜欢饮酒吸烟。我多想洒一瓶呼兰河畔生产的白酒给她呀,可是遍寻附近的超市,没有买到故乡的酒。我只能以我偏爱的红酒来代替了。

复活节连着清明，香港的市民都在休长假，圣士提反女校静悄悄的。我在列堤顿道，隔着栏杆，搜寻园内可以洒酒的树。校园里的矮株植物，有叶片黄绿相间的蒲葵，有油绿的鱼尾葵，还有刚打了骨朵的米子兰。我把它们轻轻掠过，因为它们显然年轻，而萧红已经去世七十多年了。最终，我选择了两棵大树，它们看上去年过百岁，而且与栏杆相距半米，适合我洒酒。一株是高大的石榴树，一棵则是冠盖入云、枝干遒劲的榕树。铁栏杆的缝隙，刚好容我伸进手臂。我举着红酒，慢慢将它送进去，默念着萧红的名字，一半洒在石榴树下，另一半洒在树身如水泥浇筑的大榕树下。红酒渐渐流向树根，渗透到泥土之中。它留下的妖娆的暗红的湿痕，仿佛月亮中桂树的影子，隐隐约约，迷迷离离。

洒完红酒，我来到圣士提反女校旁的城西公园。一双黑色的有金黄斑点的蝴蝶，在棕榈树间相互追逐，它们看上去是那么的快乐；而六角亭下的石凳上，坐着一个肤色黝黑的女孩，她举着小镜子，静静地涂着口红。也许，她正要赶赴一场重要的约会。如今的香港，再不像萧红所在之时那般的碧海蓝天了，从我居所望见的维多利亚港和它背后的远山，十有七八是被浓重的烟霭笼罩着。大海这只明净的眼，仿佛患上了白内障。而圣士提反女校周围，亦被幢幢高楼挤压着。萧红安息之处，也就成了繁华喧闹都市中深藏的一块碧玉。不过，这里还是有她喜欢的蝴蝶，有花朵，有不知名的鸟儿来夜夜歌唱。作为黑龙江人，我们一直热切盼望着能把萧红在广州的墓，迁回故乡，可是如今的呼兰河几近干涸，再无清澈可言，你看不到水面的好月光，更看不到放河灯的情景了。我想萧红一生历经风寒，她的灵骨能留在温暖之地，落地生根，于花城看花，在香港与拉琴的女生和涂红唇的少女为邻，也是幸事。更何况，萧红临终有言，她最想埋葬在鲁迅先生的身旁。

走出城西公园,我踏上了圣士提反女校外的另一条路——柏道。暮色渐深,清明离我们也就越来越远了。走着走着,我忽然感觉头顶被什么轻抚了一下,跟着,一样东西飘落在地。原来从女校花园栏杆顶端自由伸出的扶桑枝条,送下来一朵扶桑花。没有风,也没有鸟的蹬踏,但看那朵艳红的扶桑,正在盛时,没有理由凋零。我不知道,它为何而落。可是又何必探究一朵花垂落的缘由呢! 我拾起那朵柔软而浓艳的扶桑,带回寓所,放在枕畔,和它一起做星星梦。